C.M.T. Steinbauer

Der Tote in der Wasserpfütze

Oma Resi ermittelt

C.M.T. Steinbauer

Der Tote in der Wasserpfütze

Oma Resi ermittelt

c/o: Steinbauer

Breslauerstr. 15

82140 Olching

Korrektorat: Dr. Michael Lehner

ISBN 9798856341439

carolasteinbauer@gmx.de

für meinen Papa

Epilog

Mit dem Gesicht in der Wasserpfütze liegt sie da – die Leiche – und wartet darauf, gefunden zu werden.

Kapitel 1

»Ach herrje, heute bin ich wirklich ein wenig spät dran. Ich muss unbedingt noch Sahne schlagen. Irma mag die doch so gerne auf dem Apfelkuchen. Und aufgedeckt ist auch noch nicht. Ich glaube, ich richte auf der Terrasse her. Anfang Oktober muss man jeden Sonnenstrahl nutzen. Früher gab es so spät im Jahr keine derart warmen Tage mehr.« Resi sprach leise mit sich selbst, als sie die Tüte mit dem Restmüll zu ihrer Mülltonne brachte. Diese befand sich, ordentlich in einer kleinen gemauerten Mulde verborgen, rechts neben dem Gartentor.

Während sie den Deckel der Mülltonne öffnete, blickte sie sich kurz um und hielt inne. Etwas war anders als sonst. Nachdem sie die Ursache ihrer Irritation entdeckt hatte, schnalzte sie verwundert mit der Zunge.

Auf dem Parkplatz vor der Garage des Nachbarhauses stand ein Auto. Ein großes Auto. Sie wusste sogar, dass das ein VW-Bus war. Doch das Ungewöhnliche daran war nicht das Auto an sich, sondern, dass es in dieser Einfahrt stand. Das Nachbarhaus stand seit über drei Jahren leer.

Vor ein paar Monaten hatte sie zwar aus halbwegs

vertraulicher Quelle (in Form ihrer besten Freundin Hilde) ein Gerücht gehört. Hilde hatte behauptet, dass der Sohn des Ehepaars, das früher dort gewohnt hatte, dort einziehen wollte. Doch das hatte sie als typischen Dorftratsch abgetan.

Das Paar war schon recht alt gewesen, als es in das Haus nebenan gezogen war. Doch die beiden Hubers waren bis zu ihrem Ableben sehr rüstig gewesen. Aber als beide bereits über neunzig gewesen waren, starben sie nacheinander innerhalb von einem Vierteljahr.

Resi dachte wehmütig an die beiden. Das waren durchaus angenehme Nachbarn gewesen – ganz ordentlich und ruhig. Außerdem hatte Resi im Gegenzug zu ihren Äpfeln jeden Sommer mehrere Schüsseln Johannisbeeren von ihnen bekommen.

Den einzigen Sohn der beiden hatte Resi nie kennengelernt. Er war ausgewandert und reiste in der Welt herum. Die wenigen Male, die er bei seinen Eltern gewesen war, hatte sie ihn verpasst. Als es hieß, dass er nun in das verlassene Haus einziehen wollte, war Resi recht überrascht gewesen, er hatte schließlich keinerlei Bezug zu dem Dorf. Aber da er nie aufgetaucht war, hatte sie das Ganze schließlich verdrängt.

Unauffällig, um ja nicht als neugierig zu gelten, ging sie ein paar Meter am Bürgersteig entlang und zog ein paar Löwenzahnpflanzen heraus, die es sich in den Rissen des brüchigen Teers gemütlich gemacht hatten. Doch so sehr sie auch Ausschau hielt, sie sah keine Menschenseele. Das in die Jahre gekommene Haus sah genauso verlassen aus, wie sonst.

»O mei, da kommt Irma schon. Die Gute ist immer so pünktlich und ich habe noch nicht einmal den Tisch gedeckt!« Resi winkte ihrer Freundin, die etwas schwer atmend und mit vor Anstrengung roten Backen die Straße entlangeilte.

Irma war eine etwas beleibte Frau, deren üppige Formen heute von einem bunten Blumenmusterkleid verdeckt wurden, das unter einem dicken, grauen Wolltuch zu erkennen war.

»Irma, wie schön, dass du da bist. Komm herein. Wegen mir hättest du dich nicht beeilen brauchen. Hilde ist noch nicht da. Und ich bin noch nicht einmal fertig«, begrüßte Resi ihre Freundin und umarmte sie herzlich. Dann senkte sie ihre Stimme zu einem Flüstern: »Weißt du, da steht ein Auto bei dem verlassenen Haus der Hubers nebenan und da wollte ich mal schauen, ob ich jemandem helfen kann. Vielleicht bekomme ich einen neuen Nachbarn.«

Irma nickte verständnisvoll und warf einen verstohlenen Blick auf das verlassene Haus.

Resi und Irma waren gemeinsam in der Schule gewesen und Resi zählte sie zu ihren ältesten und liebsten Freundinnen. Und das, obwohl sie ein ganz anderer Typ als Resi war. Resi glaubte nur an das, was mit den Wissenschaften nachweisbar war. Irma dagegen hatte schon immer einen Hang zum Übersinnlichen gehabt. Dazu passten auch die langen vollen Haare, die ihr bis zur Hüfte reichten und die sie bereits seit vielen Jahren kupferrot färbte.

»Du weißt, ich mag es nicht, zu spät zu kommen und heute bin ich ein wenig später als sonst losgekommen. Simone hat in ihrer Pause kurz bei mir vorbeigeschaut, um mir die Salbe für mein schlimmes Bein zu bringen. Das vergisst sie nie. Sie ist so eine liebe Enkelin und es ist wirklich praktisch, dass sie in einer Apotheke arbeitet«, antwortete Irma gerührt, während sie Resi durch den kurzen, mit altmodischen hellbraunen Fliesen ausgelegten Flur folgte.

»Was denkst du? Ich habe mir überlegt, dass ich heute draußen aufdecke, oder ist es dir zu kühl? Ich kann mich nicht erinnern, dass wir jemals einen so schönen Oktober hatten, wie dieses Jahr.«

»Ich finde das ist eine gute Idee. Nach dem Nebel heute Morgen hätte ich nicht geglaubt, dass es noch so warm wird. Mir ist jetzt richtig heiß unter dem Wolltuch.«

Im Gegensatz zum dunklen Flur strahlte Resis helles Wohnzimmer eine gemütliche Atmosphäre aus. Um den Tisch in der Mitte, auf dem heute ein frisch gebackener Apfel-Streusel-Kuchen thronte, waren vier dunkelbraune Holzstühle gruppiert.

Auf den Fensterbänken war eine Mischung aus den unterschiedlichsten Grünpflanzen angeordnet und an den Wänden hingen Drucke von italienischen Landschaften. Unter dem Fenster stand ein braunes Cord-Sofa, auf dem eine weiche, beige Schutzdecke lag. Und auf der Schutzdecke lag eine dicke grau-weiße Katze und schlief.

Irma ging einen Schritt auf Resis Heizkörper zu und legte prüfend die Hand darauf. »Machst du in der Früh schon die Heizung an? Ich schon. Nachts wird es schon so empfindlich kühl und bei mir ist so schlecht isoliert. Und morgen soll es auch noch den ganzen Tag regnen.«

»Ich mache sie auch schon an. Mir war heute Morgen so kalt, dass ich meine Finger kaum mehr bewegen konnte. Wahrscheinlich Arthrose. Oder Muskelkater. Ich habe gestern ziemlich viel Walnüsse geknackt«, vermutete Resi.

»Ich trage schon einmal den Kuchen raus. Ist das Geschirr schon auf dem Tisch?«, bot Irma an.

»Nein, noch nicht, aber die Teller nehme ich mit. Setz dich doch schon. Ich bin gleich bei dir. Hilde lässt mal wieder auf sich warten. Sie ist auf dem Weg bestimmt einem wehrlosen Dorfbewohner begegnet, den sie mit ihren neugierigen Fragen in die Verzweiflung treiben kann«, kicherte Resi, was bei einer etwa siebzigjährigen, graugelockten Dame ein wenig deplatziert wirkte.

Hilde war fast immer unpünktlich, da sie auf dem Weg an keinem Dorfbewohner vorbeigehen konnte, ohne auf der Suche nach dem neuesten Klatsch ein kleines Schwätzchen zu halten. Die Vorstellung, dass im Dorf etwas passierte, das sie nicht wusste, war unerträglich für sie. Deshalb war sie aber auch stets bestens informiert und hielt ihre Freundinnen mit dem neusten Klatsch auf dem Laufenden.

Nachdem sie den Kuchen auf dem Tisch platziert hatte, ließ sich Irma ächzend auf einen der weißen Kunststoff-Gartenstühle mit Blümchenkissen fallen und wischte sich mit einem Taschentuch ihre leicht verschwitzte Stirn ab.

Bereits als junge Frau war sie üppig gewesen, doch in den letzten Jahren hatte sie noch einiges an Gewicht zugelegt. Nach einem längeren Sparziergang, welcher der Weg zu ihrer Freundin für sie bedeutete, brauchte sie immer ein paar Minuten, um ihr Herz und ihren Atem zu beruhigen.

Vorsichtig einen Stapel Teller, Tassen und Gabeln balancierend, kam Resi durch die Terrassentür und ein Lächeln huschte über ihr Gesicht, als ihr Blick auf Irma fiel.

Resi bedeuteten ihre Freundinnen sehr viel. Trotz ihrer Eigenheiten (und wer hatte die nicht), waren die beiden herzensgute Menschen und sie trafen sich bereits seit Jahrzehnten jeden Mittwoch, wobei jede Woche eine andere die Gastgeberin war.

Noch immer lächelnd stellte das Tablett auf dem gusseisernen Tisch ab und verteilte die Teller, wobei ihr Irma mit geübten Handgriffen half.

»So, das hätten wir. Jetzt setze ich nur noch schnell den Kaffee auf«, sagte Resi zufrieden und verschwand leicht hinkend in der Küche. Ihr linkes Knie machte ihr das Leben schwer. Und heute war einer dieser Tage, an denen die Arthrose sie fest im Griff hatte.

Bedächtig und ohne zu zittern, füllte sie Wasser und Kaffeepulver in die Filterkaffeemaschine und drückte den Startknopf.

Mit einem feuchten Lappen wischte sie ein paar Brösel von der ansonsten glänzenden Arbeitsfläche. Die Küche war Resis ganzer Stolz. Sie hatte sie erst vor wenigen Jahren einbauen lassen und auch wenn die neuen Lackschränke vom Stil her nicht unbedingt in den 50er-Jahre-Bau passten, war Resi überglücklich mit ihr.

Da zerstörte der schrille Ton der Türklingel die Stille in der Küche und Resi eilte zur Haustür, um Hilde hereinzulassen.

Groß und dünn, und in der Regel in Hosen, war Hilde das Gegenteil von Irma mit ihrem wogenden Busen und den wallenden Kleidern. Auch charakterlich unterschied sich die spitzzüngige Hilde von der gutmütigen Irma. Aber gemeinsam mit der pragmatischen Resi ergaben die drei alten Damen ein Trio, das sich sehr gut verstand und dessen Kaffeekränzchen nicht langweilig wurden.

Resi musste insgeheim schmunzeln, als sie Hildes Gesichtsausdruck bemerkte. Dieser ließ keinen Zweifel offen. Sie hatte etwas erfahren, das eine mittlere Sensation sein musste und sie musste es innerhalb der nächsten Minuten erzählen, ansonsten würde sie an dem Wissen ersticken.

Trotzdem wartete sie, bis alle drei am Tisch Platz genommen hatten und vor jeder ein großes Stück Kuchen mit Sahne und eine Tasse voll Kaffee stand.

Es war eine ungeschriebene Mittwochskaffee-Regel, dass aufregende Neuigkeiten erst erzählt wurden, wenn alle mit

Kaffee und Kuchen versorgt waren.

Dann schaute Hilde theatralisch in die Runde und platzte heraus: »Ihr werdet nicht glauben, was ich heute erfahren habe! Passt auf. Ich habe heute die Effi getroffen und die hat mir erzählt, dass ihr der Haller-Bauer erzählt hat, dass er den Gashi gesehen hat. Mitten in der Nacht. Auf dem Feld vom Berghardt. Mit der Giftspritze auf dem Rücken.« Triumphierend schaute Hilde in die Runde und der Erfolg war ihrer.

Die beiden Zuhörerinnen starrten sie mit offenem Mund an. Sie wussten sofort, was das bedeutete – eine mittlere Sensation!

Der Gashi war der Hilfsarbeiter auf dem Gutshof Friedrichs von Berghardt. Und der alte Friedrich grinste seit Anfang des Jahres im ganzen Landkreis von Plakaten, auf denen er mit rot aufgedunsenem Gesicht Werbung für seine Bioerzeugnisse machte.

»Zuzutrauen ist es ihm«, antwortete Resi nach einer kurzen Pause und dachte an die Zeit, als sie ein junges Mädchen und der Frieder im Kindergarten war. »Besonders viele Skrupel hatte der noch nie. Der hat schon im Kindergartenalter alle um sich herum schikaniert. Außerdem geht schon seit längerem das Gerücht herum, dass er knapp bei Kasse ist. Das hast du doch vor ein paar Monaten erzählt, Irma? Angeblich betreibt er nur deshalb den ganzen Aufwand mit dem Biobauernhof.«

»Ein Naturfreund ist der nicht«, bestätigte Irma. »Ein Typ mit einem Karma wie der Friedrich und ein Biobauernhof. Da hat jeder hier im Dorf den Kopf geschüttelt.«

»Wenn man das gesamte Vermögen verpulvert hat, hat man nicht mehr viele Möglichkeiten. Und Land hat er noch. Da ist so ein Biobauernhof keine so schlechte Idee, um wieder auf einen grünen Zweig zu kommen. Aber das passt zu ihm. Wenn es dann mit dem Ertrag nicht so klappt, muss der Gashi mit der Giftspritze ran.« Hilde schüttelte entrüstet den Kopf.

»Aber jetzt muss er hoffen, dass ihn der Haller nicht verrät. Ansonsten war der ganze Aufwand umsonst«, sagte Resi nachdenklich.

»Solange es keiner von den ganzen Großkunden erfährt, wird da nichts passieren. Und so einer ist der Haller nicht. Wir im Dorf haben schon immer zusammengehalten und der Haller will mit den großen Herren bestimmt keinen Ärger haben«, vermutete Irma, die stets das Gute im Menschen sah.

»Aber jähzornig ist er, der Haller. Und recht gut steht er selbst nicht da. Er hat so wenige Felder, dass er nur gerade so über die Runden kommt. Dass er den Friedrich verrät, kann ich mir aber auch nicht vorstellen. Das passt nicht zu ihm. Der geht lieber hin und haut ihm einen Stock über den Kopf, wenn er sich ärgert.« Resi strich sich sorgenvoll über die Stirn und ergänzte: »Da bin ich gespannt, wie sich das noch entwickelt. Wenn es die Effi weiß, weiß es schon das ganze Dorf. Da kann jeder auf die Idee kommen, den Behörden einen Tipp zu geben.«

Irma nickte still und Hilde meinte ein wenig sensationslüstern: »Ich bin mir sicher, dass da noch was nachkommt. Das letzte Wort ist bei dem Thema noch nicht gesprochen.«

Die drei Damen widmeten sich genüsslich dem Apfelkuchen. »Perfekt gelungen ist dir der«, lobte Irma. »Und es war eine sehr gute Idee, draußen Kaffee zu trinken. Ich fühle mich geradezu von der Sonne durchdrungen und dazu das Rot der Äpfel und die sich verfärbten, bunten Blätter, herrlich!«

»Wollt ihr ein paar der Äpfel von meinem Baum haben? Der bricht bald auseinander vor lauter Gewicht. Ich musste ihn schon mit einer Latte stützen. Aber ich bräuchte dringend Hilfe bei der Ernte. Selbst kann ich nicht mehr auf die Leiter. Das macht mein Knie nicht mit und das ist mir auch zu gefährlich, so ganz allein. Da muss jemand halten. Meinst du, dass der Bertl mal Zeit hätte, um mir zu helfen?«, fragte sie Hilde, die Mutter von Hubert, genannt Bertl, einem der örtlichen Polizisten.

»Ich kann ihn mal fragen. Aber versprechen kann ich nichts. Er muss am Wochenende Streife fahren. Der Arme, der hat immer so viel zu tun.«

»Danke … sag ihm, dass ich ihm als Dank einen Apfelkuchen backe.«

»Das mache ich.« Hilde rührte zwei Löffel Zucker in ihre Kaffeetasse und zuckte unvermittelt zusammen. »Mei, wegen dem Haller hätte ich fast vergessen, was ich über den alten Pfarrhof gehört habe. Habt ihr das schon gehört?«

Resi und Irma schüttelten einvernehmlich den Kopf.

»Ihr wisst ja, dass der alte Pfarrhof schon seit Jahren zum Verkauf steht und dass keiner den riesigen alten Kasten haben will. Aber das hat sich jetzt geändert. Stellt euch vor, ich habe, gehört, dass die Vicky den kaufen will!« Hilde zitterte vor Entrüstung und strich sich mehrmals hintereinander die dünnen Strähnen ihres kinnlangen Bobs aus dem Gesicht.

»Welche Vicky?«, fragte Irma und nahm sich das zweite Stück bedeckten Apfelkuchen mit extra viel Sahne.

»*Die* Vicky, die Schlagersängerin! Was denkt ihr denn, was die plant? Die macht doch glatt einen Puff aus dem heiligen Gebäude.«

»Na ja, so heilig ist das nicht. Und wie kommst du denn auf so eine Idee? Warum soll die Vicky ausgerechnet einen Puff aufmachen?« Resi schüttelte innerlich den Kopf. Vicky war eine in die Jahre gekommene Schlagersängerin, die früher ein paar Hits über Liebe und Herzschmerz gehabt hatte. In letzter Zeit war sie kaum noch als Sängerin aktiv gewesen. Und wenn sie den baufälligen Pfarrhof vor dem Einsturz retten wollte, war das ihrer Meinung nach nur gut.

Irma setzte gerade an, um etwas zu antworten, da zerriss eine unbekannte, tiefe Männerstimme die beschauliche Ruhe im Garten.

Resi drehte sich nach der Ursache der Stimme um, fing an, nach Luft zu schnappen und griff geistesgegenwärtig nach dem Kuchenmesser.

In ihrem Garten stand ein Wilder.

Irma hatte sich ebenfalls umgedreht und fing an zu kreischen, und Hilde saß kreidebleich mit starrem Gesicht wie festgenagelt auf dem Gartenstuhl.

Der Wilde fing an zu sprechen. »Hallo zusammen, bitte entschuldigt die Störung, aber ich hätte eine Frage.«

Resi hatte sich als erste wieder gefangen. »Was wollen Sie von uns?!«, krächzte sie heiser.

»Könnte ich mir vielleicht einen Staubsauger ausleihen? Ich habe keinen dabei und im Haus müsste dringend gesaugt werden. Da ist alles voller Spinnweben.«

Resi, Hilde und Irma starrten fassungslos auf den Eindringling. Es war ein Mann in etwa ihrem Alter, mit dichten grauen Haaren, die ihm offen auf die Schulter fielen, einem Vollbart und, was das Schockierendste war … mit nacktem Oberkörper. Und auf diesem Oberkörper prangte unübersehbar ein afrikanisch anmutendes Motiv über der linken Brust. Resi wartete jeden Moment auf den Angriff.

Doch da der Mann keine Anstalten machte, sie zu attackieren, riss sich Resi zusammen und legte das Messer unauffällig auf ihren Teller.

Dann antwortete sie aufgebracht: »Einen Staubsauger brauchen Sie? Und deshalb kommen Sie einfach so halbnackt und ohne Anmeldung in meinen Garten und schreien herum? Was fällt ihnen ein, einfach so ungefragt hereinzuplatzen. Uns hätte der Schlag treffen können. Wer sind Sie überhaupt und von welchem Haus reden Sie?«

»Entschuldigung, ich habe ganz vergessen, mich vorzustellen. Ich bin der Manfred und ich wohne im Nachbarhaus.« Der Mann versuchte sich an einem freundlichen Lächeln.

»Im Nachbarhaus, aha. Soweit ich informiert bin, steht das Haus leer.«

»Jetzt nicht mehr. Ich meine, das Haus steht jetzt nicht mehr leer. Ich bin nämlich eingezogen. Aber zurück zu meiner Frage. Kann ich nun einen Staubsauger haben oder muss ich jemand anderen fragen?«

»Ich glaube, da müssen Sie jemand anderen fragen. Ich verleihe nichts an Menschen, die ich nicht kenne.«

»Aber ich könnte dir dafür mit der Apfelernte helfen. Ich habe Zeit und arbeite gerne im Garten.«

Resi schnappte entrüstet nach Luft. »Haben Sie etwa gelauscht? So eine Unverschämtheit habe ich noch nie erlebt!« Auch Irma und Hilde schüttelten, entsetzt über so viel Dreistigkeit, ihre Köpfe.

»Ich habe jetzt nicht absichtlich gelauscht, aber deine Thujen eignen sich nicht besonders gut als Schallschutz. Und deshalb war nicht zu überhören, was hier diskutiert wurde. Wenn ich ehrlich bin, fand ich es ziemlich spannend. Das hätte ich nicht gedacht, dass in so einem verschlafenen Dorf so viel Aufregendes passiert.«

Resis Haut überzog eine leichte Röte. Die Hauptregel beim Tratschen war, dass man sich dabei nicht erwischen ließ.

Da auch ihre beiden Freundinnen den Eindringling mit

offenem Mund anstarrten, trat eine seltsame Stille ein, in die Manfred sagte: »Also gut, ich denke, ich habe es verstanden. Die Antwort ist nein. Dann frage ich einfach die Nachbarn auf der anderen Seite.«

Obwohl Resi diesen Manfred unerhört frech und unhöflich fand, wollte sie nicht sofort Streit mit ihrem neuen Nachbarn. Vermutlich mussten sie noch einige Jahre nebeneinander aushalten. Außerdem war sie praktisch veranlagt und sie brauchte dringend jemanden für die Apfelernte.

»Jetzt warten Sie doch mal. Ich war einfach überrumpelt. So etwas habe ich aber auch wirklich noch nie erlebt.« Sie schnappte noch einmal nach Luft. »Aber gut, Sie bekommen meinen Staubsauger und dafür helfen Sie mir bei der Ernte.«

»Das ist doch ein Wort. Vielen Dank, dann bringe ich ihn dir morgen wieder vorbei und übermorgen machen wir uns ans Äpfel pflücken.«

»Sie können draußen vor der Haustür warten. Ich bringe Ihnen den Staubsauger dann vor.« Unter dem leisen Protest von Irma und Hilde, die überhaupt nicht verstanden, wie man so einem ungehobelten Mannsbild etwas leihen konnte, erhob sich Resi und holte ihren guten alten Vorwerk-Staubsauger aus der Speisekammer.

Den drückt sie Manfred, der im Vorgarten gewartet hatte, in die Hand und meinte: »Aber passen Sie gut auf ihn auf. Der war nicht billig.«

Manfred bedankte sich mit einer Verbeugung, doch Resi war noch nicht bereit, dem Eindringling zu vergeben. Zumindest etwas anziehen hätte er sich können. »Und das nächste Mal klingeln Sie bitte. Man geht nicht einfach so in fremde Gärten und man belauscht auch nicht die Leute. So wird das nichts mit der guten Nachbarschaft«, verabschiedete sie ihn streng.

Als Resi wieder bei ihren Freundinnen saß, waren sowohl das Gift auf dem Feld als auch der Verkauf des Pfarrhofs Nebensache. Der Auftritt von Manfred stellte alles in den Schatten.

Die drei wagten zunächst nicht, etwas zu sagen, doch gerade als Resi vorschlagen wollte, dass sie doch ins Haus gehen könnten, fing im Nachbarhaus der Staubsauger an zu brummen. Daraufhin ging es los.

»So etwas habe ich ja noch nie erlebt. Wie hat der sich denn aufgeführt? Und welcher vernünftige Mensch lässt sich denn so eine grässliche Tätowierung machen?« Hildes Stimme überschlug sich fast vor Aufregung.

»Wie konntest du ihm nur den Staubsauger leihen. Wer weiß, was er damit vorhat. Ich habe ein ganz schlechtes Gefühl bei diesem Menschen und du weißt, mein siebter Sinn täuscht sich fast nie«, hakte Irma besorgt ein. »…und dabei waren seine Eltern so nette Leute.«

»Wenn es überhaupt die Eltern waren. Vielleicht ist das ja ein Betrüger und das Haus gehört ihm gar nicht. Man kann heutzutage alles fälschen. Das weiß ich von meinem Bertl«, meinte Hilde düster. Sie hatte es plötzlich eilig. »Da muss ich gleich mal nachfragen. Vielleicht weiß er, wer da eingezogen ist. Du bist zu vertrauensselig Resi. Gut, dass dein Apfelbaum von der Straße her gut einsehbar ist. Da passt beim Äpfel pflücken wenigstens die alte Weberin auf dich auf.«

Irma war einen Blick auf die Uhr und schloss sich Hilde an. »Ich muss auch los. Schließ heute Abend die Haustür aber besser doppelt ab. Wer weiß, was diesem Manfred einfällt. Jemandem, der nackt in fremde Gärten einbricht, ist alles zuzutrauen.«

Resi brachte ihre Freundinnen zur Gartentür und ging dann langsam zurück, um den Tisch abzuräumen und anschließend das Geschirr in die Spülmaschine zu räumen.

Im Gegensatz zu ihren Freundinnen hatte sie keine Angst vor diesem Manfred. Sie war grundsätzlich kein ängstlicher Mensch und was sollte er ihr am helllichten Tag im Garten schon antun. Ihr Gesicht umspielte ein Lächeln als sie dachte, dass die beiden immer viel zu viel Drama machten.

Das Klappern der Katzenklappe und ein lautes »miau« informierten Resi darüber, dass ihre Mitbewohnerin nach Hause gekommen war. Wenige Sekunden später eilte auch schon ein grau-weißer Fellball in die Küche.

»Du bekommst gleich dein Futter Lilo«, beruhigte Resi ihre Katze, die nun laut miauend aufdringlich um ihre Beine strich.

Resi öffnete die Tür der kleinen Speisekammer. Dort standen noch die gleichen Metallregale, wie damals, als Resi ihr Elternhaus mit ihrem Mann umgebaut und liebevoll eingerichtet hatte.

Sie konnten die gemeinsame Zeit darin leider nicht lange genießen. Bereits wenige Jahre nach dem Umbau starb er bei einem Unfall. Seitdem lebte Resi allein dort.

Da ihr Mann einigermaßen vermögend gewesen war, konnte sie das Haus halten, und das, obwohl sie als Kinderkrankenschwester nie besonders viel verdient hatte.

Zielsicher holte Resi ein Schälchen vom Regal und vorsichtig, um nicht zu tropfen, füllte sie die Schüssel mit Diätkatzenfutter, was ihre Katze mit mäßiger Begeisterung schnüffelnd zur Kenntnis nahm.

»Schau nicht so beleidigt. Du bist zu dick, hat der Tierarzt gesagt«, sagte sie mahnend zu Lilo, die sich missmutig ans Fressen machte.

Resis Gedanken schweiften ab. Heute Nachmittag war mehr passiert als ansonsten in einem ganzen Monat.

Hoffentlich fand Hilde heraus, wer dieser seltsame neue Nachbar war. Sie wollte ihn nicht verdächtigen, aber es wäre schon gut zu wissen, ob er der rechtmäßige Erbe war.

Außerdem beunruhigte sie die Geschichte mit dem Haller Bauern. Da war ein Gefühl, das sie nicht erklären konnte, doch wenn Charaktere wie der Herr Baron von Berghardt und der Haller Bauer aufeinandertrafen, krachte es.

Nach einer einfachen Brotzeit setzte sich Resi auf das Sofa, auf dem Lilo schon auf sie wartete. Mit einem wohligen Seufzen griff sie nach dem Buch, das auf dem kleinen Holztischchen lag. *Agatha Christie* leuchtete in weißen Buchstaben vom Cover.

So ein Mordfall, das wäre einmal etwas. Nicht, dass sie wollte, dass jemand starb, das natürlich nicht. Aber sie würde sich zu gerne einmal als Detektivin versuchen.

Sehnsüchtig schaute Resi aus dem Fenster auf die Straße. Um diese Uhrzeit fuhren nur noch ganz sporadisch Autos vorbei. In Hirlangen waren Verbrechen oder gar Morde Mangelware. Hier starben die Menschen an Altersschwäche, Krebs oder Bosheit.

Aber es musste ja nicht gleich ein Mord sein. Ein verdächtiger Nachbar oder auch ein Biobauernbetrug war immerhin ein Anfang. Mit dem Nachbarn wollte sie sich morgen beschäftigen, aber über die Folgen von Pestizideinsatz auf einem Biofeld konnte sie sich gleich informieren.

Kurzentschlossen legte Resi das Buch wieder weg und verscheuchte Lilo, die es sich bereits auf ihrem Schoß bequem gemacht hatte. Doch darauf konnte sie jetzt keine Rücksicht nehmen.

Aufgeregt holte sie das Tablet, das ihr ihre Großnichte Magdalena, die alle nur Leni nannten, zum fünfundsechzigsten Geburtstag geschenkt hatte. Bezahlt hatte es Resis Nichte Regina, aber Leni hatte es ihr eingerichtet und gezeigt, wie es zu bedienen war.

Konzentriert gab Resi das Passwort ein und suchte nach Bergriffen wie *Bioerzeugnisse*, *Pestizide* und *Strafe bei Verstoß gegen die Biobauernverordnung*.

Anscheinend war es gar nicht so unüblich, dass man Pestizidrückstände auf Biolebensmitteln fand. Erklärt wurde das häufig mit dem Wind, der das Gift von konventionell betriebenen Feldern herüberwehte.

Aber wenn eine Probe auffällig war, konnte es durchaus schnell passieren, dass man die Biozertifizierung verlor. Für jemanden wie den Friedrich von Berghardt wäre das eine Katastrophe, so abgebrannt wie der laut Dorfklatsch war.

Resi vertiefte sich immer weiter in das Thema und die Ergebnisse ihrer Recherche fesselten sie so, dass sie über eine halbe Stunde später als sonst ins Bett ging.

Kapitel 2

Am nächsten Morgen öffnete Resi noch vor dem Frühstück die dunkelbraun gestrichene Haustür und atmete die kühle und feuchte Oktoberluft ein. Alles war nass vom nächtlichen Regen und von der gestrigen Wärme war nichts mehr übrig.

Mit ihrer praktischen, grauen Stoffhose und dem dünnen hellblauen Strickpullover sah Resi aus wie eine gewöhnliche alte Dame. Doch auf dem mit grauen Löckchen umrahmten alte-Damengesicht mit den klugen grünen Augen lag ein wissendes Lächeln. Gerade so, als ob sie jedes Geheimnis dieses Dorfes kennen würde.

»Lange werdet ihr nicht mehr blühen. Der Herbst ist da«, murmelte sie mit einem Blick auf ihre Rosen. Im Augenblick schmückten noch vereinzelt ein paar der zartrosa Blüten den mit Natursteinen gepflasterten Weg, der zu Resis Haus führte.

Der alte Apfelbaum, der im Vorgarten stand, ächzte unter der Menge seiner tiefroten Früchte und Resi war froh, dass ihr neuer Nachbar morgen kommen wollte, um ihr bei der Ernte zu helfen. Hoffentlich konnte er zupacken.

Die nächtlichen starken Schauer, von denen Resi mehrmals

geweckt worden war, hatten sich in den Morgenstunden in einen nebelartigen feinen Nieselregen verwandelt. Das war gut, denn am Donnerstagvormittag war immer Markt am Kirchplatz und Resi brauchte dringend Zwiebeln und Kartoffeln. Bei strömendem Regen war ein Markteinkauf kein Vergnügen.

Trotz der frühen Stunde war nebenan schon einiges los. Ein riesiger Möbelwagen parkte vor dem Haus ihres Nachbarn und zwei Helfer schleppten eine Umzugskiste nach der nächsten ins Gebäude.

Resi ging ein paar Schritte in den Vorgarten und zupfte bereits abgestorbene Blüten der Rosen ab. Unauffällig beobachtete sie das Treiben vor dem Nachbarhaus.

Die Möbelpacker hoben einen großen, in ein weißes Leinentuch gewickelten, Gegenstand vom Lastwagen.

»Ist das eine Mumie?«, keuchte einer der beiden und wischte sich den Schweiß von der Stirn. Dieses Ungetüm musste ungewöhnlich schwer sein.

Da kam Manfred aus dem Haus gestürmt. »Bitte ganz vorsichtig damit. Das ist sehr wertvoll. Bringt es bitte durch den Garten auf die Terrasse.

Stöhnend schleppten die beiden Männer das lebensgroße Paket, das von der Form her durchaus ein Sarkophag hätte sein können, in den Garten.

»Was mag da wohl eingewickelt sein?«, fragte sich Resi leise und pflückte noch ein paar mehr Blüten ab.

Plötzlich störte sie ein Keuchen auf ihrem Lauschposten. Resi zuckte zusammen. Das klang nach Hund und Hunde konnte sie in ihrem Garten gar nicht gebrauchen.

Wie ein Blitz schoss ein schwarz-brauner Rauhaardackel um die Ecke ihres Hauses und sprang fröhlich auf sie zu.

»Wo kommst du denn her?«, fragte sie überrascht und wich ein paar Schritte zurück. Der Hund musste durch ein Loch in der Hecke in ihren Garten gekommen sein. Zur Straße hatte sie einen Holzzaun, da hätte der Hund trotz seiner geringen Größe nicht durchgepasst.

Der Dackel freute sich, dass ihn jemand beachtete und sprang an ihr hoch, wobei seine nassen Pfoten dunkle Flecken auf ihrer grauen Hose hinterließen. »Na so was, jetzt aber dalli, ab nach Hause«, begann Resi zu schimpfen und schubste das kleine Fellbündel vorsichtig von sich weg.

Daraufhin ließ der Kleine von ihr ab, aber dafür fing er begeistert an, in Resis Vorgarten herumzuschnüffeln und in Resis Rosenbeeten zu scharren. Resi versuchte vergeblich, den Hund zu verscheuchen. »Schau, dass du wegkommst. Für kleine Hunde ist es hier gefährlich.«

Resis Bemühungen waren erfolglos. Dem Rauhaardackel gefiel es in Resis Garten sogar so gut, dass er sich anschickte, sein Geschäft unter den Apfelbaum zu machen.

Kurzentschlossen holte Resi den Rechen, der am Gartenhäuschen lehnte und damit schubste sie den Dackel vorsichtig, aber energisch in Richtung Gartentür. »Das ist kein Hundeklo. Jetzt aber raus mit dir!«

»Was machst du mit meinem Hund? Das ist noch ein Baby!« Manfreds entsetztes Gesicht schaute über die Hecke.

Doch Resi ließ sich nicht beirren. »Das kann gut sein, aber das gibt ihm noch lange nicht das Recht, mir in den Garten zu machen. Sie können ihn gerne bei mir abholen und dann sollten sie in Zukunft besser auf ihn aufpassen. Ich habe eine Katze und kann für nichts garantieren.«

»Der Hund ist noch so klein, der tut deiner Katze doch nichts.«

»Das habe ich auch nicht behauptet.«

»Ich hole Lotti jetzt.« Manfreds Kopf verschwand und er tauchte kurz später an Resis Gartentür auf. »Lotti, was machst du nur immer für Sachen? Du musst schon auf mich hören«, schimpfte er liebevoll mit dem kleinen Wesen.

Zu Resi sagte er: »Lotti ist noch recht jung und sie ist erst seit ein paar Wochen bei mir. Die hört noch nicht so richtig. Aber das bekommen wir bestimmt bald in den Griff. Ich hoffe, du bist nicht zu streng mit uns.« Manfred wuschelte durch Lottis Fell und sah Resi bittend an.

»Schon gut, ich bin zwar kein direkter Hundefreund, aber ich habe auch nichts gegen sie. Aber Sie kennen meine Lilo nicht und gegen Häufchen im Garten habe ich auch etwas.«

»Ich passe ab jetzt besser auf, versprochen. Jetzt gehe ich gleich kurz Gassi und dann sperre ich sie im Haus ein. Das ist aber auch ein Stress heute. Der Umzug ist anstrengender als ich gedacht habe. Da sammelt sich doch einiges an in den Jahren. Bis Morgen!« Mit Lotti unter dem Arm verschwand Manfred laut pfeifend aus Resis Vorgarten.

Resi schüttelte ungehalten den Kopf. Dieser neue Nachbar zehrte an ihren Nerven. Doch darüber konnte sie sich später aufregen. Jetzt musste sie schauen, dass sie rechtzeitig zum Markt kam. Sie freute sich schon darauf. Für eine alleinstehende ältere Dame gab es neben dem sonntäglichen Kirchgang nicht viele bessere Gelegenheiten, um an Neuigkeiten zu kommen.

Außerdem hatten gewöhnlich der Haller Bauer und auch der Berghardt einen Stand dort. In dem Stand vom Berghardt stand normalerweise der Gashi und verkaufte das wohl doch nicht so ganz pestizidfreie Biogemüse

Diese Konstellation wollte sich Resi nicht entgehen lassen. Da konnte alles passieren.

Beim Frühstück, das aus Milchkaffee, Roggenbrot und selbstgemachter Erdbeermarmelade bestand, las sie wie jeden Morgen den Birlacher Tagesanzeiger. Bevor man sich in die Dorfgemeinschaft begab, sollte man informiert sein.

Doch diesmal wurde sie enttäuscht. Nicht einmal der Teil mit den Todesanzeigen brachte Interessantes zu Tage.

Gedankenverloren strich Resi das blütenweiße Häkeldeckchen glatt, das als zusätzlicher Schmuck auf der Tischdecke lag. Als sie noch gearbeitet hatte, war ihr selten langweilig gewesen. Das Trösten von Kindern und manchmal auch von deren Eltern hatte ein Gefühl von Langeweile nicht aufkommen lassen. Doch jetzt sah die Sache anders aus.

Trotz ihrer Aufgaben beim Katholischen Frauenbund, hatte sie oft das Gefühl, dass zu wenig passierte in ihrem Leben. Kurz gesagt, sie sehnte sich nach ein wenig mehr Aufregung. Fürs untätig daheimsitzen und stricken fühlte sie sich noch viel zu jung.

Nach dem Frühstück warf sich Resi geschickt ihren durchsichtigen Regenponcho über, griff nach dem Weidenkorb mit dem Innenfutter aus Apfelmusterstoff und kontrollierte bedächtig, ob sie auch genug Geld in ihrer alten Lederbörse hatte. Dann machte sie sich erwartungsvoll zu Fuß auf den Weg zum Markt.

Doch sie kam nur bis zur Gartentür. »Guten Morgen Resi. Gehst du zum Markt?«, rief ihr die alte Weberin aus dem offenen Fenster des Hauses schräg gegenüber zu. Sie war eine etwas ungepflegt wirkende Frau mit einem dieser altmodischen Blümchenkittel, die es eigentlich nicht mehr zu kaufen gab.

Völlig ungeniert hatte sie ein dickes Sitzkissen unter ihre verschränkten Unterarme geschoben, damit sie es auf ihrem Beobachtungsposten bequem hatte. Wie eine Spinne lauerte sie so vorbeigehenden Dorfbewohnern auf.

»Ja, soll ich dir etwas mitbringen?«, fragte Resi mit höflicher Freundlichkeit. Obwohl sie oft über die offensichtliche Neugierde der Nachbarin verärgert war, half Resi der alten Frau, die bereits über achtzig war, indem sie manchmal Besorgungen für sie machte.

»Bring mir doch ein paar Kartoffeln mit. Aber keine grünen. Letztes Mal war eine grüne dabei. Und frag nach, wo es die günstigsten gibt, ich habe keinen Geldscheißer daheim. Bezahlen tu ich dich dann nachher.«

»Gut, bis gleich.« Resi ging ein paar Schritte weiter, da rief ihr die alte Frau hinterher.

»Schade, dass ich so schlecht zu Fuß bin. Da würde ich heute gerne dabei sein. Der Haller Bauer gibt bestimmt damit an, dass er den Gashi gesehen hat«, posaunte die alte Frau heraus.

Aus jahrelanger Erfahrung klug geworden, ging Resi nicht auf das Gesagte ein. Sie wusste, dass jede Antwort nur dazu führte, dass man noch länger aufgehalten wurde. Freundlich nickte sie der Weberin zu und machte sich, der gewundenen Straße folgend, auf den kurzen Weg zum Marktplatz.

Schon von weitem erkannte sie, dass trotz des schlechten Wetters schon einiges los war. Wie erwartet war der in die Jahre gekommene, wacklige Stand vom Haller-Bauer heute besonders gut besucht.

Resis trotz ihres Alters noch scharfen Augen erspähten in der Schlange die üblichen älteren und jüngeren Damen und vereinzelt auch Herren, die im Dorf über alles bestens Bescheid wussten. Nur Hilde fehlte, aber die kam bestimmt später noch vorbei.

Entgegen ihren sonstigen Gewohnheiten ging Resi heute

als erstes zu dem modernen Stand des Barons von Berghardt. Doch zu ihrer Enttäuschung war der heute, anstatt von Herrn Gashi, von Hannelore Limmer besetzt.

Resi zögerte kurz, ging aber dann trotzdem zu dem Stand. »Guten Morgen Hannelore. Musst du heute einspringen? Geht es dem Gashi nicht gut?«, begrüßte Resi die ältere Dame mit dem leidenden Zug um den Mund. Resi kannte Hannelore schon seit Kindestagen. Richtig befreundet waren sie jedoch nie gewesen, dafür waren ihre Charaktere zu unterschiedlich.

»Ja, stell dir vor, der alte Berghardt wollte das so. Und das bei meinem schlechten Rücken. Ich habe mir schon bei der ersten Gemüsekiste den Rücken verrissen. Wenn das mein Arzt wüsste. Er hat mir extra ein Attest geschrieben, damit ich bei den Berghardts nicht mehr so viel putzen muss. Ich soll nur noch körperlich nicht anstrengende Sachen machen und jetzt das«, jammerte Hannelore wie aufs Stichwort los.

Obwohl Resi das bereits wusste, da Hannelore in den letzten Jahren über kaum etwas anderes geredet hatte, nickte sie verständnisvoll mit dem Kopf und sagte mit harmloser Alte-Dame-Stimme: »Das ist wirklich allerhand. Wo du doch schon immer solche Schmerzen hast. Da muss es dem Gashi wirklich schlecht gehen.«

»Nein, das ist es ja. Der ist gesund und munter, aber der alte Berghardt hat darauf bestanden, dass der heute auf dem Gutshof beim Aufräumen mithilft. Als ob das nicht auch bis morgen hätte warten können. Das ist bestimmt nur deswegen, weil sich der Gashi vom Haller hat erwischen lassen.« Verächtlich warf Hannelore ihren Kopf zurück.

Hinter Resis faltiger Stirn trieben sich die unterschiedlichsten Gedanken herum. Der alte Berghardt war zwar ein unsympathischer Choleriker, aber dumm war er nicht. Er musste davon ausgehen, dass irgendjemand die Aufsichtsbehörde verständigte und bis dahin mussten alle Beweise, dass mit seinen Bioprodukten etwas nicht in Ordnung war, vernichtet sein.

Unverbindlich antwortete sie Hannelore: »Das hätte es bestimmt. Aber der Berghardt hat ja öfter seltsame Ideen.«

»Ja, der junge Henrick von Berghardt ist da ganz anders. Ein ganz freundlicher und unkomplizierter Bub. Das wird Zeit, dass der den Hof übernimmt. Dem Alten wäre es zwar lieber, wenn Julius sein Erbe wäre, aber als Zweitgeborener hat er das Nachsehen.«

»Ja, der Henrick ist ein netter junger Mann geworden. Ganz die Mutter. Obwohl ich den alten Berghardt verstehen kann. Der Julius ist auch kein unrechter Kerl und zupacken kann er besser als sein Bruder. Das ist ein kräftiger Bursch.« Resi nickte, als ob sie sich selbst zustimmen würde und ergänzte dann: »Ah ja, und ich bekomme ein Kilo von den Frühkartoffeln für mich und ein halbes für die alte Weberin. Außerdem brauch ich noch ein halbes Dutzend Zwiebeln.«

»Wenigstens kaufst du was. Ich komme mir schon vor wie auf dem Präsentierteller hier. Alle schauen blöd, aber kaufen tut keiner was.«

Umständlich und mit einem leidenden Stöhnen stellte Hannelore die geforderte Ware zusammen und Resi bezahlte.

Als nächstes schlenderte sie zum Stand des Haller Bauern.

»Ganz ungeniert hat der das Gift gespritzt. Ganz ungeniert.« Der Bauer erzählte zum wiederholten Mal mit wichtigtuerischer Miene, was er in der Nacht auf dem Feld des Barons gesehen hatte.

Resi betrachtete die Szenerie mit einem unwilligen Blick. Der Haller Bauer hatte eine massige, unförmige Gestalt, die in einem speckigen Hemd und einer ebenso ranzigen Cordhose steckte, was ihm etwas Unappetitliches verlieh. Resi vermied es deshalb, ihr Gemüse und Obst bei ihm zu kaufen.

»Aber Beweise hast du keine. Woher wissen wir, dass du nicht nur den Baron schlecht machen willst?«, unterbrach ihn die schnippische Stimme von Effi Hiendl. Effi war um die fünfzig und eine dieser Frauen, die glaubten, dass sie alles laut aussprechen dürfen, was ihnen gerade in den Sinn kam. Ob es unpassend war oder ob sie damit die Gefühle von jemandem verletzte, war ihr dabei egal.

Doch anstatt sich angegriffen zu fühlen, umspielte ein triumphierendes Lächeln die schmalen Lippen des Bauern. »Vielleicht habe ich ja einen Beweis und will ihn euch neugierigen Weibern nur nicht zeigen. Vielleicht brauch ich ihn noch für etwas«, erwidert er geheimnisvoll. »Aber jetzt genug von den Geschichten. Kauft lieber was von mir. Braucht keine ein paar Kartoffeln von der frischen Ernte?«

Eine der Frauen fing zu feilschen an und damit war die Mitteilungsfreude des Bauern erst einmal beendet.

Resi schüttelte fast unmerklich ihren Kopf. So ein dummer Mann. Dann griff sie nach ihrem schweren Korb und machte sich langsam auf den Weg nach Hause. Für heute hatte sie genug erfahren.

Als sie die Kartoffeln bei ihrer Gegenüber-Nachbarin abgab, flüsterte diese aufgeregt: »Du, dein neuer Nachbar, der mit den langen Haaren, der war bei dir!« Sie machte eine dramaturgische Pause. »Und er hat dir einen Staubsauger gebracht. Bring den am besten gleich zum Bertl. Nicht dass da Gift drin ist, oder eine Bombe! So wie der aussieht. ist das bestimmt ein Terrorist. Ich glaube von der RAF.«

»Das glaube ich nicht. Der neue Nachbar heißt Manfred

und ist vermutlich der Sohn der verstorbenen Hubers. Er hat sich gestern meinen Staubsauber ausgeliehen«, antwortete Resi trocken.

»Aha, das weißt du alles schon. Mir hat sich der noch nicht vorgestellt. Obwohl ich ja Angst hätte, wenn er mir zu Nahe kommen würde. Und viel Zeug hat der. Der Lastwagen ist erst vor ein paar Minuten weggefahren.

»Mhm, ich schau jetzt wieder weiter«, antwortet Resi unbestimmt. Ihr tat ihr Knie weh und sie wollte sich ein wenig ausruhen. Die Verschwörungstheorien der alten Frau interessierten sie gerade herzlich wenig.

»Servus Resi, pass trotzdem auf. Bei Männern mit langen Haaren weiß man nie.«

Vor Resis Haustür stand, wie von der Weberin angekündigt, ordentlich ihr Staubsauger. Darauf lag ein Umschlag.

Resi verstaute die Einkäufe in ihrer Speisekammer und erst dann setzte sie sich auf das Sofa, um den Brief zu öffnen.

Darin lag eine selbstgemalte Karte, die ein Aquarellbild von Lilo zeigte, wie diese im hohen Gras lag. Gerührt las Resi den Text: »*Liebe Nachbarin, herzlichen Dank für den Staubsauger. Ich habe morgen den ganzen Tag Zeit und komme gerne zur Apfelernte. Ich schaue um 09.00 Uhr vorbei. Dein Manfred.*«

Resi war ein wenig gerührt. Dieser Manfred war zwar recht unverschämt und sie wusste nicht, ob sie ihm wirklich trauen konnten aber das Bild von Lilo war sehr gut gelungen.

Das Läuten der Türglocke riss Resi aus ihren Gedanken. »Wer ist denn das schon wieder?«, murrte sie.

Bedächtig erhob sie sich und ging langsam zur Haustür.

Ihre Freundin Hilde stand vor der Tür. »Ich war gerade unterwegs und da ich dich auf dem Markt nicht gesehen habe, dachte ich, ich schaue mal vorbei und erzähl dir, was ich über deinen neuen Nachbarn gehört habe«, fing sie ohne Begrüßung sofort zu erzählen an.

»Komm erst einmal rein, damit ich die Türe zumachen kann und die ganze Wärme nicht rauszieht. Du bist bestimmt ganz durchgefroren. Magst du einen Kaffee?«

Hilde trat zumindest so weit in den Flur, dass Resi die Tür hinter ihr schließen konnte. »Nein, ich muss gleich wieder weiter. Aber hör zu. Dieser Manfred ist tatsächlich der Sohn der alten Hubers, der sein Erbe antritt und sich jetzt hier in Hirlangen angemeldet hat. Angeblich war er mal Lehrer. Aber sicher ist das nicht. Es scheint niemand etwas Konkretes über ihn zu wissen.«

»Hilde, das ist nett, dass du deswegen extra zu mir kommst. Gut zu wissen, dass er wirklich der Sohn der Hubers ist. Vielleicht ist er gar nicht so unrecht, wie er auf den ersten Blick gewirkt hat. Er hat mir vorhin bereits den Staubsauger zurück gebracht und sich für morgen zum Apfelernten angekündigt.« Die Karte, die ihr Manfred gemalt hatte, zeigte sie Hilde jedoch nicht. Irgendwie fand sie das unpassend.

»Pass morgen trotzdem auf. Bei fremden Leuten weiß man schließlich nie.« Hilde nickte wissend.

»Ich war heute schon recht früh auf dem Markt und du glaubst nicht, was der Haller Bauer da lautstark rumposaunt hat«, wechselte Resi das Thema und erzählte Hilde, was der Mann verkündet hatte. »So ein Angeber. Und ein besonders dummer noch dazu«, schloss Resi ihren Bericht.

»Dass der Haller Bauer nicht besonders schlau ist, ist mir bekannt, aber was genau meinst du diesmal?«, fragte Hilde.

Resi senkte ihre Stimme zu einem Flüstern, obwohl sie allein in Resis Hausflur standen. »So wie er es betont hat, hat er wirklich einen Beweis. Vielleicht ein Foto vom Gashi beim Gift spritzen. Mit den Handys geht das heutzutage ja ganz einfach. Ich kann mir vorstellen, dass er damit zum alten Berghardt rennt und was dafür will.«

»Du meinst Erpressung?«, flüsterte Hilde zurück.

»Zuzutrauen ist es ihm. Der hat noch weniger Geld als der Herr Baron.«

»Aber was soll das bringen? Das Gift kann man in den Pflanzen doch bestimmt auch so nachweisen. Da braucht man kein Foto«, meinte Hilde zweifelnd.

»Das weißt du und das weiß der Berghardt. Aber ob das der Haller Bauer weiß? Das bezweifle ich. Er hat damals nicht einmal den Volksschulabschluss geschafft. Ich habe außerdem ein wenig recherchiert. So einfach kann man gar nicht nachweisen, dass absichtlich Gift gespritzt wurde. Es kommt auf das Pestizid an und es könnte auch von anderen Feldern rüber geweht worden sein«, ergänzte Resi und sah dabei ein wenig schuldbewusst aus.

Hilde sah Resi überrascht an. »Was du alles weißt!«

Resi wurde rot und zuckte mit den Schultern. »Ja mei, ich dachte, ich informiere mich darüber einmal. Schaden tut das schließlich niemandem.«

»Nein, nein, natürlich nicht. Mir gefällt die ganze Sache nur nicht. Das wird noch Böse enden mit dem Haller«, weissagte Hilde.

»Du klingst fast schon wie die Irma, aber ich weiß, was du meinst. Da ist etwas Ungutes in der Luft.«

»Na ja, wir werden daran nicht viel ändern können. Außerdem muss ich jetzt auch schon wieder los. Ich habe noch einiges zu erledigen. Mach es gut Resi!«

Hilde machte sich weiter auf Ratsch-Tour, wie Resi diese

Rundfahrten mit dem Fahrrad insgeheim nannte und Resi schloss langsam die Haustüre.

Danach setzte sie sich wieder auf das Sofa im Wohnzimmer, um endlich ihre müden Beine zu erholen. Doch kaum hatte sie sich hingesetzt, schreckte ein markerschütterndes Jaulen sie wieder hoch.

Das kam von draußen! So schnell sie konnte, rannte Resi zur Terrassentür und riss sie auf. Hastig schlüpfte sie in ihre Gartenschlappen und machte sich auf die Suche nach der Ursache des Geräuschs.

Wenn sie ganz leise war, konnte sie ein leises Wimmern hören. Das war ein Tier und es schien von hinten zu kommen.

Resi befürchtete das Schlimmste und sah sich suchend nach ihrer Katze um. Aus dem hinteren Teil des Gartens stolzierte Lilo mit gesträubtem Schwanz auf sie zu und sah dabei sehr siegessicher aus.

»Lilo? Was hast du gemacht?« Das Wimmern wurde jetzt lauter. Es kam von der anderen Seite des Zaunes.

»Das Katzenbiest hat meine Lotti angegriffen und die Kleine hat jetzt einen Kratzer auf der Schnauze. Was ist das für eine Furie?« Manfreds Stimme klang das erste Mal, seitdem Resi ihn kannte, unbeherrscht und als sie Manfreds wütendes Gesicht hinter der Buchenhecke entdeckte, zuckte sie erschrocken zusammen. Da konnte man es fast mit der Angst zu tun bekommen.

»Vermutlich ist Ihre Lotti in Lilos Revier eingedrungen und sie hat es verteidigt. Ich hatte Sie doch gewarnt. Mit Lilo ist da nicht zu spaßen. Ist Lotti etwas Ernstes passiert?«

»Zum Glück nicht. Auf den ersten Blick ist es nur der Kratzer und sie ist auch schon wieder munter«, meinte Manfred und seine Gesichtszüge entspannten sich langsam. Er hatte alle

Hände voll zu tun, seinen zappelnden Hund auf dem Arm zu halten.

»Gott sei Dank, dann ist es ja nochmal gut gegangen. Aber bitte sorgen Sie dafür, dass Lotti nicht mehr rüberkommt. Sie verteidigt ihr Revier wie ein Wachhund.«

»Ich versuche es, aber das ist bei diesem Temperamentsbündel gar nicht so einfach. Morgen werde ich sie auf jeden Fall nicht mitbringen. Hast du meine Karte mit der Nachricht bekommen? Passt morgen früh bei dir?« Manfreds Stimme klang jetzt wieder ganz normal.

»Ja, die habe ich bekommen. Ich danke Ihnen. Lilo ist wirklich gut getroffen. Sind Sie Maler?«

»Nicht hauptberuflich, aber ich male viel in meiner Freizeit. Und ich mache Skulpturen.«

»Was sind Sie denn dann hauptberuflich?« Resi nutzte die Gelegenheit, um etwas mehr über Manfred herauszufinden.

»Ich war Lehrer und ich habe zuletzt viel in Afrika in der Entwicklungshilfe gearbeitet und dort Lehrer ausgebildet.«

»Wie interessant, das war bestimmt aufregend.«

Resi hätte gerne noch mehr über erfahren, aber Lotti hatte es endgültig geschafft, sich aus Manfreds Griff zu winden und lief, die Nase am Boden, schnurstracks zur Hecke, die die beiden Gärten trennte.

»Hiergeblieben!« Manfred konnte Lotti gerade noch so am Halsband schnappen. »Ich glaube, ich bringe sie jetzt besser mal ins Haus und verarzte die Wunde. Bis morgen!«

»Bis morgen«, erwiderte Resi und machte sich ihrerseits auf, um in ihr Haus zu gehen. Sie war sich nicht mehr sicher, ob es wirklich eine gute Idee gewesen war, ihren neuen Nachbarn für die Apfelernte einzuspannen. Sein Wutausbruch war nicht ohne gewesen.

Am nächsten Tag erschien Manfred pünktlich um neun zur Apfelernte. Seine Haare waren zu einem kleinen Pferdeschwanz gebunden und er hatte praktische Cordhosen und feste Schnürschuhe an. Passend zu dem kühlen Oktobertag trug er außerdem eine regenfeste Outdoorjacke.

Voller Tatendrang strahlte er Resi an: »Guten Morgen Frau Nachbarin, gut geschlafen? Ganz schön frisch ist es heute, aber wenigstens regnet es nicht.«

Resi, der der neue Nachbar noch immer nicht ganz geheuer war, begrüßte ihn steif: »Guten Morgen, schön, dass Sie es sich einrichten konnten. Wie geht es Ihrem Hund?«

»Lotti geht es wieder prächtig. Das war wirklich nur ein kleiner Kratzer. Allerdings scheint sie noch nicht kapiert zu haben, dass sie hier nicht erwünscht ist. Ich musste sie heute schon wieder an der Grenze zu deinem Garten einfangen.«

»Da bin ich froh, dass Sie sie rechtzeitig aufhalten konnten. Lilo liegt zwar gerade auf dem Sofa, aber sie kann jederzeit rauskommen.« Resi fühlte sich unwohl. Normalerweise war sie nicht mit nahezu fremden Männern allein im Garten.

Doch Manfred schien davon nichts zu bemerken. »Dann fangen wir mal an, oder? Nicht dass es doch noch anfängt zu schütten. Wo ist die Leiter?«

Resi führte Manfred zu dem kleinen Schuppen, in dem sie die alte Holzleiter aufbewahrte.

Manfred hängte sie sich über die Schulter und trug sie allein bis zum Baum, wo er sie aufstellte.

Resi holte währenddessen drei schwarze Eimer, die sie neben der Leiter platzierte. Einen hielt sie Manfred hoch, da der schon auf der Leiter stand und auf sie wartete.

Er hatte bereits die ersten Äpfel in der der Hand, die er vorsichtig, einen nach dem anderen, in den Eimer legte.

Resi pflückte währenddessen die Äpfel von den unteren Zweigen, die sie ohne Hilfsmittel erreichen konnte. Aus den Augenwinkeln beobachtete sie dabei unauffällig ihren Helfer. Er machte seine Sache recht ordentlich und Resi war überrascht, wie gut sie vorankamen.

Die ersten drei Eimer waren schnell gefüllt und sie brachten sie nacheinander zur großen Holzkiste, die Resi für diesen Zweck im Schuppen hatte.

Sie arbeiteten nahezu schweigend und die Holzkiste füllte sich stetig. Nach einiger Zeit fing jedoch Resis Rücken an zu zwicken, weshalb sie vorschlug, eine Pause zu machen. »Soll ich uns einen Tee machen? Ihre Hände sind schon ganz rot vor Kälte.«

»Nein, einen Tee brauche ich nicht, aber dieser Apfel da lacht mich an.« Manfred holte sich einen besonders roten Apfel vom Baum und biss kräftig hinein. Dann folgte er Resis auf die Terrasse, die kurz im Haus verschwand und mit zwei Gläsern und einer Flasche Wasser zurückkam. »Setzen Sie sich doch«, forderte sie ihren Helfer auf und Manfred kam der Bitte gerne nach.

Bevor eine unangenehme Stille entstehen konnte, fragte Manfred mit einem entwaffnenden Lächeln. »Ich vermute, das ist eine seltsame Frage, aber dürfte ich deinen Namen wissen? Bisher kenne ich dich nur als Nachbarin.«

Etwas beschämt, dass die Manfred Arbeiten ließ, aber sich noch nicht einmal ordentlich vorgestellt hatte, antwortete Resi: »Selbstverständlich, ich heiße Resi, also eigentlich Theresia Grießhammer.«

»Sehr erfreut Resi. Ich darf dich doch Resi nennen? Du kannst auch gerne Manfred zu mir sagen.«

Resis antwortete nicht auf Manfreds Frage und ihre

gerunzelte Stirn sprach Bände. Diese Du-Sagerei zwischen fremden Menschen war ihr unsympathisch und sie selbst würde da nicht einfach so mitmachen.

Doch für Manfred schien das Thema erledigt zu sein. »Du wohnst ja bestimmt schon länger hier. Was kann man denn im Dorf in seiner Freizeit machen? Ich bin Rentner und außer Lotti und meiner Kunst habe ich nicht viel zu tun. Außerdem würde ich gerne ein paar Leute kennenlernen.«

»Für Männer in deinem Alter? Mei, da kann man zu den Kriegern oder zur Feuerwehr. Oder ... genau, vielleicht zum Eisstockschießen. Das ist, glaub ich, eine nette Gruppe.«

»Stockschießen? Mensch, das wäre wirklich eine Sache! Das habe ich als Jugendlicher oft gemacht. Das letzte Mal ist zwar bestimmt schon über 40 Jahre her, aber einen Versuch ist es wert. Wen muss ich denn da fragen?«

»Da meldest du dich am besten beim Bertl. Das ist der Sohn von der Hilde.« Auf Manfreds fragendes Gesicht hin fügte sie hinzu: »Das war die schlanke Frau mit den kurzen Haaren, die vor zwei Tagen mit mir Kaffee getrunken hat.«

»Ah, ich erinnere mich. Was ist denn sonst so los in Hirlangen? Ein Wirtshaus habt ihr, das habe ich schon gesehen. Aber grundsätzlich scheint es mir ein beschauliches Örtchen zu sein.«

»Na ja. Nicht immer.«

»Was meinst du damit? Was passiert dann in einem Ort wie diesem? Das ist nicht Johannesburg.«

Resi ärgerte sich über die herablassende Art, mit der ihr Nachbar über ihr geliebtes Dorf sprach. »Nein es ist nicht Johannesburg, aber das heißt nicht, dass wir hier keine Verbrechen haben.«

»Ah, stimmt, ihr habt da über diesen Biobauern

gesprochen. Der dann Gift spritzen ließ. Ist bei der Sache schon was rausgekommen?«

Und obwohl sie immer noch nicht wusste, was sie von ihrem neuen Nachbar halten sollte, erzählte sie ihm von ihrer Befürchtung, dass der Haller Bauer kriminelle Pläne hatte.

Manfred sah Resi halb überrascht, halb bewundernd an. »Resi, in dir steckt ja eine Hobbydetektivin. Aber ich befürchte, du hast recht. So eine Sache kann schnell aus dem Ruder laufen und mit Erpressung ist nicht zu Spaßen.«

Resi wurde ein wenig rot. Ihre flammende Rede war ihr nun etwas unangenehm und sie wiegelte ab: »Wahrscheinlich verläuft das Ganze recht schnell im Sand und nächste Woche tratscht das ganze Dorf wieder darüber, ob der Pfarrer was mit der Pfarrerköchin hat, oder nicht.«

»Vielleicht, vielleicht aber auch nicht«, antwortete Manfred. »Aber nun lass uns weitermachen. Der halbe Baum ist noch voll.«

Als sie weiterarbeiteten, waren sie schon ein eingespieltes Team und Resi genoss die Ruhe, mit der Manfred die anstrengende Arbeit verrichtete. Noch vor dem Mittagessen lag der letzte Apfel in der großen Holzkiste.

Erleichtert, dass diese mühsame Arbeit erledigt war, atmete Resi auf. Dann fragte sie etwas verlegen: »Vielen Dank für Ihre Hilfe. Wollen sie sich noch einen Eimer Äpfel mitnehmen? Im Keller kann man sie gut lagern.«

»Da sage ich doch nicht nein. Aber nichts zu Danken. Das habe ich gerne gemacht. Dort wo ich die letzten Jahre gewohnt habe, war er ganz normal, dass sich die Nachbarn unter die Arme greifen. Gib einfach Bescheid, wenn du Hilfe brauchst.«

Resi nickte verhalten und als Manfred mit dem Eimer voller Äpfel wieder verschwunden war, war sie seltsamerweise erleichtert.

Langsam ging sie ins Haus zurück und streckte sich in Gesellschaft von Lilo ein wenig auf dem Sofa aus. Doch ihre Gedanken kamen nicht zur Ruhe. Dieser neue Nachbar war ihr ein Rätsel. Aber Resi mochte Rätsel.

Kapitel 3

Voller Vorfreude machte sich Manfred am Freitagabend auf den Weg zum Eisstockschießen. Bertl hatte sich über sein Interesse gefreut und ihn gefragt, ob er einmal mittrainieren wolle.

Die ganze Mannschaft war gekommen und feierte beim ersten Training dieser Saison noch einmal den Aufstieg in die nächsthöhere Eisstock-Liga. Die Gruppe bestand aus dem Dorfpolizisten Hubert Ernst, dem Bauer Sepp Ringlstatter, dem Haller Bauer und dem Gashi.

Bertl übernahm die Vorstellung und als er die Namen nannte, klingelte es bei Manfred. Zwei Mitglieder der Mannschaft hatte Resi erwähnt. Die waren in diesen Giftfall verwickelt.

Doch von irgendwelchen Unstimmigkeiten war an dem Abend nichts zu bemerken. Die vier Männer empfingen Manfred zwar nicht mit offenen Armen, aber zumindest soweit höflich.

»Wir haben schon gehört, dass du der Bub von den Hubers bist. Dann schauen wir mal, was du draufhast. Wir können gute Männer brauchen. Als erstes brauchst du aber was zu trinken.«

Der Haller Bauer schlug Manfred auf die Schulter und bestellte ein Bier für ihn.

Dann drückte Bertl ihm einen Eisstock in die Hand und sie begannen zu schießen. Manfred war beeindruckt. Die Anlage war hochmodern und der Belag der Sommerbahn war kaum von echtem Eis zu unterscheiden.

Schon nach kurzer Zeit war die Stimmung großartig. »Schon wieder Bestlage«, grölte der Haller Bauer, dessen blauer Stock heute nur so flutschte.

»Sauber, wenn du so weiter machst, können wir am Saisonende den nächsten Aufstieg feiern.« Bertl freute sich ohne Neid mit und klopfte dem Haller freundschaftlich auf den Rücken. Er war mit Ende 30 der Jüngste in der Mannschaft und obwohl er häufig ins Fitnessstudio ging, neigte er zu einem leichten Bauchansatz, den er dank dem reichhaltigen Essen seiner Mutter Hilde nicht loswurde.

Auch der Gashi hatte prächtige Laune und obwohl mancher Schuss nicht so gelungen war, konnte er darüber lachen.

Selbst bei Manfred lief es trotz der großen Pause richtig gut und Bertl meinte: »Das Stockschießen ist anscheinend wie Radfahren. Man verlernt es nicht. Du kommst zu uns in die Mannschaft!«

Nach dem ein oder anderen Bier und dem von Manfred ausgegebenen Einstandsschnaps wurde die Laune der Runde immer ausgelassener.

Nur der Sepp wollte nicht richtig mitfeiern. Aber da er ein stilles Wasser war, fiel es niemandem auf, dass er noch weniger sagte als sonst.

Vielleicht lag es auch an seiner heutigen Leistung. Normalerweise war der Sepp der beste Spieler, aber heute lief es nicht so rund bei ihm. Nach einem weiteren Fehlstoß seines knallroten Eisstocks wollte Bertl ihn aufmuntern: »Das wird schon Sepp. Du musst dich erst einmal wieder warm spielen.«

Doch dieser ging nicht darauf ein und sagte mit unergründlichem Gesicht: »Schauen wir mal, ob es dazu noch kommt.« Bertl, der als Spielertrainer fungierte, wurde hellhörig. Doch als er nachfragen wollte, wie das gemeint war, wurde er unterbrochen. Die Bedienung des Vereinsheims, das sich neben der Bahn befand, war zur Bahn gekommen und fragte: »Braucht ihr noch was?«

»Bier für alle!«, rief der Haller Bauer der zu dünnen Blondine mit der herausgewachsenen Dauerwelle zu. Und es wurde weiter getrunken und geschossen.

Als Manfred und der Sepp – der Sepp mit seinem Eisstock in der Hand – das Vereinsheim verließen, war es fast Mitternacht und in Manfreds Schädel drehte es sich schon ein wenig.

Der Bertl und der Haller waren nicht dabei. Sie wollten am Freitagabend noch nicht so früh nach Hause und hatten sich zu den Fußballern gesellt, von denen es sich noch einige im Vereinsheim gemütlich gemacht hatten.

Der Gashi hatte Probleme mit dem Reißverschluss seiner Stocktasche gehabt und wollte gleich nachkommen. Da er mit dem Fahrrad unterwegs war und gleich nach Hause zum Gutshof fahren wollte, warteten sie nicht auf ihn.

In der kühlen Herbstnacht wurde Manfred wieder ein wenig klarer im Kopf. Überrascht registrierte er, dass der Sepp leicht wankte. Der musste richtig viel gebechert haben. Und das, obwohl ihn die anderen damit aufgezogen hatten, dass er normalerweise nie mehr als ein Bier trank.

Trotz der Kühle und des dichten Nebels, der in der Luft

hing, war noch etwas los im Dorf. Vom Wirtshaus, das ein paar Häuser weiter in der gleichen Straße wie das Vereinsheim lag, drangen gedämpft Gesprächsfetzen an die Ohren der beiden.

»Wo musst du denn hin?«, fragte Manfred den Sepp.

»Erstmal die Straße runter und dann rechts.«

»Dann können wir ein Stück gemeinsam gehen. Ist dir das recht?«

»Von mir aus«, brummte Sepp und sein Blick sagte, dass er lieber allein gewesen wäre.

Die Straße führte am Wirtshaus *Goldenes Rad* vorbei. Dort standen zwei junge Männer vor der Eingangstür und rauchten. Es waren der blonde Henrick von Berghardt und sein jüngerer Bruder Julius. Manfred hatte die beiden auf einer seiner Gassirunden auf dem Weg zum Berghardthof kennengelernt und sich ein wenig mit ihnen unterhalten. Sie hatten ein wenig über das Wetter und Lotti gesprochen und Manfred hatte gar nicht glauben wollen, dass die beiden Brüder waren.

Unter Julius weißem T-Shirt zeichneten sich seine ausgeprägten Muskeln ab. Er ging regelmäßig ins Fitnessstudio und mit seinen braunen Haaren, dunklen Augen und dem markanten Kinn war er ein attraktiver Mann. Doch seine eng zusammenstehenden Augen gaben ihm etwas leicht Verschlagenes, das Manfred nicht ganz geheuer war.

Sein älterer Bruder Henrick war ein wenig kleiner und eher drahtig als muskulös. Doch sein wohldefiniertes, symmetrisches Gesicht mit den vollen Lippen machte auch ihn zu einem Mann, der bestimmt vielen Frauen gefiel.

»Nach der Kippe trink ich meine Halbe aus und dann mach ich mich vom Acker. Unser alter Herr will morgen in aller Frühe die Bücher mit mir durchgehen. Wenn ich da nicht fit bin, regt er sich wieder auf. Der ist gerade eh auf hundertachtzig. Da wird es Zeit, dass sich was ändert«, sagte Henrick und zog genüsslich an seiner Zigarette.

»Ja, im Augenblick ist es besser, wann man unseren Papa nicht verärgert. Ich bleib aber noch auf ein Bier. Ich hab noch keinen Bock, jetzt schon nach Hause zu gehen.«

»Du glücklicher Zweitgeborener.« Henrick boxte Julius in die Seite, warf seine Kippe auf den Bürgersteig und verschwand im Wirtshaus. Julius Gesicht versteinerte sich zu einer Maske und fast wie ein Roboter folgte er seinem Bruder.

Als sie an der Wirtshaustür vorbei gingen, flüsterte Sepp etwas, das Manfred nicht verstand. Doch da Sepp dann stumm blieb und unverändert weiterging, war es vermutlich nichts Wichtiges gewesen.

Am Ende der Straße, unter der Straßenlaterne, die dem dichten Nebel kaum etwas entgegensetzen konnte, trennten sich ihre Wege. Sepp ging nach links und Manfred bog nach rechts ab. »So eine Nebelsuppe!«, schimpfte er. Schnell, um dem ungemütlichen Wetter zu entfliehen, eilte er nach Hause.

Mit einem leichten Stöhnen hob Manfred am nächsten Morgen seine schweren Augenlider. Für ein ausgedehntes Trinkgelage, wie es gestern eines gewesen war, war er wohl zu alt.

Er wünschte sich gerade nichts sehnlicher, als sich in seinem blütenweiß bezogenen Bett zu vergraben und noch eine Runde zu schlafen. Doch daraus wurde nichts.

Lotti wetzte unruhig um sein Bett herum und machte jeden Versuch, wieder einzuschlafen, zunichte. Sie war zwar noch zu klein, um auf die Matratze zu springen, aber sie fing an, wehleidig zu winseln. Als sie auch noch mit dem Fuß am Bett kratzte, gab Manfred seine Versuche einzuschlafen auf und quälte sich aus dem Bett. »Jetzt kannst du wieder ruhig sein, ich steh ja schon auf.«

Schlaftrunken schlüpfte er in die Hose und das Hemd, die er gestern nur schnell auf den Stuhl, der in seinem Schlafzimmer stand, geworfen hatte.

Das Haus war noch nicht vollständig eingerichtet. Er brauchte dringend einen Schrank, aber bei den heutigen Lieferzeiten dauert das noch einige Wochen.

Ein rascher Blick aus dem Badezimmerfenster zeigte Manfred, dass er heute besser seine schwarzen, gefütterten Gummistiefel anzog und einen Schirm mitnahm. Der Nebel war in der Nacht durch starken Regen abgelöst worden und es tropfte immer noch ununterbrochen vom Himmel.

»Mistwetter, da wünsche ich mich fast zurück nach Afrika«, schimpfte Manfred leise. Lotti machte das Wetter nichts aus. Sie sprang vergnügt die Treppen in den Garten hinunter und bei der ersten Gelegenheit erleichterte sie ihre Blase.

Da Lotti öfter mit Verdauungsproblemen zu kämpfen hatte und ihm auch schon mehr als einmal ins Haus gemacht hatte, konnte Manfred danach noch nicht zurück ins Warme. Früh morgens war ihre Zeit fürs große Geschäft und deshalb musste noch ein wenig marschiert werden.

In seiner heutigen Verfassung hatte Manfred nicht den Bedarf, durchs ganze Dorf zu wandern. Lieber folgte er der Straße ein kleines Stück, bis er zu dem kleinen, nur mit Sand und Kies befestigten Fußweg kam, der zum Gutshof der Berghardts führte.

Der Hof lag ein wenig außerhalb des 3000 Seelen-Dorfes. Die Autostraße war fast doppelt so lang wie der etwa eineinhalb Kilometer lange Pfad, weshalb er trotz seines schlechten Zustands oft von Fußgängern, die zum Hof wollten, benutzt wurde. Außerdem war es eine beliebte Gassistrecke. Zumindest bei gutem Wetter. Heute war keine Menschenseele zu sehen.

In Gedanken beim gestrigen Abend stiefelte er durch die Pfützen, die sich auf Grund des starken Regens überall auf dem Feldweg gebildet hatten. Das Stockschießen hatte ihm Spaß gemacht. Bis auf den Sepp war das eine lustige Gruppe und er freute sich schon auf das nächste Treffen.

Lotti sprang währenddessen von links nach rechts und vor und zurück. Ihr machte Regenwetter herzlich wenig aus und die Felder waren für sie ein einziger riesiger Spielplatz.

Plötzlich fing sie zunächst an aufgeregt zu winseln und dann laut zu bellen.

Manfred hob den Blick, um herauszufinden, was der Grund für Lottis ungewöhnliches Verhalten war. Als er begriff, was die Ursache war, rannte er los.

Dort lag jemand. Auf dem Boden. Im Regen. Ohne auf seine Hose zu achten, kniete er sich neben die leblose Gestalt, die mit dem Gesicht in einer Wasserpfütze lag.

Mit einem Ruck zog er den Mann an der Schulter hoch. Er war schwerer, als er gedacht hatte, doch es reichte, um einen Blick auf das Gesicht werfen zu können. Manfred musste ein Würgen unterdrücken. Die Farbe der Haut ließ keinen Zweifel daran. Vor ihm lag ein Toter. Ein Toter, den er kannte. Und mit dem er gestern Abend noch beim Eisstockschießen gewesen war. Vorsichtig legte er Gashi zurück auf den Boden.

Mit zitternden Händen holte Manfred sein Handy, das er beim Gassigehen immer dabeihatte, aus der Hosentasche und wählte die 110 …

Resi stand schon seit über einer Stunde in der Küche, schälte Äpfel, wog Zucker ab, rührte im Kochtopf und füllte ab. Es waren dieses Jahr wirklich viele Äpfel gewesen und da sie nicht alle lagern wollte, kochte sie einen Teil ein. Es war eine beruhigende Arbeit für einen Schlechtwettertag wie heute und Resi genoss die Stille in der Küche.

Da wurde sie vom unangenehmen Schrillen der Türglocke aus der Arbeit gerissen. Überrascht sah Resi auf die altmodische, blau-weiße Küchenuhr. Es war erst halb zehn und sie erwartete keinen Besuch. Vielleicht war das der Postbote?

Gründlich wusch sie sich ihre Hände ab, die ganz klebrig vom Apfelsaft waren und trocknete sie an ihrer Kochschürze ab. Da klingelte es schon wieder. »Da hat es jemand aber ganz eilig«, sagte sie ungehalten und schnalzte mit der Zunge.

Doch als sie die Tür öffnete, war alles andere vergessen. Vor ihr stand Manfred. Sein weißes Haar war völlig durchnässt und hing in unordentlichen Strähnen vom Kopf. Seine eigentlich wetterfeste Jacke hatte Wasser gezogen und seine Füße steckten in schlammigen Gummistiefeln. Resi bemerkte verdutzt, dass auch seine Hose völlig verdreckt und voller Wasser war.

Das wirklich Beunruhigende aber war Manfreds Gesichtsausdruck. Manfred, der normalerweise die gute Laune in Person war, wirkte geradezu verstört. Resis Herz fing nervös an zu schlagen. Es musste etwas passiert sein, etwas Schlimmes.

»Guten Morgen Resi. Hast du gerade Zeit? Ich brauche jemanden zum Reden.«

»Natürlich Manfred, kommen Sie herein. Was ist den passiert? Sind Sie gestürzt? Sie sind ja ganz nass. Ziehen Sie erst einmal die Jacke aus. Ich hole gleich ein Handtuch und koche eine Tasse Kaffee. Aber was machen wir mit Lotti …? Lilo ist im Wohnzimmer.« Resis Blick fiel auf die kleine Hündin, die aussah, als hätte sie ihm Schlamm gebadet. Nervös dachte sie an ihre beigen Decken auf der Couch.

»Wenn du auch ein Handtuch für sie hättest, würde ich ihr hier draußen im Gang ein Plätzchen herrichten. Die dürfte todmüde sein und schläft bestimmt gleich. Ein wenig Wasser für sie wäre aber noch nett. Und hättest du vielleicht auch noch einen Schnaps für mich?«

Resi eilte durch die Räume und holte je ein Duschtuch für Manfred und Lotti und zusätzlich eine Plastikschüssel mit Wasser.

Dann verschwand sie in der Küche, machte vorsorglich den Herd aus und räumte die Äpfel ein wenig zur Seite. Das Apfelkompott musste warten. Mit geübten Handgriffen machte sie zwei Tassen Kaffee und stellte sie mit einer Flasche selbstgemachten Quittenschnaps auf ein kleines Tablett. Eine ungewohnte Unruhe hatte sie ergriffen. Sie wollte unbedingt erfahren, was ihrem neuen Nachbarn passiert war.

Als Resi zurück ins Wohnzimmer kam, musste sie zunächst kurz schlucken. Manfred hatte kurzerhand seine schmutzige Hose ausgezogen und fein säuberlich in einer Ecke auf den Boden gelegt. Seine nackten Beine hatte er in das Handtuch gewickelt. So saß er auf dem Stuhl und zusammen mit seinem erschütterten Gesichtsausdruck sah er wirklich erbärmlich aus.

Resi stellte das Tablett auf den Tisch und schenkte ihnen beiden jeweils ein Stamperl Schnaps ein. Dann setzte sie sich gegenüber von Manfred an den Tisch und meinte auffordernd: »Jetzt trinken Sie erst einmal etwas und dann erzählen Sie ganz in Ruhe, was geschehen ist.«

Manfred leerte das Schnapsglas in einem Zug und begann mit belegter Stimme zu erzählen. »Ich … ich habe gerade den Gashi gefunden. Er lag tot auf dem Feldweg zum Gutshof und die Polizei geht von Mord oder Totschlag aus.«

Ein leichter Schauer lief über Resis Rücken. Mit so einer

Neuigkeit hatte sie nicht gerechnet und sie verstand, warum Manfred derart verstört war.

»Als ich ihn da liegen sehen hab, habe ich natürlich sofort die Polizei angerufen«, fuhr Manfred fort. »Als erstes ist der Bertl gekommen, Der wohnt ja auch am nächsten dran. Er hat sogar noch kurz versucht, den Gashi wiederzubeleben. Aber da war nichts mehr zu machen. Der war ganz blau im Gesicht.«

Beim Gedanken daran, musste Manfred kurz aufhören zu erzählen und er schenkte sich ein zweites Glas Schnaps ein. Als dieses wieder leer war, berichtete er weiter. »Später ist dann ein Herr Hafner von der Spurensicherung dazu gekommen. Der Gashi lag mit dem Gesicht in einer Wasserpfütze, als ich ihn gefunden habe und der Herr Hafner, hat gemeint, dass es sogar sein könnte, dass er darin ertrunken ist.«

»Wie furchtbar. Aber warum Mord? Könnte er nicht einfach gestürzt sein und bewusstlos geworden sein?«

»Er hatte eine blutende Wunde am Hinterkopf. Später kam auch noch einer von der Mordkommission. Knut Klaußen hieß der.«

»Ah, über den habe ich letztens etwas im Birlacher Anzeiger gelesen. Er ist mit 39 Jahren als der jüngste Leiter seit Bestehen der Mordkommission Birlach, in diese Position befördert worden. Ein intelligenter Bursche.«

»Das weiß ich nicht, aber er war sich auch sicher, dass es Mord oder Totschlag war.«

»Wenn das alle sagen, wird das schon stimmen«, meinte Resi.

»Ich bin dann auch noch befragt worden. Mir ist tatsächlich etwas aufgefallen. Gashi war doch gestern mit beim Stockschießen. Er hatte aber Probleme mit seiner Tasche und ist deshalb noch dageblieben. Aber ich weiß sicher, dass er mit dem

Fahrrad da war. Er hat nämlich noch gemeint, dass er uns sowieso einholt mit seinem Drahtesel.«

»Und das Fahrrad war weg?«, vermutete Resi.

»Ja, es war nirgends zu sehen. Der Angreifer könnte es zur Flucht benutzt haben oder einfach gestohlen. Aber wegen einem Fahrrad bringe ich doch keinen um.«

Resi nickte zustimmend. Gashis Fahrrad war dank seiner knallgrünen Farbe zwar dorfbekannt aber nicht annähernd so viel wert, dass man dafür einen Mord beging.

»Es war alles wie in einem dieser Krimis. Ich musste den Polizisten erzählen, woher ich ihn kenne und ob er Feinde hatte. Ich konnte gar nichts dazu sagen. Ich habe ihn ja erst einmal im Leben gesehen.« Manfred sah Resi hilflos an.

Die meinte ungehalten: »Was sind schon Feinde? Natürlich gibt es hier und da mal wieder Streit, aber umbringen wollte den Gashi bestimmt niemand. Er hat immer recht freundlich gegrüßt. Doch man kann nicht in die Köpfe der Menschen schauen. Schließlich hat ihm trotzdem jemand einen Stock über den Kopf gehauen. War es überhaupt ein Stock?«

»Da waren sie sich nicht sicher. Dieser Hafner hat von einer untypischen Wunde gesprochen. Irgendwie glaube ich gerade, dass es irgendein Betrunkener war. Einer, der aggressiv geworden ist. Heutzutage haut jeder gleich zu«, schloss Manfred seinen Bericht.

Aber Resi wollte noch mehr wissen. »Das kann natürlich sein, aber gestern war nicht das Wetter, bei dem Betrunkene auf dem Weg zum Gutshof herumlungern. Es war so neblig, dass man seine eigene Hand vor den Augen kaum sehen konnte. Ist dir vielleicht beim Training etwas aufgefallen? War er irgendwie seltsam?«

Manfred blickte überrascht auf: »Du klingst ja schon wie

der Klaußen. Aber ich weiß wirklich nichts. Ich kenne ihn ja gar nicht. Der Gashi war auf jeden Fall ungewöhnlich gut gelaunt und das, obwohl er recht schlecht geschossen hat. Er hat einen Witz nach dem nächsten gerissen und er hat sogar so etwas fallen gelassen wie *Pech im Spiel, Glück in der Liebe*.«

»Na, das ist doch schonmal was. Vielleicht war er frisch verliebt und der eifersüchtige Ex-Mann der neuen Liebe wollte sich an ihm rächen? »

»Möglich ist so etwas natürlich immer. Er hat uns gestern auch von dem Mädchen erzählt, das er auf den Berghardt Hof zum Putzen geholt hat. Jetzt wo ich so darüber nachdenke, könnte das die sein, in die er verliebt ist.«

»Ist dir sonst noch etwas aufgefallen? Du warst schließlich einer der letzten, der den Gashi lebend gesehen habt. War sonst noch etwas gestern Abend«, bohrte Resi nach.

Manfred dachte kurz nach. »Nein, nichts Besonderes. Obwohl das gestern eine gemischte Truppe war beim Training. Der Haller-Bauer hatte, wie der Gashi, blendende Laune. Er hatte einen richtigen Lauf und er hat ein Bier nach dem nächsten getrunken. Der Sepp war dagegen richtig schlecht drauf. Ich kenne ihn ja nicht, aber ich habe mitbekommen, dass er sogar eine Andeutung gemacht, dass er aufhören will mit dem Schießen. Und er hat anscheinend viel mehr getrunken als sonst. Der Bertl schien sich darüber auch seine Gedanken zu machen. Ansonsten war der Bertl recht entspannt. Ein netter Kerl. Aber dass einer von dieser Gruppe etwas mit dem Mord am Gashi zu tun hat, kann ich mir ehrlich gesagt nicht vorstellen.«

»Aber dass der Sepp so viel getrunken hat, ist schon seltsam. Vielleicht gab es da einen Streit, von dem du nichts mitbekommen hast?«

»Nein, ein Streit lag da nicht in der Luft. Die anderen waren alle gut drauf und vielleicht hat sich der Sepp nüchtern einfach nicht getraut, dem Bertl zu sagen, dass er nicht mehr Eisstockschießen will«, vermutete Manfred und ergänzte dann: »Zum Glück ist es nicht unsere Aufgabe, herauszufinden, was in der Nacht passiert ist.«

»Natürlich ist das nicht unsere Aufgabe, aber wenn man der Polizei wertvolle Hinweise geben kann, die zur Aufklärung beitragen, ist das nicht verkehrt. Ich kenne die Leute hier im Dorf viel besser, als die Herren Polizisten aus der Stadt und könnte da vielleicht schon etwas beisteuern, was denen durchrutscht«, gab Resi zu bedenken und vor Aufregung röteten sich ihre Wangen.

»Da hast du recht. Aber jetzt warten wir erst einmal ab, was bei der Untersuchung rauskommt. Der Herr hat mich für morgen eh nochmal aufs Revier zitiert. Ich muss dort dann eine offizielle Aussage machen.«

»Hoffentlich klärt sich das bald auf. Man traut sich ja sonst gar nicht mehr raus, wenn da ein Mörder rumläuft«, meinte Resi und trank nun ihrerseits ihr Schnapsglas leer.

»Ach herrje, und ich habe gar nicht gemerkt, wie spät es schon ist.« Manfred hatte einen Blick auf die Wohnzimmeruhr geworfen und erschrocken festgestellt, dass es fast schon Mittagszeit war. »Ich muss los. Ich bekomme Besuch von einem alten Freund. So kann ich ihn nicht empfangen.« Er sah auf seine eingewickelten Beine.

Resi verstand den Wink und verschwand diskret mit dem Tablett in der Küche, wo sie das Geschirr in die Spülmaschine räumte.

Erst als Manfred nach ihr rief, traute sie sich wieder ins Wohnzimmer. »Vielen Herzlichen Dank für den Schnaps, den Kaffee und fürs Zuhören. Ich kenn ja eigentlich nur dich hier im Dorf und ich bin dir sehr dankbar, dass du mir ein offenes Ohr geschenkt hast. Ich habe schon viel gesehen in meinem Leben, aber eine blau angelaufene Leiche noch nicht.« Bei der Erinnerung daran schüttelte es ihn.

»Das habe ich gerne gemacht. Erholen Sie sich gut!«

Manfred sammelte Lotti ein, die noch immer wie ein Baby auf dem Handtuch schlief, und Resi passte auf, dass Lilo nicht aus dem Wohnzimmer entwischte.

Als Resi wieder allein zu Hause war, räumte sie erst einmal die Handtücher auf und wischte den Boden. Sowohl Lotti als auch Manfred hatten Spuren hinterlassen.

Doch auch als alles ordentlich war, kam sie nicht zur Ruhe. Das Gehörte hatte sie tief erschüttert. Natürlich könnte es die Tat eines zufällig vorbei gekommenen Betrunkenen gewesen sein. Aber eben auch nicht.

Resis Blick fiel auf das Miss Marple Buch, dass noch immer auf dem kleinen Tischchen neben dem Sofa lag. »Vielleicht kommt ein wenig Licht ins Dunkel, wenn ich heute Nachmittag Marianne von Berghardt einen kleinen Besuch abstatte. Sie ist bestimmt ganz durcheinander und kann ein wenig Beistand durch eine alte Freundin gebrauchen«, sagte sie leise zu sich selbst.

Kapitel 4

Bereits kurz nach dem Mittagessen machte sich Resi auf den Weg zum Berghardthof, und wie durch ein Wunder kam sie an dem Haus der alten Weberin vorbei, ohne aufgehalten zu werden. Der Todesfall hatte sich also noch nicht bis zu ihr herumgesprochen, sonst wäre sie bestimmt bereits in Lauerstellung.

Der Regen von heute Morgen hatte bereits vor ein paar Stunden aufgehört, doch Resi hatte vorsichtshalber einen Schirm dabei. Die Wolken hingen tief und es konnte jederzeit wieder anfangen. Außerdem konnte sie den Schirm als Gehhilfe verwenden, wenn ihre Knieschmerzen schlimmer werden sollten.

Es war wenig los auf den Straßen und Resi kam ohne Unterbrechung bis zum Dorfrand, wo sich weite Felder vor ihr ausbreiteten. Der Weg wurde zwar von einzelnen Ahornbäumen gesäumt, aber nur in der Nähe des alten Fischweihers gab es eine nennenswerte Anzahl von Bäumen und höheren Büschen. Resi konnte ohne Probleme das ganze Areal bis zum Gutshof überblicken.

»Verstecken kann man sich hier kaum«, murmelte sie leise. Innerlich angespannt ging sie mit kleinen Schritten weiter. Der Tatort war nicht zu übersehen. Er war mit einem rot-weißen Band abgesperrt worden, das im leichten Wind flatterte. Mit bedächtigen Schritten, die Umgebung absuchend, näherte sich Resi der Stelle, an der Kushtim Gashi gefunden worden war.

In unmittelbarer Nähe zum Tatort gab es wirklich keine Versteckmöglichkeit. Vielleicht zwanzig Meter entfernt standen ein paar vereinzelte Ahornbäume und Büsche, aber für einen Überraschungsangriff aus dem Hinterhalt waren die zu weit weg.

Konzentriert observierte sie den Boden, aber außer ein paar Fußspuren, die vermutlich von den Polizisten oder Manfred stammten, konnte sie nichts Auffälliges entdecken.

Es war noch alles voller Pfützen und an der Stelle, an der das Band angebracht war, war eine besonders tiefe. Die war im ganzen Dorf bekannt, da sie nur im Hochsommer austrocknete und im Winter als kleine Schlitterbahn für Kinder diente.

Ein ordentlicher Mensch hatte zwar versucht, die Pfütze zuzuschütten, was Resi an den zerbrochenen, roten Dachziegelresten erkannte, die hier überall herumlagen, aber gebrachte hatte dieser Versuch nicht viel.

»Hier komme ich nicht weiter. Mal schauen, was ich bei den Berghardts erfahre.«

Bis zum Hof war es nicht mehr weit und bereits wenige Minuten später befand sich Resi auf dem beeindruckenden Gelände. Es war niemand zu sehen und sie stieg vorsichtig, um nicht auszurutschen, die breite, an manchen Stellen bereits brüchige Steintreppe zur Eingangstür hoch.

Der Gutshof bestand aus einem zweistöckigen, weiß gestrichenen Haupthaus, an das links ein kleineres

Nebengebäude angebaut war. Auf der rechten Seite befand sich ein kleines freistehendes Gebäude, eine Art Garage oder Scheune.

Etwas entfernt von den Wohngebäuden waren auf der rechten Seite der Hühner- und der Schweinestall. Der Gutshof war großzügig angelegt worden und er war immer noch imposant, doch bei näherem Hinsehen fiel auf, dass die eine oder andere Schönheitsreparatur nicht mehr gemacht worden war. Da fehlt hinten und vorne das Geld, dachte Resi im Stillen.

Als sie endlich vor der imposanten, mit Verzierungen geschmückten Holztür stand, zögerte sie. Sie hatte sich zwar angemeldet, aber von drinnen war laut und deutlich das aufgebrachte Geschrei vom alten Berghardt zu hören.

»Du sitzt hier nur dumm rum und spielst Gutsherrin, während ich mir den Arsch aufreiße, damit wir den Hof halten können. Und jetzt lässt sich der dumme Gashi auch noch umbringen. Wer soll jetzt die ganze Arbeit machen? Wie mich dieser Klaußen angesehen hat. Wie wenn ich etwas damit zu tun hätte. So ein arrogantes Arschloch. Aber wenigstens kann sich der Gashi am Montag bei der Aufsichtsbehörde nicht verplappern. Wenn ich den erwische, der uns bei denen angeschwärzt hat, dann kann der was erleben.«

Von Marianne war nichts zu hören. Doch sie musste etwas gesagt haben, denn nach einer kurzen Pause fing das Gebrüll von neuem an. »Ich weiß, dass morgen die Blitzbergs zu Besuch kommen. Die werden wahrscheinlich auf der Stelle umdrehen, wenn sie erfahren, dass bei uns Morde passieren. Da verheiratet der Alte sein feines Töchterchen nie mit unserem Henrick. So ein Dreck, so ein verdammter.«

Und nach einer kurzen Pause kam ein: »Halt die Klappe.« von drinnen.

Dann wurde es still im Haus, bis Resi feste Schritte hörte, die sich hinter der Eingangstür näherten.

Diese wurde mit einem Ruck aufgerissen und ein dicklicher, ungesund aussehender älterer Mann mit rotem, aufgedunsenem Gesicht erschien in der Öffnung. Friedrich von Berghardt zuckte kurz zusammen, als er Resi vor der Tür stehen sah. Dann schrie er über seine Schulter: »Marianne, die Resi ist da.«

Ohne Resi weiter zu beachten, stiefelte er mit schwarzen, schmutzigen Gummistiefeln die Treppe hinunter und verschwand im Schweinestall.

Resi ging langsam den langen, mit Jagdgemälden und -trophäen geschmückten Flur entlang bis zum Wohnzimmer. Ohne dass sie etwas dagegen tun konnte, erschauderte Resi. Die Atmosphäre in diesem Haus war nicht gesund und seit dem Mord empfand sie es hier noch unheimlicher als zuvor.

Obwohl sie keine enge Freundin von Marianne war, war sie bei den verschiedensten Gelegenheiten schon im Gutshof gewesen. Marianne war im Katholischen Frauenbund aktiv und so hatte sich immer mal wieder eine Gelegenheit ergeben, sich gegenseitig zu besuchen. Außerdem fand der jährliche Adventsmarkt auf dem Gelände statt.

»Komm herein«, wurde sie von einer warmen, leisen Stimme aufgefordert und Resi betrat das Wohnzimmer.

Wie eine einsame, schöne Königin saß Marianne von Berghardt auf dem altmodischen Brokatsofa, das vor einer Fensterfront im überdimensionierten Wohnzimmer des Gutshofes stand.

Ihren durchtrainierten, drahtigen Körper schützte sie mit einer weichen, grauen Strickjacke vor der Kälte und die schlanken Beine steckten in dunkelblauen Jeans. Das mittellange, braune Haar hatte sie locker hochgesteckt. Obwohl sie unnatürlich verkrampft wirkte, konnte man erkennen, dass sie noch eine attraktive Frau war.

Resi versuchte, nicht zu offensichtlich auf den Abdruck der fünf roten Finger auf ihrer Wange zu starren. Wie schon öfter fragte sich Resi, wie es dazu gekommen war, dass so eine reizende Frau dem unfreundlichen Friedrich von Berghardt auf den Leim gegangen war. Aber manchmal war die Liebe nicht steuerbar, dachte sie seufzend und nicht von ungefähr wurden so viele Ehen geschieden.

Marianne hatte bereits Tee gekocht und bat Resi, sich auf einen, der an der Sitzfläche bereits verschlissenen, Brokatsessel zu setzen.

Dankbar nahm Resi Platz und trank ein paar Schlucke des warmen Getränks. Obwohl sie einen Wollpullover trug, fröstelte sie. Draußen waren Herbsttemperaturen und die Heizung des über hundert Jahre alten Gutshofs war nicht angemacht worden.

Marianne fing als erste an zu sprechen. »Wie schön, dass du gekommen bist. Mich regt das alles unglaublich auf und ich komme gar nicht zur Ruhe heute. Der arme Gashi. Dass es ihn ausgerechnet jetzt erwischt.«

Resi horchte auf. »Warum ausgerechnet jetzt?«, fragte sie neugierig.

»Er war ein guter Mann. Frieder hat ihn behandelt, wie einen Leibeigenen. Und jetzt ist er tot.« Marianne sprach wie zu sich selbst und zog sich fröstelnd die Strickjacke zu, doch Resi bohrte nach.

»Aber was meinst du mit ausgerechnet jetzt?«

»Wir haben manchmal, wenn wir uns auf dem Hof getroffen haben und der Frieder nicht da war, miteinander geredet. Er hat eine Frau kennengelernt, mit der er wegwollte. Er wollte kündigen und woanders ein besseres Leben anfangen.

Zu spät.«

»Das Schicksal kann sehr grausam sein. Wen hat er denn kennengelernt?«

»Das hat er mir nicht erzählt und ich wollte nicht wie eine neugierige Klatschtante nachfragen. Das ist schließlich seine Privatsache.«

»Wusste Fridrich davon, dass Gashi kündigen wollte?«

»Frieder? Ich glaube nicht. Von mir weiß er es nicht und er hat mir gegenüber auch nichts erwähnt. Aber das muss nichts heißen. Wir reden nicht so viel miteinander.«

Marianne stand unvermittelt auf, ging zu einem der großen Fenster und stellte sich, mit dem Rücken zu Resi, davor. Draußen konnte man die letzten Blumen des liebevoll angelegten Gartens sehen.

»Der Eisenhut hat heuer so gut geblüht wie nie zuvor. Mein Garten hilft mir, wenn es mir nicht gut geht. Meine Pflanzen sind immer gut zu mir«, sinnierte Marianne.

Resi erinnert sich, dass ihr Marianne einmal erzählt hatte, dass sie Biologie mit Schwerpunkt Botanik studiert hatte. Während des Studiums hatte sie Friedrich von Berghardt kennengelernt. Und als sie ein Kind von ihm erwartete, heirateten sie. Wie das so üblich war, früher auf dem Land.

Resi wollte gerade etwas Tröstendes sagen, als sich die altmodische Tür öffnete und eine etwa dreißigjährige Frau den Raum betrat.

Sie hatte die Eleganz und geschmeidigen Bewegungen einer Tänzerin, doch der radikale Kurzhaarschnitt, die sportliche Stoffhose und der kühle, energische Blick hatten nichts Leichtes an sich.

»Katharina! Bin ich froh, dass du schon da bist.« Marianne

sprang auf, flog auf ihre Tochter zu und fiel ihr um den Hals.

»Hallo Mutter. Ich bin so schnell gekommen, wie ich konnte«, sagte sie und obwohl sie mit ihrer Mutter sprach, zeigte ihre Stimme keinerlei Emotionen. Sie hatte sich perfekt unter Kontrolle.

Als sie sich anschließend zu Resi umdrehte, die noch immer auf dem ungemütlichen, altmodischen Sessel saß, hatte sie einen fragenden Ausdruck in ihren dunklen, gefühllosen Augen.

»Hallo Katharina, du kennst mich wahrscheinlich gar nicht mehr. Ich bin es, Resi. Ich habe deine Mutter besucht, um ihr weiblichen Beistand zu geben. Aber das ist jetzt ja nicht mehr nötig. Ich mache mich auf den Heimweg. Auf Wiedersehen, Marianne. Melde dich bitte, wenn du Hilfe brauchst.«

Katharina zeigte mit keiner Miene, dass sie Resi erkannt hatte. Doch Resi wusste, dass das der Fall war. Katherina hatte jahrelang bei ihr im Kinderchor gesungen. Nach dem Abitur war sie allerdings in eine über 300 Kilometer weit entfernte Stadt gezogen, um Medizin zu studieren und um dann dort als Internistin zu arbeiten. Seitdem hatte Resi sie nur mal von weitem bei den hohen Kirchenfesten gesehen.

Zum Abschied meinte Marianne leise: »Vielen Dank, dass du da warst, Resi. Das Gespräch mit dir hat mir gutgetan.«

Unschlüssig blieb Resi vor der Haustür des Gutshofs auf der obersten Stufe stehen. Das plötzliche Auftauchen von Katharina hatte sie irritiert. Sie wusste von Marianne, dass sich ihre Tochter nur noch selten auf dem Gutshof blicken ließ. Und das, obwohl sich die beiden durchaus nahe standen. Sie telefonierten fast täglich.

Obwohl der Mord eine schreckliche und gewiss auch verstörende Sache war, war Gashi kein Familienangehöriger gewesen. Katharina konnte ihn nicht besonders gut gekannt haben, da sie schon ausgezogen war, als er angefangen hatte, auf dem Gutshof zu arbeiten. Und obwohl Marianne bestürzt über den Mord war, war sie Resi nicht übermäßig traurig vorgekommen.

Irgendetwas anderes musste dazu geführt haben, dass Katharina alles liegen und stehen ließ und entgegen ihrer sonstigen Gewohnheiten zu ihrer Mutter geeilt war.

Resi ging nachdenklich die Treppe hinab und die Kiesauffahrt entlang. Die müsste auch wieder einmal von Unkraut befreit werden. Wie überall hatte es auch hier der Löwenzahn geschafft, sich breitzumachen. Resi unterdrückte den Impuls, sich nach den wuchernden Pflänzchen zu bücken, um sie auszureißen.

Eine Bewegung neben der Scheune riss Resi aus ihren Gedanken. Bei genauerem Hinsehen entpuppte sich die Bewegung als Hannelore, die Marianne bei der Hausarbeit und leichten Stallarbeiten half. Sie hielt einen kleinen Eimer mit Gemüseabfällen in der rechten Hand, mit der anderen Resi winkte sie Resi zu sich.

Resi folgte der Aufforderung und ohne Begrüßung sprudelte es aus Hannelore heraus: »Bin ich erleichtert, einen normalen Menschen zu sehen. Seit der Mord passiert ist, drehen hier noch alle durch. Der Alte brüllt noch mehr rum als sonst, die Marianne führt die ganze Zeit Selbstgespräche und die Jelena heult sich die Augen aus dem Kopf. Obwohl sie heute eigentlich staubsaugen sollte. Ich mach das nicht für sie. Da kann sie lange warten. Aber wahrscheinlich bemerkt das heute sowieso niemand.«

»So ein überraschender Todesfall ist eine Ausnahmesituation«, sagte Resi unverbindlich, während sie Hannelore auf dem Weg zum Hühnerstall begleitete.

»Und jetzt kommt auch noch diese hochnäsige Katharina daher. Die denkt sowieso, dass sie etwas Besseres ist. Nicht einmal den Julius hat sie begrüßt. Als sie angekommen ist, hat sie genau gesehen, dass er in der Tür des Schweinestalls stand. Doch sie hat so getan, als ob sie ihn nicht bemerkt hätte«, erzählte ihr Hannelore mit wissender Miene. »Mit mir redet sie auch kein Wort. Eine unsympathische Frau. Die denkt, weil sie eine Ärztin in der Großstadt ist, kann sie unsereins ignorieren.«

Resi nickte verständnisvoll. Sie wusste, dass man Menschen wie Hannelore nicht widersprechen sollte, wenn man etwas von ihnen erfahren wollte. Und Resi wollte etwas erfahren. »Warum weint denn diese Jelena so viel? War sie eine Verwandte vom Gashi?«

»Eine Verwandte?« Hannelore stieß einen undefinierbaren Laut aus. »Nein, verwandt waren die nicht, obwohl sie auch aus Albanien ist. Aber der Gashi war verrückt nach der Jelena. Deshalb hat er sie auch auf den Hof geholt. Und ich glaube, sie hat sein Balzen erhört. Zumindest habe ich die beiden miteinander gesehen. Das wird dem Henrick gar nicht gefallen, der hat der Jelena auch immer hinterher geglotzt. Einen riesigen Busen hat die. Das gefällt den Männern und halb nackt läuft sie auch ständig herum. Beim Putzen! Früher hat man dabei eine Schürze angehabt.«

»Waren die beiden einmal ein Paar gewesen?«

»Ein Paar? Ich weiß nicht recht. Ich glaube, sie wäre schon gerne Hofbesitzerin geworden, aber am Ende hat sie sich dann für die Liebe entschieden.«

»Wo wohnt diese Jelena denn? Vielleicht kann ich ihr ein wenig Trost spenden? Als Vorsitzende des Katholischen Frauenbundes sehe ich das als meine Pflicht der christlichen

Nächstenliebe«, sagte Resi bestimmt. Sie wollte diese Frau unbedingt kennenlernen. Vielleicht war Jelena die Frau, mit der Gashi hatte wegziehen wollen. Eifersucht war immerhin ein beliebtes Motiv für einen Mord.

»Wenn du meinst«, erwiderte Hannelore, deren Stimmlage zeigte, dass sie für Resis Nächstenliebe nicht so viel übrighatte. »Da drüben, in dem Nebenhaus, hat sie ein kleines Zimmer. Ich muss jetzt eh zurück an die Arbeit. Die macht sich nicht von alleine und sonst regt sich der Alte wieder auf. Nachher wollte auch noch einmal die Polizei kommen, um uns zu verhören. Wie wenn ich für so etwas Zeit hätte. Ach, wenn mir nur mein Rücken nicht so weh tun würde.«

Resi nickte mitfühlend zum Abschied und ging dann gespannt zu der Haustür im Anbau, auf die Hannelore gezeigt hatte.

Die Tür war nur angelehnt und mit klopfendem Herzen betrat Resi den dunklen, nach abgestandener Luft riechenden Flur. Auch wenn sie nichts Böses im Sinn hatte, fühlte sie sich wie eine Einbrecherin.

Vom Flur gingen zwei Wohnungstüren ab. J. Radu stand auf einem Stück Papier, das mit Tesafilm in der Mitte der einen befestigt war. Da es keine Klingel gab, klopfte Resi an die altmodische Holztür.

Nur wenige Sekunden später öffnete sie sich einen Spalt und Resi konnte eine hellblonde junge Frau erkennen.

»Ja? Was wollen Sie?«, fragte diese kurz angebunden.

»Guten Tag, sind Sie Jelena Radu? Ich bin Resi Grießhammer. Ich bin eine Freundin von Marianne von Berghardt und sie hat gemeint, dass Sie vielleicht Unterstützung brauchen, nach dem schrecklichen Vorfall.« Resi flüchtete sich in eine Notlüge.

»Das hat die von Berghardt gemeint? Normalerweise interessiert die sich doch nur für sich selbst«, sagte Jelena in nur leicht gebrochenem und gut verständlichem Deutsch. In ihr Zimmer bat sie Resi nicht, doch sie öffnete die Tür ein wenig, so dass Resi einen Blick hineinwerfen konnte.

Es war ein kleiner, ungemütlicher Raum. Die Toilette und eine in die Jahre gekommene Badewanne waren durch einen beigen Kunststoffvorhang vom Rest des Raumes abgetrennt. Als Küche diente eine mobile Herdplatte auf einem Tischchen. Ein altes Holzbett, auf dem Hosen und Pullover verteilt lagen, ein Nachtkästchen mit allerlei Krimskrams und ein billiger Schrank machten das seltsame Arrangement komplett.

Doch so armselig die Behausung auch aussah. Auf dem kleinen Nachtisch stach Resi eines dieser großen modernen Telefone ins Auge. Egal wie wenig Geld die jungen Leute auch hatten. So ein Telefon hatte jeder.

Jelena musterte Resi stumm. Ihr Gesicht glich einer Maske und Resi konnte nicht sagen, ob Jelena traurig war. Soweit es Resi im schlechten Licht des Flurs erkennen konnte, waren die Augen entgegen der Aussage von Hannelore nur leicht gerötet und Resi glaubte nicht, dass Jelena viel geheult hatte. Aber da konnte man sich natürlich auch täuschen. Jelena war stark geschminkt und ob ihre Haut vom Weinen gerötet war, konnte man so nicht erkennen. Aber in einem musste sie Hannelore recht geben. Jelena hatte wirklich einen üppigen Vorbau, der in dem knallengen pinken Oberteil gut zur Geltung kam.

»Wie geht es Ihnen denn? Standen Sie Kushtim Gashi sehr nahe?«, fragte Resi mit sanfter Stimme.

Doch Jelena war nicht so leicht aus der Reserve zu locken. »Ich weiß zwar nicht, was dich das angeht, aber ja, Kushtim und ich waren gute Freunde und ich bin sehr traurig, dass er nicht mehr lebt. Wir hatten andere Pläne, das kannst du mir glauben«, sagte sie trotzig.

Resi probierte es noch einmal. Sie war sich fast sicher, dass Jelena etwas hinter ihrer harten Maske verbarg. »Welche Pläne waren das denn? Kann ich Ihnen dabei helfen?«

»Nein, das kannst du nicht. Oder willst du mit mir in eine größere Stadt ziehen?«

Interessant, dachte Resi. Der Gashi hatte also tatsächlich geplant, von hier weg zu gehen. Das passt zu dem, was Marianne mir erzählt hat.

Zu Jelena sagte sie freundlich: »Nein, das will ich nicht. Aber ich weiß nicht, wie viel Unterstützung Sie hier in Deutschland haben. Ich will nur, dass Sie wissen, dass Sie jederzeit zu mir kommen können, falls Sie Hilfe brauchen. Junge hübsche Frauen haben es in unserer Welt nicht immer leicht.«

Daraufhin ließ Jelena zum ersten Mal ihre Maske fallen und Resi meinte, so etwas wie Traurigkeit zu erkennen. Doch der Moment war nur von kurzer Dauer und wich einer zornigen Entschlossenheit.

»Vielen Dank, aber mir geht es gut. Ich wohne schon seit langem in Deutschland und komme zurecht. Außerdem möchte ich jetzt allein sein«, sagte Jelena mit monotoner Stimme, drehte sich um und schlug Resi die Tür vor der Nase zu.

Resi zuckte erschrocken zusammen. Doch als sie sich wieder im Griff hatte, nahm sie sich insgeheim vor, später in der Woche noch einmal vorbeizukommen, um mehr aus Jelena herauszubekommen. Wenn jemand etwas Privates über Gashi und seine Vergangenheit wusste, dann sie.

Als Resi auf den Hof hinaustreten wollte, hörte sie, wie ein Auto in atemberaubendem Tempo auf den Kieshof fuhr und dort scharf bremste.

Resi blieb im Schatten des Türrahmens stehen und beobachtete, wie Julius von Berghardt aus dem Jeep seines Vaters stieg.

Zeitgleich kam Friedrich von Berghardt aus dem Schweinestall und rief seinem Sohn zu. »Da bist du endlich. Sind die Sachen weg?«

»Ja, alles erledigt. Aber eine Mordsstrecke war das zu fahren. Da kommt nie jemand drauf, wo das Zeug jetzt ist.«

Befriedigt klopfte der Alte Julius auf die Schulter.

»Auf dich ist Verlass! Da können die morgen suchen, bis sie schwarz werden. Wir sind sauber. Wo ist denn eigentlich dein Bruder schon wieder? Heute Morgen war er noch da, aber der haut auch immer ganz schnell ab, wenn es ans Arbeiten geht. Jetzt müssen wir aber gleich nochmal los, sonst schaffen wir es nicht rechtzeitig zurück zu sein, wenn die Bullen auftauchen.«

Friedrich war jetzt so nahe bei seinem Sohn, dass sie sich in normaler Lautstärke verständigen konnten und Resi nichts mehr verstand.

Kurze Zeit später stiegen die beiden in den Jeep und als das Auto den Hof verlassen hatte, atmete Resi auf.

Aufmerksam sah sie sich um, doch keine Menschenseele war zu sehen. Das war die Gelegenheit. Wo sie schon einmal hier war, konnte sie gleich den Hof ein wenig unter die Lupe nehmen. Resi umgriff ihren Schirm fester und stapfte zu der kleinen Scheune, die sich rechts neben dem Haupthaus befand.

Langsam öffnete sie den einen Flügel der, mit verstaubten Spinnweben verzierten, Holzgaragentür. Drinnen war es dämmrig. Nur durch die halb offene Tür und zwei schmutzige Fenster fiel ein wenig mattes Licht.

Der Raum war gefüllt mit dem typischen Gerümpel, das sich auf einem Hof ansammelte. Fahrräder ohne Reifen, kaputte

Kisten und sogar einen alten Holzschlitten entdeckte Resi.

Soweit also nichts Interessantes. Resi stocherte mit dem Schirm ein wenig in einem Haufen Sägespäne herum. Nichts.

Sie traute sich weiter in die Scheune und stockte gleich wieder. Links hinten in der Ecke neben den alten Traktorreifen war etwas. Oder besser gesagt, es war nichts. An den staubfreien Kreisen am Boden konnte man erkennen, dass hier vor kurzem noch Säcke oder größere Behälter gestanden haben mussten. Resi dachte an das Gespräch zwischen den beiden Berghardt-Männern. War es das, was Julius weggebracht hatte?

Resi ließ ihren Blick weiter durch den Raum schweifen. In dem Durcheinander aus graubraun verstaubten Kuriositäten leuchtete hinter der alten Werkbank etwas hervor. Neugierig ging Resi näher heran. Hier stand ein Paar weiße Turnschuhe. Diese Art Schuhe, die gerade fast alle jungen Leute trugen und die sie an die Zeit im Krankenhaus erinnerten, als weiße Schuhe noch Pflicht waren. Der Größe nach gehörten sie wahrscheinlich einem Mann. Obwohl man das natürlich nie so genau sagen konnte.

Weiß war an diesem Paar allerdings nur noch der obere Rand des Leders. Der Rest war von einer noch feuchten Dreckschicht umhüllt.

Seltsam. Warum hat der Besitzer seine Schuhe hier stehen lassen? Wie auf jedem vernünftigen Bauernhof gab es auch bei den Berghardts eine Schmutzschleuse und Resi konnte sich keinen Reim darauf machen, warum jemand ausgerechnet hier seine Schuhe ausziehen sollte.

Als sie sich die Schuhe genauer ansehen wollte, hörte sie, dass erneut ein Auto auf den Hof fuhr.

Eine Wagentür schlug zu und es näherten sich Schritte. Resi hielt den Atem an. Waren der alte Frieder und Julius zurückgekehrt? Von denen wollte sie nicht hier drinnen erwischt werden. Schnell ging sie ein paar Schritte Richtung Tür.

Doch bevor sie diese erreichen konnte, wurde sie mit einem Ruck ganz aufgerissen und im Türrahmen zeichnete sich gegen die Sonne ein ungewöhnlich großer Mann mit Hut ab.

»Wer sind Sie? Gehören Sie zu den Berghardts?« Resi zog beim Ton der tiefen, befehlsgewohnten Stimme unwillkürlich ihren Kopf ein.

Doch wer sein gesamtes Berufsleben mit herrischen, von sich selbst überzeugten Krankenhausärzten verbracht hat, lässt sich von einer dunklen Männerstimme nicht für lange aus dem Konzept bringen.

»Huch, wer sind Sie denn? Haben Sie mich erschreckt«, fragte Resi und legte mit einer dramatischen Geste ihre linke Hand auf ihr Herz. Blinzelnd versuchte sie, etwas von dem Mann zu erkennen.

»Knut Klaußen von der Mordkommission«, antwortete der Mann knapp. »Wären Sie so freundlich, mir zu verraten, wer Sie sind und was Sie hier machen.«

»Theresia Grießhammer. Ich bin Vorsitzende des Katholischen Frauenbundes und eine Freundin von Marianne von Berghardt.« Resi lächelte milde und trat neben den Mann ins Freie. Im Tageslicht studierte sie die durchdringenden blauen Augen und das akkurat rasierte kantige Kinn des Kommissars.

»Und was haben Sie da drinnen gemacht?«, bohrte der große Kerl weiter und deutete auf den Schuppen.

»Eine Katze ist dort hineingelaufen. Wissen Sie, ich mag Katzen und da ich diese hier noch nie gesehen habe, dachte ich mir, ich schau, ob ich sie fangen kann. Wenn es ein Streuner war, muss man was machen. Wenn man die nicht kastrieren lässt, vermehren die sich wie die Karnickel und …«

»Ja ja, schon gut. Aber wenn Sie sich so gut hier auskennen, können Sie mir bestimmt sagen, wo ich Jelena Radu finde«, unterbrach Knut Klaußen sie ungehalten.

»Natürlich, sie wohnt dort hinten in dem Anbau. Was wollen Sie denn von ihr?«

Doch Knut Klaußen beachtete sie nicht mehr. Er machte auf dem Absatz kehrt und marschierte über den Hof davon.

So ein unfreundlicher Kerl, dachte Resi im Stillen Aber ich habe ihm eine gute Vorstellung geliefert. Neugierig blickte sie der Gestalt in blauen Jeans hinterher und wandte sich erst ab, als der Kommissar im Haus mit Jelenas Zimmer verschwand.

Nachdenklich runzelte die alte Frau ihre Stirn. Herr Klaußen hatte einen wachen Blick, aber Resis Intuition sagte ihr, dass jemand wie er vielleicht nicht der Richtige war, um diesen Mord aufzuklären. Dafür musste man sich mit den Eigenheiten der Einwohner dieses Dorfs auskennen, ganz bestimmt.

Doch darüber wollte sie sich später in Ruhe Gedanken machen. Sie hatte jetzt genug erfahren und es war Zeit für den Heimweg. Resi sah sich ein letztes Mal um, und was sie sah, sorgte dafür, dass ein unangenehmer Schauer über ihre Haut zog.

Die Tür des Berghardt Hauses stand offen und Katharina stand im Türrahmen und blickte mit undurchdringlichem Gesicht zu ihr herüber.

Langsam machte sich Resi zu Fuß auf den Heimweg. Sie hatte keine Eile. Außerdem wollte sie in Ruhe über das, was sie gehört und gesehen hatte, nachdenken. Und was dafür besser geeignet als ein geruhsamer Spaziergang über die Felder.

Der Weg zu ihrem Haus führte sie am Vereinsheim vorbei. Dem wollte sie sowieso einen Besuch abstatten. Schließlich war das der letzte Ort, an dem Gashi lebend gesehen worden war.

Außer ihr interessierte sich noch jemand für das Gebäude. Schon von Weitem erkannte sie den Dorfpolizist Bertl. Er lief wie ein Tiger im Käfig vor dem Haus hin und her, tippte auf seinem Handy herum und hielt dieses dann an sein Ohr.

Als sie näherkam, hörte sie, was er sagte.

»Du musst unbedingt zum Vereinsheim des SC Hirlangen kommen«, erklärte Bertl der Person am anderen Ende des Telefons. »Das Fahrrad vom Gashi steht hier. Er hat es gestern voraussichtlich gar nicht mehr benutzt. Beide Reifen sind durchgestochen worden. Du musst dir das ansehen. Ja, ich bin mir ganz sicher, dass es seines ist. Das ist knallgrün. So eines hat sonst niemand hier.«

Nachdem Bertl aufgelegt hatte, atmete er einmal tief ein und aus und sah sich mit selbstzufriedener Miene um. Als er Resi bemerkte, nickte er ihr zu.

»Hallo Bertl, was machst denn du hier? Ist das das Fahrrad vom Gashi?«, begrüßte Resi ihn und deutete auf das leuchtend grüne Fahrrad, das mit platten Reifen vor dem Vereinsheim stand. Da sie den Bertl schon kannte, seitdem der ein Baby war, nahm er ihr die direkte Frage nicht übel.

»Ja, stell dir vor. Es hat die ganze Zeit hier gestanden, ordnungsgemäß im Fahrradständer geparkt. Jemand hat die Reifen zerstochen. Ich könnte mir vorstellen, dass das der Grund war, warum Gashi zu Fuß unterwegs war. Ich habe bereits die Spurensicherung angefordert. Vielleicht finden wir Hinweise auf den Täter«, gab er bereitwillig Auskunft.

»Gibt es denn schon eine heiße Spur?«

»Nein, bisher konnten wir noch nicht viel herausfinden. Wir haben mit den Ermittlungen aber auch gerade erst angefangen. Der Klaußen hat wirklich was im Köpfchen.

Obwohl er ein Fischkopf ist. Aber wenn es was zu ermitteln gibt, dann setzt er sich wie ein Spürhund auf die Fährte. Leider gibt es gerade nicht viel zu finden. Der Regen hat alle Spuren weggewaschen.« Bertl zuckte bedauernd mit den Schultern.

Als er die herbeieilende Person bemerkte, räusperte er sich und meinte mit wichtiger Miene: »Jetzt muss ich aber weiterarbeiten. Da kommt der Hans schon.« Daraufhin wandte er sich dem älteren Herrn zu, der mit schnellen Schritten auf die beiden zuging.

»Servus Hans, das ging aber fix. Gut, dass du schon da bist. Einen Fahrraddiebstahl als Ursache für den Überfall können wir hiermit ausschließen«, begrüßte er den Kollegen mit Handschlag und deutete auf das alte Herrenfahrrad, das mit einem Fahrradschloss im Fahrradunterstand festgemacht war. Auf dem Gepäckträger war ein überdimensionaler Fahrradkorb befestigt, auf dem ohne Probleme ein Eisstock Platz hatte.

»Ich komm gerade vom Tatort, als du mich angerufen hast. Herr Klaußen wollte, dass ich noch eine Bodenprobe nehme. So ein Mist, dass es so viel geregnet hat. Da ist nicht mehr viel zu finden.«

Resi war währenddessen ein paar Schritte zur Seite gegangen. Sie setzte sich auf die Bank, die links neben der Tür vom Vereinsheim stand und tat so, als ob sie vollends damit beschäftigt wäre, mit einem Taschentuch einen Fleck von ihrer Hose zu entfernen.

Doch in Wirklichkeit sah sie aus den Augenwinkeln zu, wie der Spurenermittler fachmännisch und ohne Eile, mit dünnen Handschuhen geschützt, das Fahrrad untersuchte und Fingerabdrücke abnahm.

»Die Reifen sind mit einem scharfen Gegenstand aufgeschlitzt worden. Vermutlich ein Taschenmesser. Die

Schlitze sind so groß, da hilft nur noch austauschen«, fasste er zusammen ohne Resi zu beachten. Das war der Vorteil, wenn meine eine freundliche ältere Dame war. Die Menschen übersahen einen schnell.

»Das muss jemand gemacht haben, als wir beim Training waren und der Gashi ist dann zu Fuß nach Hause gegangen«, schlussfolgerte Bertl und sinnierte weiter. »Meinst du, dass das der Mörder war? Um zu verhindern, dass der Gashi mit dem Fahrrad zum Gutshof fährt? Das würde ja bedeuten, dass es ein geplanter Mord war! Das glaub ich einfach nicht. Ich kann mir nicht vorstellen, dass jemand den Gashi ernsthaft umbringen wollte.«

»Jetzt warten wir erstmal, was die Analyse der Fingerabdrücke ergibt. Vielleicht bringt uns das einen Schritt weiter. Gut, dass der Fahrradständer überdacht ist. So haben wir wenigstens eine reelle Chance, etwas zu finden.

»Gibt es schon was Neues zur Schlagwaffe? Weiß man, was es war?«, fragte Bertl kumpelhaft.

»Nein, aber dafür haben wir etwas anderes herausgefunden. Der Gashi bekam so grob um Mitternacht eine über die Rübe gehauen. Aber das Zeitliche hat er erst in den Morgenstunden gesegnet. So um vier oder fünf rum.«

»Ist er an den Folgen des Schlags gestorben?«, fragte Bertl nach.

»Das wissen wir noch nicht sicher. Es könnte sogar sein, dass er in der Wasserpfütze ersoffen ist. Der einzig richtig tiefen weit und breit. So viel Pech muss man erst einmal haben.« Hans schüttelte betrübt den Kopf.

»Dass so etwas überhaupt möglich ist, ich meine, bewusstlos zu ertrinken. Das wäre wirklich der Hammer. Und Motiv gibt es natürlich auch noch keines. Habt ihr wenigstens seinen Eisstock gefunden?«

»Ja, haben wir. Der war hier im Vereinsheim in seinem Mannschaftsschrank. Gemeinsam mit der kaputten Tasche. Vermutlich hatte er keine Lust, den Eisstock den langen Weg nach Hause in der Hand zu tragen. Hoffentlich finden wir noch Spuren auf dem Fahrrad. Schön blöd, dass wir nicht wussten, dass das sein Fahrrad ist, das hier rumsteht. Na ja, ich fahr jetzt erstmal zum Labor.«

»Bis später.« Bertl hob kurz die Hand zum Abschied.

Erst als Hans weg war, fiel ihm auf, dass Resi die ganze Zeit auf der Bank gesessen hatte und jedes Wort, das sie über den Fall gesprochen hatten, gehört hatte. Mit einem schiefen Grinsen nickte er ihr zu.

Resi nickte freundlich zurück, stand umständlich auf, und murmelte etwas zum Abschied. Dann machte sie sich zufrieden auf den Weg nach Hause.

Kapitel 5

Am nächsten Morgen saß Resi müde und energielos in der *Alte Jungfern- und Witwenreihe*, also in der letzten Reihe der Hirlanger Kirche.

Sie hatte schlecht geschlafen. Die Ereignisse der letzten Tage spukten ihr im Kopf herum. Es gab so viel, was sie beschäftigte: Der Biobauernhofbetrug, die Beziehung von Jelena zum Gashi, das kaputte Fahrrad und dann noch dieser Schlag auf den Kopf, der nicht tödlich war, aber doch zum Tod in der Wasserpfütze geführt hatte. Gab es da überhaupt einen sinnvollen Zusammenhang? Und wenn ja, welchen?

Die langatmigen Ausführungen über den Blinden am Straßenrand von Jericho von Pfarrer Anton konnten Resi auch nicht aufmuntern. Sie wurde dadurch eher ungehalten als milde gestimmt. Ohne, dass sie es wollte, schweiften ihre Gedanken ab.

Langsam ließ sie ihren Blick über die Reihen gleiten. Es war ungewöhnlich viel los heute. Neben den üblichen Verdächtigen, die keinen Kirchgang ausfallen ließen, waren auch diejenigen gekommen, die vor allem dann den Weg in die Kirche fanden, wenn sie dachten, dass sie sonst etwas verpassen würden.

Heute würde es nach der Messe in den Grüppchen auf dem Dorfplatz kaum ein anderes Thema als den Mord am Gashi geben. Den Berghardts, die von Resi etwas weiter vorn erspäht worden waren, würden die Gesprächspartner bestimmt nicht ausgehen.

Trotz des regen Zulaufs fehlten wie immer Kirchenbesucher aus der Altersgruppe der um die zwanzigjährigen. Die ließen sich nichts mehr von den Eltern sagen und lagen am Sonntag früh um neun lieber im Bett. Das war während Resis Jugend noch ganz anders gewesen. Damals war der sonntägliche Kirchgang obligatorisch und sogar eine willkommene Abwechslung von der Arbeit auf dem Feld gewesen.

Zwei der wenigen jungen Erwachsenen um die zwanzig, die es heute in die heilige Messe geschafft hatte, war Susanne, die Tochter vom Sepp Ringlstatter und ihre Freundin Simone, die Enkelin von Irma. Die beiden waren anständige Mädchen und da sie wie Resi im Kirchenchor sangen, kannte Resi sie ein wenig besser als die meisten anderen Jugendlichen im Dorf.

Simone sah aus wie immer, ein hübsches Mädchen, ein wenig klein zwar, aber das war auf jeden Fall besser als so riesig. Resi verstand sowieso nicht, warum heutzutage diese meterlangen dürren Mädchen als attraktiv galten.

Susanne war ein Stück größer als ihre Freundin und eine Schönheit. Sie hatte lange kastanienbraune Locken, eine makellose Haut und eine ebensolche Figur. Und dazu war sie kein bisschen kokett und stets höflich zu alten Leuten wie Resi.

Doch heute stimmte etwas nicht mit ihr. Sie kam Resi irgendwie anders vor als sonst.

Resi überlegte, woran das lag. Es dauerte ein Weilchen, bis sie es herausgefunden hatte, aber dann wusste sie, was der

Unterschied zu früher war.

Sie hatte Susanne das letzte Mal vor drei Wochen gesehen. Ihre Mutter (sie lebte noch bei ihren Eltern) hatte sie bei der Chorleitung krankgemeldet. Was genau sie gehabt hatte, wusste Resi nicht.

Es musste jedoch etwas Ernsteres gewesen sein, denn sie hatte stark abgenommen. Doch das war es nicht, was Resi verwirrte. Das hatte eine andere Ursache. Susanne hatte ihre Haare zu einem altmodischen Zopf geflochten. Eine Frisur, mit der Resi sie schon seit mehreren Jahren nicht mehr gesehen hatte. Normalerweise trug Susanne ihre vollen, langen Haare offen.

So sieht sie aus, als wäre sie erst vierzehn, dachte Resi. Trotzdem, ein hübsches Mädchen. Eine zum Heiraten hätte Resis Vater früher gesagt.

Erst vor kurzem hatte Susanne die Ausbildung zur Erzieherin abgeschlossen und seitdem arbeitete sie im Hirlanger Kindergarten. Vielleicht waren ihre Kolleginnen gemein zu ihr, überlegte Resi. So etwas konnte einen zermürben.

Doch nicht nur Susanne hatte sich die letzten Wochen verändert, die ganze Familie Ringlstatter wirkte anders als sonst. Während Susanne jünger aussah als früher, schienen ihre Eltern, die Gerda und der Sepp, um etliche Jahre gealtert zu sein. Sepps Gesicht hatte eine graue Tönung und er stand gebeugt wie ein alter Mann neben seiner Frau.

Resi erinnerte sich daran, was ihr Manfred erzählt hatte. Er hatte gemeint, dass der Sepp die Andeutung gemacht hatte, dass er mit dem Eisstockschießen aufhören wollte. Vielleicht war er krank, überlegte sie. Oder vielleicht hatte Susanne etwas Schlimmes? Das wäre schrecklich, vor allem in dem Alter, aber vor Krebs ist schließlich niemand sicher.

Resi nahm sich vor, nach der Messe ein wenig mit den Ringlstatters zu plaudern. Eine nette Familie wie sie hatte jede Hilfe verdient.

Doch Resi konnte ihr Vorhaben nicht durchführen. Obwohl sie gleich nach dem Schlusssegen aufstand und, wie es am Dorf üblich war, auf den Friedhof zum Familiengrab ging, waren die Ringlstatters schneller.

Sie beteten nicht wie sonst kurz beim Ringlstattergrab, sondern die ganze Familie eilte, ohne nach links und rechts zu sehen, quer über den Dorfplatz nach Hause. Als ob sie vor etwas flüchteten, schoss es Resi durch den Kopf.

Resi blickte sich um, um nach Hilde und Irma Ausschau zu halten. Die beiden waren anscheinend noch in der Kirche. Zumindest konnte sie ihre Freundinnen auf dem Friedhof nirgends entdecken.

Dafür stach ihr die Menschentraube um die Berghardts in die Augen. Nur Marianne und Friedrich waren gekommen. Doch wie von Resi erwartet, hatten sich bereits einige Dorfklatschtanten auf sie gestürzt.

Mariannes Blick nach zu urteilen, war das Gespräch alles andere als angenehm. Frieder dagegen hörte offensichtlich überhaupt nicht zu. Er schaute mit abwesendem Blick in die Ferne. Doch da zogen sich unvermittelt seine Augenbrauen zusammen und sein Kopf färbte sich eine Nuance dunkler.

Resi versuchte herauszufinden, was die Ursache für den Stimmungswechsel war und folgte dem Blick des Alten.

Auf der anderen Seite des Kirchplatzes stand breitbeinig der Haller Bauer und grinste selbstgefällig zu Friedrich herüber, während er an seinen Hosenträgern zupfte, die seine Sonntagshose auf Bauchhöhe hielten.

Resi wusste nicht genau, wie sie das Blickduell der beiden

einordnen sollte, aber es verhieß auf keinen Fall etwas Gutes.

Da wurde sie von ihren Freundinnen Hilde und Irma us den Gedanken gerissen.

Nach der Begrüßung ging es auch in ihrer Dreierrunde sofort um den Mord an dem Arbeiter vom Berghardt Hof.

Da Bertl es nicht schaffte, Polizeigeheimnisse vor seiner neugierigen Mutter Hilde, bei der er noch wohnte, zu bewahren, wusste diese ziemlich gut über den Stand der Ermittlungen Bescheid. Und sie hatte auch keinerlei Skrupel, ihr Wissen mit ihren Freundinnen zu teilen.

»Beim Motiv tappen die Polizisten noch im Dunkeln. Seine Geldbörse hatte er noch in der Hosentasche und das Fahrrad hatte er gar nicht bei sich. Bei dem waren die Reifen zerstochen und es war ihm bestimmt zu umständlich gewesen, es bei der Kälte durch die Nacht zu schieben.«

Obwohl Resi das alles bereits wusste, hörte sie aufmerksam zu und fragte: »Weiß man bereits, wer die Reifen zerstochen hat?«

Hilde hatte auf diese Frage nur gewartet und setzte ihre *ich weiß was, was du nicht weißt*-Miene auf. Nach einer künstlichen Pause senkte sie ihre Stimme und flüsterte: »Ja, man hat einen Verdacht. Jetzt hört gut zu. Ich konnte es erst gar nicht glauben, aber der Fingerabdruckvergleich hat ergeben, dass der Wastl Neuer am Fahrrad herum gemacht hat.«

Das war wirklich ein unerwartetes Ergebnis. Irma stieß sogar einen kleinen Überraschungslaut aus und fragte: »Der Wastl? Was hat denn der mit der ganzen Sache zu tun?«

»Das weiß bisher noch niemand. Die Polizisten konnten den Wastl bisher nicht sprechen, da er gestern zu einem Freund gefahren ist. Die sind zu einem Musikkonzert gegangen. Ihr wisst schon, zu so einem, wo nicht gesungen, sondern Lärm gemacht wird. Er ist ja ein Brauner, der Wastl.«

Resi war ebenfalls sehr überrascht über diese Entwicklung. Darüber musste sie erst einmal in Ruhe nachdenken. Den Wastl hatte sie überhaupt nicht auf dem Schirm gehabt. Sie kannte die Familie ein wenig. Wastl war früher öfter im Krankenhaus gewesen, da er als Kind Probleme mit der Lunge und den Bronchien gehabt hatte. Für Resi war er immer eines dieser ein wenig anstrengenden Kinder gewesen. Eines, das nicht stillsitzen konnte. Außerdem war er nicht besonders schnell im Kopf gewesen. Trotzdem, er war grundsätzlich ein netter Kerl, der niemandem ernsthaft etwas Böses wollte. Ein Mitläufer.

Nach der Schule hatte er beim Bauhof gelernt. Jetzt war er um die zwanzig und in der Stadt in die Kreise von Neonazis geraten. Aber bisher war ihr nicht bekannt gewesen, dass er etwas angestellt hätte. Resi kannte seine Mutter, die ihn allein aufgezogen hatte, aus der Zeit im Krankenhaus noch recht gut und wenn sie sich zufällig trafen, tauschten sie jedes Mal ein paar Belanglosigkeiten aus.

»Meinst du, der hatte was gegen den Gashi, weil der ein Ausländer war?«, fragte Irma mit großen Augen.

»Könnte doch sein«, antwortete Hilde vielsagend und zog die Augenbrauen hoch.

»Das sind doch alles nur Spekulationen«, unterbrach Resi ihre Freundinnen. »Aber hat eine von euch gehört, was mit Susanne Ringlstatter los ist? Die sah ganz krank aus heute. Und auch ihre Eltern haben mir gar nicht gefallen.«

»Die Susanne? Nein, die habe ich schon seit längerem nicht mehr gesehen. Im Kirchenchor war sie seit ein paar Wochen nicht mehr«, sagte Irma und zog die Schultern hoch.

»Mir ist dazu auch nichts untergekommen. Aber wenn du willst, kann ich gerne mal nachfragen«, sagte Hilde hilfsbereit.

»Nein, das ist nicht notwendig. Ich glaube, ich schau mal bei ihnen vorbei. Vielleicht kann ich sie unterstützen. Ich hoffe, es ist keine schlimme Krankheit. Ich habe meine liebe Schwester viel zu früh durch den Krebs verloren und weiß, wie das ist«, antwortete Resi.

»Wenn du meinst«, sagte Hilde ein wenig beleidigt und schaute sich auf dem Kirchplatz nach potenziellen Nachrichtenlieferanten um. Sie war schließlich die einzige Meisterin im Herausfinden von Neuigkeiten.

Trotz des nasskalten Wetters, das einem unter die Jacke kroch, standen auf dem Kirchplatz noch überall verstreut kleine Menschengruppen. Der Tod des Arbeiters war eine Sensation.

»Na ja, dann hoffen wir, dass es nichts Ernstes ist und dass Susanne morgen wieder in den Kirchenchor kommt.« Resi rieb fröstelnd ihre Hände aneinander. »Mir wird es aber langsam zu kalt hier. Ich hätte meine Winterstiefel anziehen sollen.«

»Ohne Susanne ist der Sopran wirklich recht schwach. Kommst du morgen in den Chor? Ich wollte mit der Probe von den Liedern für den Gottesdienst an Weihnachten anfangen. Bis wir schauen, ist Advent. Das geht ganz schnell«, verabschiedete sich Irma von Resi, die bereits auf dem Sprung war.

»Ja, ich komme. Bis morgen.«

Auch Hilde verabschiedete sich. Sie hatte Effi Hiendl erspäht und hoffte auf ein paar Informationen. Da Hilde kaum einen Ton traf, wenn sie anfing zu singen, war sie nicht Teil des Hirlanger Kirchenchors. Eine Tatsache, die sie immer wieder wurmte. So ein fast nur mit Frauen besetzter Chor war ein Ort, an dem bestimmt das eine oder andere Gerücht ausgetauscht wurde.

Nach einem kurzen Mittagessen, für das sich Resi nur rasch ein paar Bratkartoffeln gemacht hatte, zog Resi ihre Arbeitshose an. Es war zwar Sonntag, aber die Sonne war ein wenig herausgekommen und sie wollte die allerletzten Brombeeren von den Büschen hinten im Garten pflücken. Das würde ihr der Herrgott bestimmt verzeihen.

Bewaffnet mit einer Schüssel und Handschuhen zum Schutz gegen die Stacheln und Kälte, machte sie sich an die Arbeit. Das Gras und die Blätter waren noch feucht, aber dank der Sonne war es gleich ein paar Grad wärmer als in der Früh und die Arbeit ging gut voran.

Die Büsche standen direkt an der Grenze zu Manfreds Garten. Sie waren schon recht hoch und sehr dicht, so dass man ein paar Zweige zur Seite schieben musste, um zu sehen, was auf dem Nachbargrundstück los war.

Da weiter hinten noch besonders viele Beeren hingen, blieb ihr aber nichts anderes übrig als die Äste weg zu biegen. Das konnte ihr niemand als Neugierde auslegen.

Doch was ihr im Nachbargarten entgegenblickte, sorgte dafür, dass sie die Zweige mit einem leisen Aufschrei wieder losließ.

Auf der anderen Seite war jemand gewesen. Eine grauselige Fratze mit einem riesigen roten Mund hatte sie angestarrt! Reis Herz klopfte bis zum Hals. Doch sie zwang sich, ruhig weiter zu atmen. Es war helllichter Tag und die Sonne schien. Was sollte ihr da schon passieren.

Resi nahm einen tiefen Atemzug und schob die Zweige erneut zur Seite.

Die Fratze lachte ihr erneut entgegen. Doch Resi atmete erleichtert aus. Das war eine lebensgroße bemalte Holzstatue mit einem Kopf, der ein wenig an diese afrikanischen Masken erinnerte. »Wer mag sich denn so etwas in den Garten stellen?«

Resi schüttelte verständnislos den Kopf.

Nachdem sich ihr Herzschlag beruhigt hatte, pflückte sie weiter. Es waren mehr Beeren als gedacht und sie hatte noch nicht einmal beim hinteren Busch angefangen.

Resi ging ein Stücken weiter und fand eine Stelle, die voll von dunkelvioletten Früchten war. Doch etwas ließ sie innehalten.

Ein unangenehmer Geruch hatte sich den Weg zu ihrer Nase gebahnt. Das roch ganz verdächtig nach … nach Hundekot!

Ein Blick auf ihre Füße zeigte ihr, dass sie sich nicht geirrt hatte. Die Fußspitze ihres linken Schuhs stand halb in einem braunen Häufchen, das bestialisch stank. »Also, das ist doch die Höhe!«, schimpfte Resi los. Sie wusste, wer der Verursacher dieser Stinkbombe gewesen war. Erbost stiefelte sie zunächst zu ihrer Terrasse und zog sich die Schuhe aus.

»Das muss ich sofort auswaschen, nicht dass es noch eintrocknet.« Sie holte sich ein neues Paar Schuhe und eine alte Zahnbürste aus dem Keller und fing an, ihren linken Schuh unter dem Außenwasserhahn sauber zu bürsten. Erst als nur noch der Hauch von schlechtem Geruch zu erahnen war, stellte sie den nassen Schuh zum Trocknen auf eine alte Zeitung auf die Terrasse.

»Und der braucht nicht glauben, dass ich das weg mache.« Noch immer genervt, machte sie sich auf den Weg zum Nachbarhaus und klingelte.

Von drinnen drang afrikanische Musik gepaart mit Hundegeheul an ihr Ohr und sie musste mehrmals auf die Klingel drücken, bis ihr aufgemacht wurde.

»Ah, du bist es! Schön, dass du mich besuchst! Lotti und ich hören gerade Musik, aber ich habe irgendwie das Gefühl, dass ich damit nicht Lottis Musikgeschmack getroffen habe.« Manfred hatte heute wieder kein Oberteil an und seine Beine steckten in weiten Leinenhosen. Resi brauchte einen Moment, bis sie sich von dem Anblick erholt hatte.

»Ich komme nicht zu Besuch. Ich wollte nur Bescheid geben, dass Ihre Lotti ihr großes Geschäft in meinen Garten gemacht hat. Ganz hinten bei der Brombeerhecke.«

»Oh, das tut mir leid. Weißt du, Lotti hat etwas Falsches gefressen und sie hat dann immer Verdauungsprobleme.«

»Das ist ja alles schön und recht, aber ich bitte Sie, dass Sie die Hinterlassenschaft dann auch wegmachen. Und außerdem, was haben Sie denn für seltsame Statuen in Ihrem Garten stehen. Die sind abschreckender, als jede Alarmanlage.«

»Ah, du hast meine Kunst entdeckt? Ich liebe die Bildhauerei und besonders gerne mache ich afrikanisch angehauchte Holzfiguren. Sie sehen beeindruckend aus, nicht wahr?« Manfred sah sichtlich stolz aus und kratzte sich befriedigt an seinem nackten Bauch.

Resi hatte genug. »Sehr interessant, aber ich muss jetzt los … Sie können gerne in den Garten kommen und die Hinterlassenschaft wegräumen. Die Gartentür ist offen, aber das wissen Sie ja schon.« Daraufhin drehte sie sich ohne Abschied um und ließ Manfred einfach stehen.

Zur Beruhigung machte sich Resi erst einmal eine Tasse Tee und setzte sich zu Lilo auf das Sofa. Die Verarbeitung der Brombeeren musste fürs Erste warten.

»Lilo, da haben wir so lange ungestört hier gewohnt und jetzt werden wir mit solchen Nachbarn bestraft. Da hätten wir beide gut darauf verzichten können.« Lilo, die es sich auf Resis Schoß bequem gemacht hatte, schnurrte zustimmend.

Resi nahm ihren Krimi vom Tischchen. Das war genau das richtige, um sich ein wenig abzulenken. Aber bereits nach wenigen gelesenen Seiten klingelte ihr Telefon.

Mit Freuden stellte Resi fest, dass ihre Großnichte Leni am anderen Ende der Leitung war. Leni war die Tochter ihrer Nichte Regina. Resis Schwester Matilda war gestorben, als Regina ein Teenager gewesen war und obwohl sie in Birlach gewohnt hatte, war sie oft bei Resi zu Besuch gewesen.

Resi hatte versucht, die Lücke, die der viel zu frühe Tod von Matilda aufgerissen hatte, ein wenig zu füllen. Regina und sie hatten dadurch ein sehr enges Verhältnis und als Regina eine Tochter bekommen hatte, fühlte es sich für Resi an, als ob sie Oma geworden wäre.

Es hatte sich sogar eingebürgert, dass Leni liebevoll *Oma Resi* zu ihr sagte, was Resi, die es immer schade gefunden hatte, keine eigenen Kinder zu haben, sehr schön fand.

Früher war Leni oft vorbeigekommen und sie hatten miteinander gebastelt, gegärtnert und Eis gegessen. Und selbst als Leni ein Teenager war, war der Kontakt nie abgerissen.

Doch seitdem Leni Sozialpädagogik studierte, waren die Besuche weniger geworden. In Birlach gab es leider keine Universität und die jungen Menschen mussten wegziehen, wenn sie studieren wollten.

Doch nun machte Leni bereits ihren Abschluss und Resi hoffte, dass sie danach in der näheren Umgebung von Birlach eine Anstellung finden würde.

So ganz hatte Resi allerdings noch nicht verstanden, um was es in Lenis Abschlussarbeit ging. Es hatte etwas mit Belästigung von Frauen zu tun. Aber jedes Mal, wenn Leni Beispiele nannte, hatte Resi das Gefühl, dass Leni von ganz normalen Situationen erzählte, die einem als Frau und Krankenschwester im Alltag so passierten.

»Weißt du, es gibt Studien, dass Übergriffe auf Frauen in ländlichen Gegenden genauso häufig sind, wie in der Stadt. Nur dass es auf dem Land eher unter den Teppich gekehrt wird«, erläuterte Leni gerade.

Das wusste Resi nicht, aber sie konnte es sich gut vorstellen. Sie war auch einmal jung gewesen.

»In meiner Abschlussarbeit geht es ja um #metoo in dörflichen Strukturen. Und da wir unsere Theorien immer mit Praxisbeispielen untermauern müssen, dachte ich mir, ich frage mal bei dir nach.«

»Wieso bei mir? Bei mir wagt keiner mehr einen Übergriff«, sagte Resi schmunzelnd.

»So war das natürlich nicht gemeint.« Leni ließ sich nicht aus dem Konzept bringen. »Ich würde gerne einen Vortrag über dieses Thema halten und anschließend darüber diskutieren. Man nennt das Fallbeispiel. Und ich dachte, da du Vorsitzende beim Frauenbund bist, kannst du mir vielleicht helfen, das zu organisieren.«

Resi war zwar ein wenig überrumpelt, fand die Idee aber gut, vor allem da sie von ihrer lieben Leni kam. »Da unterstütze ich dich gerne. Erntedank ist schon vorbei und bis die Vorbereitungen zu den Weihnachtsaktionen beginnen, haben wir eh nicht viel Programm. Am Dienstag ist unser nächstes Frauenbundtreffen. Da kann ich gleich darüber sprechen. Wann willst du diesen Vortrag denn halten?«

»Du bist ein Schatz, liebste Omi. Meinst du, dass es nächstes Wochenende schon möglich wäre? Ich bräuchte die Ergebnisse so bald wie möglich.«

»Ja, grundsätzlich schon«, antwortete Resi zögernd. »Es kommt darauf an, wie viele Zuhörerinnen du gerne hättest. Ich bin mir nicht sicher, wie schnell ich da Werbung machen kann.«

Da hatte Resi eine Idee. »Aber weißt du was, wir machen das ganz anders. Was hältst du davon, dass du am Dienstag in einer Woche einfach direkt zu unserem Frauenbundtreffen kommst? Dann sind dir ein paar Zuhörerinnen sicher. Außerdem kann ich noch bei uns im Kirchenchor Werbung machen. Da singen auch ein paar jüngere Frauen mit.«

»Dienstag in einer Woche würde klappen. Da schlafe ich am Wochenende bei Mama und Papa und fahre dann zu dir raus. Danke Resi, du bist die Beste!«

»Wann willst du denn dann zu mir kommen? Das Frauenbundtreffen fängt um acht Uhr abends an. Bleib danach doch noch eine Nacht. Mein Gästezimmer steht immer für dich bereit und ich fände es schön, wenn ich dich noch ein wenig länger bei mir haben könnte.«

»Wenn das so ist, würde ich am Dienstag am späten Nachmittag mit dem Bus kommen. Vorher schaffe ich es nicht. Wann genau sag ich dir noch. Am Mittwoch habe ich dann auf jeden Fall noch Zeit für ein Frühstück mit dir.«

»Sehr schön. Ich freue mich auf dich! Und morgen, bei der Chorprobe, mache ich schon einmal Werbung für dich und deinen Vortrag.«

Die Chorprobe des Hirlanger Kirchenchors war, wie am Tag zuvor die heilige Messe, diese Woche sehr gut besucht. Der Mord am Gashi trieb die Leute aus den Häusern. Resi schüttelte innerlich den Kopf. Da befürchtete jeder, etwas Wichtiges zu verpassen.

Resi war eine der letzten gewesen, die den großen Saal des Pfarrheims betreten hatte und Irma hatte bereits ihren Notenständer ausgeklappt und aufgestellt. Gerade kramte sie in ihrer mit bunten Blumen bestickten Jutetasche, um die Noten, die sie heute benötigte, herauszuholen.

Die anderen Chormitglieder hatten zum großen Teil schon ihre Sitzplätze eingenommen und fast alle murmelten einen Gruß, als Resi zu ihrem Platz ging.

Resi sang im Alt und ihr Standardplatz war neben Susanne, die eine schöne Sopranstimme hatte. Sie beide bildeten die Grenze zwischen den beiden Stimmlagen.

Resi atmete innerlich auf, als sie entdeckte, dass Susanne heute wieder an der Chorprobe teilnahm und neben ihrer Freundin Simone saß.

Freundlich nickte Resi in ihre Richtung, doch Susanne beachtete sie nicht. Und als Irma nach dem Einsingen die Notenblätter zu *Maria durch ein Dornwald ging* austeilte, bemerkte Resi, dass Susannes Hand zitterte, als sie das Blatt entgegennahm. Was war nur mit diesem armen Mädchen los?

Nach einigen mehr oder wenigen erfolgreichen Durchgängen *Maria* und *In Dulce Jubilo*, legte Irma ihren Taktstock weg und beendete die Chorprobe, indem sie zweimal in die Hände klatschte.

»So, das war doch schon mal ganz gut.« Ihrem Gesichtsausdruck nach musste es zwar noch deutlich besser werden, aber bis Weihnachten waren es schließlich noch über zwei Monate, die sie zum Üben hatten.

Bevor sich die ersten Chormitglieder auf den Weg nach Hause machen konnten, sprang Resi auf und stellte sich neben Irma.

»Wartet bitte einmal kurz. Die meisten von euch kennen meine Großnichte Leni von früher. Sie studiert jetzt und muss deshalb einen Vortrag zum Thema #metoo halten. Ihr wisst schon, dabei geht es darum, dass Frauen angefasst und belästigt werden, obwohl sie es gar nicht wollen. Sie kommt am Dienstag in einer Woche zu uns in den Frauenbund. Um 20:00 Uhr. Sie und ich würden uns freuen, wenn viele Zuhörer kommen würden.«

Die anderen Chormitglieder nahmen Resis Ankündigung mit mehr oder weniger interessiertem Gemurmel auf und ohne, dass es Nachfragen gab, ging schließlich einer nach dem anderen nach Hause.

Irma und Resi verabredeten sich noch für den nächsten Nachmittag. Irma hatte Quittenmarmelade gemacht und gefragt, ob Resi welche haben wollte. »Gerne, ich bring dir dann auch ein paar Gläser meines Apfelkompotts mit. Das ist gut geworden dieses Jahr.«

Da die Sonne wieder ein paar Strahlen durch die Wolken schickte, genoss Resi am nächsten Tag den kurzen Spaziergang zu ihrer Freundin und da sie es nicht eilig hatte, ging sie einen kleinen Umweg, um bei den Ringlstatters vorbeizuschauen.

Das Verhalten und Aussehen von Susanne ließen ihr keine Ruhe und sie hoffte, die Mutter allein anzutreffen, um herauszufinden, was passiert war.

Der Hof der Ringlstatters lag am Dorfrand und bereits von Weitem war zu erkennen, mit wie viel Liebe und Sorgfalt er bewirtschaftet wurde.

Der gepflasterte Hofplatz war frisch gekehrt und mit gepflegten Blumenkübeln geschmückt, in denen bunte Geranien leuchteten. Links neben der Haustür stand eine gemütliche Holzbank und überall konnte man kleine, aber auch lebensgroße geschnitzte Holzfiguren entdecken. Schnitzen war das Hobby des alten Ringlstatters und wenn er gefragt wurde, machte er auch kleine Auftragsarbeiten für Interessenten.

Resi klingelte, doch niemand kam an die Haustür. Als sie den Hof bereits wieder verlassen wollte, entdeckte sie Gerda. Sie kam aus dem Gemüsegarten, der sich hinter dem Haus befand und trug einen Korb voll mit diesen dunkelorangen Hokaidokürbissen, die es zu Resis Jugendzeit noch nicht gegeben hatte. Resi mochte diese neumodischen Kürbissuppen nicht besonders gerne. Wenn man Kartoffeln haben konnte, brauchte man keine Kürbisse.

»Guten Tag Resi. Schön, dass du vorbeischaust. Kann ich dir irgendwie helfen?«, fragte Gerda freundlich, als sie die alte Frau entdeckte

»Grüß Gott Gerda. Nein, es ist nichts passiert. Ich war nur zufällig in der Gegend und da dachte ich mir, ich schaue mal bei euch vorbei.« Auch bei Gerda entdeckte Resi dunkle Ringe unter den Augen.

Resi sprach weiter. »Ich finde die geschnitzten Katzen vom Sepp so hübsch und wollte fragen, ob er so eine für mich machen könnte. Ich würde sie natürlich auch bezahlen.«

»Ich kann den Sepp gerne fragen. Er ist gerade nicht da. Aber er schnitzt dir bestimmt eine. Brauchst du sie für etwas bestimmtes. Ich kann dir nicht sagen, wie lange es dauern wird, bis er dazu kommt. Bei uns ist zurzeit viel los.« Bei den letzten Worten verdüsterte sich Gerdas Blick und bekam etwas Unstetes.

»Ja, die Erntezeit verlangt einem viel ab. Aber da muss er sich wegen mir nicht hetzen. Ich habe es nicht eilig mit der Figur. Die kann er auch im Winter machen.«

»Wenn es nur die Ernte wäre …« Gerda ließ das Ende des Satzes offen und Resi war sich sicher, dass sich die Augen ihres Gegenübers mit Tränen füllten.

»Ist Josef krank? Oder gar Susanne? Sie sah bei der

Chorprobe gestern ein wenig schmal aus.«

»Nein, nein.« Gerda hatte sich wieder im Griff. »Wir sind alle gesund. Ich muss jetzt auch weiterarbeiten. Schön, mal wieder mit dir gesprochen zu haben. Bis bald. Wir melden uns wegen der Holzfigur.« Die Bäuerin deutete hektisch auf ihre Kürbisse, drehte sich um und schloss die Haustüre auf. Ohne ein weiteres Wort verschwand sie im Haus und hinter ihr fiel die Tür mit einem Krachen ins Schloss.

Vor den Kopf gestoßen blieb Resi stehen und starrte auf den Punkt, an dem Gerda verschwunden war. Was war in dieser Familie geschehen? Vielleicht hatten sie Geldsorgen? Resi beschloss, sich einmal unauffällig umzuhören.

Kapitel 6

Irma machte sich Sorgen. Unruhig lief sie in ihrer Wohnung auf und ab. Sie spürte, dass in Hirlangen etwas umging, das sie nicht richtig greifen konnte. Eine ganz eigentümliche Aura, ein dunkler Nebelschleier lag über ihrem Dorf und sie konnte nicht sagen, was die Ursache dafür war.

Es passierte zu viel. Der Betrug der Berghardts, der Überfall auf den Gashi und der seltsame Nachbar von Resi, dessen ungewöhnliches Verhalten die Ruhe im Dorf zerstörte. Er hatte nichts Gutes von seinen Auslandsreisen mitgebracht, gar nichts Gutes.

Als es kurz Zeit später klingelte, empfing sie Resi mit für sie ungewöhnlich sorgenvollem Blick. Resi bemerkte sofort, dass etwas nicht stimmte. Irmas lange roten Haare waren unordentlich hochgesteckt und auch sonst sah sie etwas derangiert aus. »Gut, dass du da bist. Es gibt da etwas, das du wissen musst. Aber komm erst mal rein.« Irma zog Resi geradezu in die Wohnung.

Resi folgte ihr durch den Flur der Dreizimmerwohnung, in der immer ein leichter Geruch von Räucherstäbchen hing.

Als Irmas zwei Kinder im Teenageralter gewesen waren, hatte sie sich von ihrem Mann scheiden lassen, nachdem sie herausgefunden hatte, dass er eine Affäre mit einer anderen Frau hatte.

Natürlich war das im Dorf ein mittlerer Skandal gewesen, aber Resi hatte Irma darin bestärkt, diesen Schritt zu machen.

Der Mann war von Anfang an nicht gut zu ihrer Freundin gewesen … sehr egozentrisch und Irma hatte sehr unter seinen cholerischen Anfällen leiden müssen.

Als ihr Sohn geheiratet hatte, hatte Irma ihm dann das Haus überschrieben. Es war ihr Elternhaus gewesen, das ihr schon vor der Hochzeit gehört hatte und deshalb konnte sie damit machen, was sie wollte. Irma selbst war danach in die kleine Wohnung gezogen.

Da sie sich nichts aus Gartenarbeit machte, war sie mit dieser Lösung mehr als zufrieden. Das Einzige, das sie wirklich vermisste, war der Quittenbaum, der im alten Haus im Garten stand. Doch ihr Sohn brachte ihr jedes Jahr eimerweise Quitten zum Verarbeiten vorbei, weshalb sie diesen Verlust verschmerzen konnte.

Resi saß nun auf Irmas etwas durchgesessenen Sofa und hatte bereits ein Glas Wasser vor sich stehen. »Was willst du mir denn erzählen?«

»Ich habe etwas herausgefunden das du wissen solltest. Gestern habe ich die Karten für Manfred gelegt. Also nicht nur so schnell, schnell, sondern hochkonzentriert und mit den Karten die ich damals auf dem Flohmarkt von der alten Wahrsagerin gekauft habe.«

Nach dieser Einleitung befürchtete Resi schon das Schlimmste und sie sollte recht behalten.

Irma senkte ihre Stimme: »Und dann ist mir fast das Herz

stehengeblieben … bei ihm kam sofort und als erstes die Todeskarte! Ich dachte, das kann doch nicht sein. Deshalb habe ich die Karten noch einmal gelegt und jetzt halte dich fest!«

»Ja?«

»Sie kam wieder, die Todeskarte! Resi, glaube mir, da will uns das Schicksal etwas sagen. Manfred steht mit dem Tod in Verbindung, er ist vom Todeshauch umgeben.«

»Aber vielleicht wollten uns deine Karten nur sagen, dass Manfred einen Toten gefunden hat?«

»Nein, da steckt mehr dahinter. Das spüre ich. Bei solchen Angelegenheiten sollte man auf seine Intuition vertrauen.«

»Aber mal ganz nüchtern betrachtet. Was sollte er denn für ein Motiv gehabt haben, den Gashi umzubringen?«

»Keine Ahnung. Der ist so viel in der Welt herumgekommen, der hat bestimmt einigen Dreck am Stecken. Wir wissen gar nichts über ihn. Vielleicht war er mit dem Gashi in Drogengeschäfte verwickelt. Oder er hat einfach Lust am Morden.«

»Hm, ich weiß nicht recht.«

»Er ist bestimmt ein guter Schauspieler. Und überlege doch mal, der Überfall passierte erst, als er hierhergezogen ist. Ich finde das ziemlich verdächtig. Nimm dich in acht Resi. Nicht, dass du das nächste Opfer bist«, schloss Irma ihre kurze Rede düster.

»Das mach ich auf jeden Fall, das verspreche ich dir. Trotzdem, ich kann immer noch nicht glauben, dass Manfred etwas mit dem Überfall auf Gashi zu tun hat.«

»Du bist einfach zu gutgläubig« Irma schüttelte besorgt den Kopf. »Ich glaube, ich gebe dem Bertl auf jeden Fall mal einen Hinweis. Er oder dieser schlaue Kommissar sollen die Vergangenheit von diesem Manfred mal ganz genau durchleuchten.«

»Das ist vielleicht gar keine schlechte Idee, auch unabhängig von deinen Karten«, stimmte Resi zu und wechselte das Thema. »Aber schau mal, ich habe dir Apfelkompott mitgebracht. Ich bin gespannt, wie es dir schmeckt.«

»Ach ja, das Quittengelee. Das hätte ich jetzt fast vergessen. Dabei habe ich dir das schon hergerichtet.« Irma hievte sich vom Sofa hoch und holte eine kleine feste Papiertüte aus der Küche, in der sich die Gläser befanden.

Obwohl Resi gerne länger geblieben wäre, verabschiedete sich bereits kurze Zeit später von ihrer Freundin. Sie wollte heute noch die verfaulten Äpfel, die unter dem Apfelbaum lagen, aufsammeln und auf den Kompost werfen. Es war schon spät im Jahr und viel Zeit blieb dafür nicht mehr.

Auf dem Nachhauseweg grübelte Resi hin und her. Sie hatte begonnen, an ihrer Menschenkenntnis zu zweifeln. Vielleicht war Manfred doch nicht so harmlos wie es schien. Sie glaubte zwar nicht an Irmas Hokuspokus, aber leichtsinnig wollte sie auch nicht sein. Zu oft las man von Psychopathen, die ohne erkennbaren Grund mordeten. In einem Punkt hatte Irma schließlich recht. Der Mord an Gashi geschah erst, als Manfred bereits in Hirlangen lebte.

Resi nahm sich fest vor, Manfred beim nächsten Zusammentreffen ein wenig auf den Zahn zu fühlen.

Auch Knut Klaußen hatte Sorgen. Der Tag lief nicht so, wie er es sich vorgestellt hatte. Er saß mit Bertl und Hans im Besprechungsraum der Birlacher Polizeidienststelle und kritzelte ungehalten auf einem Blatt Papier herum.

Er hatte gerade die alte Weberin verabschiedet, deren Tochter sie vorbeigebracht hatte, damit sie eine Aussage machen konnte.

»Was war das gerade wieder für eine Zeitverschwendung? Diese Dorfbewohner treiben mich in den Wahnsinn. Aus keinem ist etwas Vernünftiges herauszubekommen. Nur Spekulationen und wirre Gerüchte. Aber diese Frau Weber war bisher die Schlimmste. So einen Blödsinn habe ich ja noch nie gehört. Da ruft sie extra an und will unbedingt eine Aussage machen und dann kommt nichts, aber auch nichts Sinnvolles dabei raus. Angeblich macht der neue Nachbar Voodoo Zauber und brauchte dafür die Seele eines Menschen«, schimpfte er unzufrieden.

»Ja, die alte Weberin spinnt schon ein bisschen. Aber vielleicht befragen wir auch einfach die falschen Leute. So eine Dorfratschen wäre grundsätzlich schon eine gute Informationsquelle. Wir müssen nur die richtige finden«, schlug Hans pragmatisch vor. Er mochte seine Ruhe und von dem ganzen Geschimpfe des Kommissars bekam er Kopfschmerzen.

»Eine Klatschtante als Hilfe bei den Ermittlungen. Bei allem, was recht ist, aber ich kann mir nicht vorstellen, dass das von Erfolg gekrönt ist.«

»Na, dann eben nicht. Es war nur so eine Idee.« Hans zuckte mit den Schultern.

Knut Klaußen wetterte weiter: »Von der Pathologie gibt es auch noch nichts Neues. Ich würde wirklich endlich gerne wissen, was die Todesursache war. So kann man doch nicht arbeiten! Bei uns im Norden hat das nie so lange gedauert.«

»Aha, war das so?«, antwortete Hans vage. Er mochte keine Streitereien. Sollte der arrogante Herr Klaußen von den Pathologen hier doch denken, was er wollte. Er konnte ja zurück in den Norden gehen, wenn es dort so viel schöner war. Er würde ihn nicht vermissen.

Bertl beteiligte sich gar nicht erst an dem Gespräch. Er war nur wegen dem grassierenden Personalmangel bei den Ermittlungen dabei und er verstand die ganze Aufregung sowieso nicht. Er war der felsenfesten Überzeugung, dass irgendein Betrunkener dem Gashi im Streit eins über die Birne gegeben hatte. So etwas gab es immer wieder mal. Nur dass die Opfer in der Regel nicht gleich daran starben. Wenn es dann doch mal passierte, war das natürlich eine Tragödie, aber dass man da gleich einen Kommissar bemühen musste, kapierte er wirklich nicht.

Knut Klaußen warf einen ungeduldigen Blick auf die zwei Polizisten. Mit solchen Leuten konnte er nicht arbeiten. Diese süddeutsche Gemütlichkeit machte ihn nervös. Er wollte etwas tun. Spontan beschloss er, einmal höchstpersönlich bei der Pathologie anzurufen. Vielleicht konnte er den Prozess auf diese Art beschleunigen.

Es war bereits später Nachmittag, als Resi endlich vor ihrer Haustür stand. Ihr Knie schmerzte vom vielen herumlaufen, doch die faulen Äpfel unter dem Apfelbaum konnten nicht noch länger liegen bleiben. Das war direkt eine Einladung für das ganze Ungeziefer.

Seufzend machte sie sich an die Arbeit. Die Greifzange, die sie vor ein paar Jahren von Leni bekommen hatte tat ihr beim Apfelaufklauben gute Dienste. Ohne sich bücken zu müssen, hob sie einen verfaulten Apfel nach dem nächsten auf und schmiss ihn in den bereitgestellten schwarzen Kunststoffeimer.

Die körperliche Arbeit half ihr beim Nachdenken. Obwohl sich Resi das nicht eingestehen wollte, könnte an Irmas Hypothese bezüglich Manfred durchaus etwas dran sein. Sie kannte ihn erst seit wenigen Tagen und manchmal konnte sie sich selbst nicht erklären, warum sie ihm gegenüber so unvoreingenommen war. Die ganze Unbekümmertheit und Freundlichkeit konnte auch nur ein Trick sein.

Als bereits der zweite Eimer zur Hälfte voll war, hörte sie das Klingeln einer Fahrradklingel.

Vor dem Gartentor stand Manfred. »Guten Tag Resi. Bist du schon wieder fleißig?«

»Hallo Manfred. Die Äpfel, die am Boden liegen, müssen weg. Ich dachte erst, ich kann noch was wegschneiden und sie verarbeiten, aber die faulen schon und da hilft dann alles nichts.«

»Soll ich dir ein wenig helfen? Ich habe gerade Zeit. Ich hole nur schnell meine Handschuhe.«

»Nein, das müssen Sie nicht ...« Doch Manfred war bereits in seinem Haus verschwunden und kam mit großen gelben Handschuhen an den Händen zurück.

»Schau her, die habe ich mir gekauft. Ich muss dringend auch ein wenig gärtnern und als ich die letztens beim Einkaufen gesehen habe, habe ich gleich zugeschlagen.«

Resi starrte wie hypnotisiert auf Manfreds Hände. Wenn er mich damit erwürgt, wird es keine Fingerabdrücke geben, war das einzige, das sie denken konnte.

Doch Manfred hatte sich bereits den Äpfeln zugewandt und kümmerte sich nicht weiter um Resi. Schweigend hob er einen Apfel nach dem nächsten mit seinen riesigen Händen auf.

Resi musste mehrmals schlucken, bevor sie sich dazu überwinden konnte, auch weiterzuarbeiten. Doch sie versuchte, einen möglichst großen Abstand zwischen sich und ihrem Helfer einzuhalten. Einige Zeit arbeiteten sie nebeneinanderher, ohne ein Wort zu sagen. Doch das machte Resi nur noch nervöser, weshalb sie versuchte, ein Gespräch anzufangen. »Geht es Lottis Schnauze wieder gut?«

»Sie sieht ganz gut aus. Es hat sich nichts entzündet und die Wunde verheilt schon. Seitdem macht sie aber einen Riesenbogen, wenn sie Lilo nur von weitem sieht. Leider entwischt sie mir aber immer noch manchmal. Gib mir einfach Bescheid, wenn sie deinen Rasen wieder als Hundeklo benutzt.«

»Das mache ich. Aber gut, dass sie jetzt Lilo aus dem Weg geht, nicht dass noch was Schlimmeres passiert. Mir reicht ein Toter im Dorf. Was ist eigentlich Ihre Meinung zu dem Mord an Gashi?«, fragte sie lauernd. Vielleicht war das die Gelegenheit, ihren Nachbarn ein wenig auszuhorchen. Resi glaubte zu erkennen, dass Manfred bei dem Namen Gashi zusammenzuckte.

»Ich dachte, man ist sich noch gar nicht sicher, ob es Mord oder Totschlag war.«

»Was macht das für einen Unterschied? Tot ist tot.«

»Juristisch macht das einen sehr großen. Wenn ich der Mörder wäre und erwischt worden wäre, würde ich auf Todschlag plädieren.«

»Natürlich, das würde ich auch machen. Kannten Sie den Gashi eigentlich, bevor Sie ihn hier getroffen haben?«

»Den Gashi? Also wirklich nicht, nein, wie kommst du denn darauf? Obwohl es tatsächlich hätte sein können, dass wir uns schon einmal über den Weg gelaufen sind. Gashi und ich hatten beim Eisstockschießen ein wenig miteinander gesprochen und wir haben festgestellt, dass wir ein paar Monate in der gleichen albanischen Stadt gelebt haben. Ich war damals an einer Schule angestellt, an der ich Lehrer ausgebildet habe. Manchmal ist es schon verrückt, wie klein die Welt ist.«

Ja, so klein ist die Welt ... oder dies ist eine clevere Taktik, um Fragen zu vermeiden, falls jemand in deiner Vergangenheit herumwühlt und dort den Gashi entdeckt. Resi war nun auf der

Hut. Vor allem, dass er erst jetzt mit dieser Information rausrückte, machte ihn ihrer Meinung nach verdächtig.

Manfred hielt nachdenklich einen fast durchgefaulten Apfel in der der gelb-behandschuhten Hand. »Ich weiß auch nicht, wie ich darauf komme. Vielleicht weil wir so viel über Tote sprechen. Aber diese verfaulten Äpfel erinnern mich irgendwie an die Schrumpfköpfe in Südamerika. Das war mein erster Auslandseinsatz als Lehrer. Eine spannende Zeit war das gewesen. Da war noch vieles so urtümlich gewesen.«

»Überreste von Toten würde ich nicht als spannend bezeichnen. Ich finde das pietätlos, aber manchen Menschen ist ein Leben nichts wert.«

»Ja, manche Menschen sind da ziemlich abgebrüht, aber ich denke nicht, dass wir viele davon kennen. Und die, die ich kennengelernt habe, saßen alle im Gefängnis oder waren auf dem Weg dorthin.«

»Na ja, aber mindestens einer muss hier in der Gegend herumschleichen. Doch ich habe aus vertraulicher Quelle gehört, dass die Polizei dem Täter bereits dicht auf den Fersen ist.«

Während sie das sagte, beobachtete sie Manfred genau. Doch sie konnte keinerlei Regung erkennen, die auf etwas wie Schuldbewusstsein oder Erschrecken schließen ließ.

»Das sind doch gute Neuigkeiten. Meine Theorie ist, dass es jemand von außerhalb war. Ich kenne die Leute im Dorf natürlich nicht so gut, aber ich wüsste wirklich nicht, wer einen Vorteil davon hätte, wenn er den Gashi auf die Seite räumt.«

»Ich kann mir auch nicht vorstellen, dass es jemand von hier war. Aber vielleicht liegt die Ursache für den Überfall ja in der Vergangenheit.«

Manfred sah sie daraufhin mit einem undefinierbaren Blick

an und Resi befürchtete, dass er ahnte, worauf sie hinauswollte. Daraufhin wechselte Manfred jedoch das Thema und Resi schaffte es nicht, noch einmal über den Mord zu sprechen.

Als auch der letzte gefaulte Apfel im Eimer lag, stand Manfred unschlüssig vor ihr, als warte er darauf, dass Resi etwas Bestimmtes sagte. Normalerweise hätte sie ihn auch noch auf einen Dankeskaffee oder -schnaps eingeladen, aber der Gedanke, allein mit ihm im Haus zu sein, verursachte ihr ein unerklärliches Unbehagen.

Deshalb sagte sie anstatt einer Einladung: »Danke fürs Helfen und … ja, dann, auf Wiedersehen.«

»Das habe ich gerne gemacht. Einen schönen Abend noch. Bis bald!« Manfred klang etwas reserviert, als er auf dem Absatz kehrt mache und Resis Garten verließ.

Resi war unzufrieden mit sich. Sie befürchtete, dass Manfred gemerkt hatte, dass sie ihn verdächtigte. Aber vielleicht war das auch gar nicht so schlecht. Dann wusste er, dass sie ein Auge auf ihn hatte.

Und sie musste Irma recht geben. Etwas war seltsam an Manfred. Wenn jemand so locker über tote Menschen sprach, musste etwas faul sein.

Abends war Resi von dem vielen Gerenne und dem Apfel klauben ungewöhnlich kaputt. Doch sie konnte sich noch nicht ausruhen. Das Treffen des Katholischen Frauenbunds stand an und der gemütliche Abend auf dem Sofa musste noch warten.

Mit etwas steifen Beinen ging sie zu Fuß zum Pfarrheim. Das waren nur wenige Minuten Fußweg und in der Dunkelheit fuhr sie nicht mehr so gerne Fahrrad.

Aber da ihr linkes Knie wieder schmerzte, war sie froh, als sie den Parkplatz des in den sechziger Jahren gebauten

Pfarrheims erreicht hatte.

Zur gleichen Zeit fuhr ein Auto langsam auf den gähnend leeren Platz. Die meisten Frauen kamen mit dem Fahrrad oder zu Fuß zum Frauenbundtreffen. Doch Marianne von Berghardt hatte sich entgegen ihrer sonstigen Gewohnheit, mit dem Fahrrad zu fahren, für das Auto entschieden.

Resi wartete, bis Marianne das Auto verlassen hatte und leicht hinkend auf sie zukam.

»Guten Abend Marianne. Ach herrje, du hinkst ja. Hast du dich verletzt?«

»Nein, nein, es ist nichts Schlimmes. Ich bin nur, ähm, gestolpert. Über einen Hocker, den Hannelore in der Speisekammer vergessen hatte.«

Doch die kurze Pause beim Erzählen reichte Resi, um zu ahnen, was wirklich passiert war. Laut sagte sie: »Ja, im Haushalt lauern überall Gefahren. Ich habe mir dieses Jahr Unterstützung für die Apfelernte geholt. Mit meinen Schmerzen im Knie will ich nicht mehr auf einem Baum herumturnen. Da ist schneller was passiert, als man denkt. Der Baum hat jedes Jahr so viele Äpfel, viel zu viele für mich. Und jetzt habe ich unzählige Gläser Apfelkompott eingemacht. Wenn du willst, kann ich dir ein paar vorbeibringen.«

»Nein, das musst du nicht, wirklich nicht.« Marianne winkte energisch ab.

»Nein, nein, das mache ich gerne. Ich kann diese riesigen Mengen unmöglich alleine essen. Weißt du was? Ich komme gleich morgen Vormittag zu euch.« Resi hatte sich in den Kopf gesetzt, Marianne ins Gewissen zu reden. Sie musste diesen schrecklichen Mann endlich verlassen oder sich zumindest zur Wehr setzen.«

Mittlerweile waren die beiden ihm Saal des Pfarrheims

angekommen und da Marianne sofort von Hilde in Beschlag genommen wurde, hatte sie keine Chance mehr, Resi den morgigen Besuch auszureden.

Das Treffen war gut besucht und neben Hilde, Marianne und Irma war auch Effi Hiendl da, die wie immer lautstark ihre Meinungen verkündete. Diesmal ging es um den Überfall auf den Gashi. »Das war niemand von unserer Dorfgemeinschaft. Das weiß ich genau. Aber letztens waren erst wieder diese schwarz angezogenen Jugendlichen aus Birlach hier. Sie wollten einen Nachmittag am Friedhof verbringen. Ihr wisst schon, die mit den langen schwarzen Mänteln und ganz weiß geschminkten Gesichtern. Diese Satanisten. Denen ist sowas zuzutrauen.«

Da sie nicht die erwartete Zustimmung bekam, überlegte sie laut weiter. »Oder es war doch der Haller Bauer. Der hat den Gashi ja mit dem Gift auf dem Feld vom Berghardt gesehen und vielleicht hat er den Gashi angegriffen und als sich der Gashi wehren wollte, hat er ihm eine über den Schädel gezogen.«

Auf diese Vermutung folgte erst einmal betretenes Schweigen und mehr als eine wagte einen verstohlenen Blick auf Marianne. Doch diese tat so, als ob sie dringend etwas in ihrem Handy lesen müsste und nichts gehört hatte.

Nach diesem peinlichen Zwischenspiel war das Thema Mord fürs Erste vom Tisch und sie besprachen Ideen für den Weihnachtsbasar. Außerdem nutzte Resi die Gelegenheit, mächtig Werbung für Lenis Vortrag nächste Woche zu machen.

Am nächsten Tag packte Resi gleich nach dem Frühstück zwei Gläser ihres Apfelkompotts in eine kleine Geschenktüte. Langsam ging ihr Vorrat zu Neige und sie befürchtete, dass sie noch ein paar Gläser einkochen musste, wenn sie selbst in den Genuss ihres Kompotts kommen wollte.

Dann machte sie sich fertig, um Marianne zu besuchen. Ein Blick nach draußen zeigte ihr, dass sie besser einen Schirm mitnahm und die festen Schuhe anzog. Der angekündigte Regen war da.

Doch sie kam nicht weit. Auf der Straße wurde sie von der alten Weberin abgepasst.

»Resi, ich muss dir was erzählen. Du glaubst nicht, was gestern passiert ist, als du bei den Landfrauen warst.«

»Was ist denn passiert?« So aufgeregt, wie die Weberin nach Luft schnappte, musste es wirklich bedeutsam sein.

»Stell dir vor, dein narrischer afrikanischer Nachbar, dieser Manfred, hat gestern ein Feuer in seinem Garten angezündet.«

»Ja, das darf er doch, solange er aufpasst, dass nichts passiert. Er hat mir erzählt, dass er im Garten arbeiten wollte. Da gab es vielleicht was zu verbrennen.«

Doch die alte Frau ging nicht auf Resis Einwurf ein. »Und dann habe ich genau gesehen, wie er nackig, also obenrum nackig, um das Feuer getanzt ist. So wie es die Afrikaner machen.«

»Und warum hätte er das machen sollen?«, fragte Resi ungläubig. Manfred war zwar ein wenig seltsam, aber dass er ums Feuer tanzte, konnte sie sich nicht vorstellen.

Die Weberin machte eine dramatische Pause und dann platzte es aus ihr heraus: »Ich habe außerdem noch verbranntes Fleisch gerochen. Das war ein Opfertanz! Vielleicht hat der noch jemanden erschlagen und den hat er gestern verbrannt!«

Resis starrte die alte Frau mit offenem Mund an. »Aber warum hat er ein Opfer gebraucht?«

»Was weiß ich, vielleicht macht man das so in Afrika. Ich habe auch gehört, dass er Schrumpfköpfe daheim rumstehen hat. Vielleicht will er sich einen neuen machen.«

Bei der Erwähnung der Schrumpfköpfe zuckte Resi zusammen. »Wer sagt denn, dass er Schrumpfköpfe hat?«

»Das weiß doch schon das ganze Dorf. Der hat eine ganze Sammlung von so seltsamen Gegenständen.«

»Also ich wusste das noch nicht und ich kann mir beim besten Willen nicht vorstellen, dass der Manfred solche Sachen macht. Doch wenn ich ihn das nächste Mal sehe, frage ich ihn, warum er ein Feuer gebraucht hat.«

»Geh aber nicht allein zu ihm ins Haus. Sonst bist du vielleicht die Nächste … und ich kann dir da dann nicht helfen. Niemand kann das.«

»Ja, ähm, ich muss jetzt aber wirklich weiter. Ich will der Marianne Apfelkompott vorbeibringen. Sie hat es gerade nicht leicht. Magst du auch eines? Dann bring ich dir nachher auch ein Glas.«

»Gerne. Das ist gut für den Stuhlgang. Der geht in meinem Alter manchmal recht schwer.«

»Ist gut, auf Wiedersehen.« Resi beeilte sich, möglichst schnell möglichst viel Abstand zwischen sich und die alte Frau zu bekommen. Wenn die alte Weberin mit ihrer Verdauung anfing, konnte es Stunden dauern, bis man von ihr loskam.

Kapitel 7

Resi bemerkte schon von weitem, dass auf dem Hof etwas nicht stimmte. Ein Krankenwagen fuhr langsam die lange Auffahrt entlang und dann im Schritttempo an ihr vorbei … ohne Blaulicht und Sirene.

Zögernd betrat Resi den Hof und sah sich suchend um.

Es stand dieses riesige Auto des Herrn Klaußen hier, aber er selbst war nicht zu sehen. Langsam ging Resi weiter. Aus dem Gebäude, in dem Jelenas Wohnung war, hörte sie laute und aufgeregte Stimmen.

Kurzentschlossen ging sie in Richtung der Stimmen.

In dem dunklen Flur, von dem die Türen zu den Wohnungen abgingen, erkannte Resi Marianne, die von Henrick gestützt wurde und gebetsmühlenartig wiederholte: »Ich kann das nicht ertragen. Ich kann das nicht ertragen.«

Resi lief bei der Szene, die sich ihr bot, ein Schauer über den Rücken. Etwas Schlimmes war geschehen. In wenigen Schritten war sie bei den beiden. »Marianne, was um Himmels willen ist denn bei euch los? Ist etwas mit Friedrich?«

Marianne sah sie mit großen Augen an, die wie dunkle

Steine in ihrem weißen Gesicht leuchteten und sagte mit einer Stimme, die von ganz weit weg zu kommen schien: »Friedrich? Nein, nicht Friedrich. Es ist Jelena. Sie ist tot!«

»Jelena? Warum denn die Jelena? Sie war doch noch so jung. War es ein Unfall?« Resi verstand die Welt nicht mehr.

»Sie wurde von Marianne tot in der Badewanne gefunden«, antwortete Henrick ruhig. »Ihr Handy, das noch am Ladekabel gehangen hat, lag im Wasser. Die Polizei geht von einem Unfall aus. Vermutlich ein Stromschlag.« Während er redete, strich er seiner Mutter immer wieder mechanisch über den Rücken.

Resi sah zur geschlossenen Tür, die zu Jelenas Zimmer führte und ihr Mundwinkel zuckte unwillig. Zwei Tote, die sich kannten und das so kurz aufeinanderfolgend … ob das wirklich ein Unfall gewesen war?

Trotzdem antwortete sie: »Die Arme, welch ein furchtbares Unglück. Mit Strom muss man einfach aufpassen. Das war früher schon so.« Dabei nickte sie bedächtig mit dem Kopf.

Dann wandte sie sich Marianne zu. »Soll ich dir einen Tee kochen, meine Liebe? Oder magst du lieber allein sein?«

»Nein, bitte bleib. Dieser Klaußen will nachher noch mit mir sprechen. Er sucht gerade den Hof und die Umgebung ab. Er überprüft, ob er irgendetwas Verdächtiges findet. Dabei war es doch ein Unfall. Dieser Kommissar ist wirklich eine unangenehme Person. Er ist mit keiner meiner Antworten zufrieden und bohrt immer weiter.«

Marianne wandte sich Henrick zu. »Dich will er bestimmt auch noch sprechen.«

»Bestimmt. Ich bleibe hier draußen. Nach diesem Schock muss ich mich bewegen und versuchen, irgendwie den Kopf freizubekommen. Oder wäre es dir lieber, wenn ich bei dir bleiben würde?«

»Nein, schon gut. Resi ist ja hier.«

Resi ging mit Marianne zum Hauptgebäude. Im Wohnzimmer drückte sie Marianne, die immer noch abwesend wirkte, auf das Sofa und verschwand dann in der Küche, um Wasser aufzusetzen.

Kurze Zeit später brachte sie eine volle Kanne Tee ins Wohnzimmer, in dem Marianne unverändert steif und bewegungslos auf dem Sofa saß.

Resi stellte zwei Teetassen auf den Tisch und fragte dann sanft: »Magst du mir erzählen, wie du die Jelena entdeckt hast?«

»Jelena tauchte heute Morgen nicht auf und da wollte ich nach ihr sehen. Ich habe sie gefunden«, antwortete Marianne kaum hörbar und etwas unzusammenhängend. »Sie lag nackt in der Wanne. Ihr Gesicht war blau und der ganze Fußboden war nass. Sogar ihr Handtuch war patschnass.«

Marianne schlug unvermittelt ihre Hände vors Gesicht und fing an zu schluchzen. Dabei machte sie Geräusche wie ein kleines Kind und Resi eilte auf sie zu, um den Arm um sie zu legen. Sie spürte nur zitternde Haut und Knochen, so dünn war Marianne.

Doch Marianne wäre nicht Marianne, wenn sie sich nicht schnell wieder unter Kontrolle gehabt hätte. Sie schluchzte noch ein paar Mal, nahm dann das von Resi angebotene Taschentuch und schnäuzte sich leise und vornehm.

»Aber jetzt ist es so und ich muss damit umgehen lernen.«

»Am besten trinkst du erstmal einen Schluck Tee. Der ist jetzt gut durchgezogen.« Resi füllte eine der filigranen Teetassen mit gelbem Kamillentee.

»Wo ist denn eigentlich Friedrich?« Nicht dass Resi ihn vermisst hätte, aber sie fand es seltsam, dass er nicht vor Ort war, wenn hier eine Tote gefunden wurde.

»Friedrich? Der müsste bald da sein. Er ist heute ganz früh mit dem Julius los, um in Birlach zur Versteigerung zu fahren. Wir brauchen dringend einen neuen Eber, obwohl ich am liebsten mit den Schweinen aufhören würde. Das ist viel zu viel Arbeit für viel zu wenig Verdienst.«

Resi nickte bestätigend. »Und jetzt fehlen euch auch noch zwei Arbeitskräfte.«

»Ach ja, ich weiß wirklich nicht mehr, wie wir das alles schaffen sollen.« Mariannes verzweifelter Blick tat Resi in der Seele weh. Die arme Frau hatte ein riesiges Päckchen zu tragen.

Da klopfte es energisch an der Wohnzimmertür. Marianne schrie leise auf.

Herr Klaußen kam schwungvoll in den Raum. »Guten Tag die Damen. Ich wäre jetzt so weit. Frau von Berghardt, könnten wir über den heutigen Morgen sprechen?«

Marianne nickte kaum merklich.

»Sehr gut. Frau …?«

»Grießhammer«, vervollständigte Resi die Anrede.

»Ja, also Frau Grießhammer, ich müsste Sie dann bitten den Raum zu verlassen. Das, was wir zu besprechen haben, fällt unter das Polizeigeheimnis.« Insgeheim dachte er, dass diese alte Frau auch ständig auf diesem Hof herumlungerte. Das war bestimmt auch eine der von Hans gelobten Dorfklatschtanten. Und so jemand sollte ihm bei den Ermittlungen helfen? Auf so eine Idee musste man erstmal kommen.

»Natürlich, auf Wiedersehen Herr Hauptkommissar und bis bald, Marianne. Ich schaue die Tage nochmal vorbei.« Resi erhob sich vom Sofa und ging aus dem Wohnzimmer. Dabei ließ sie absichtlich die Tür einen Spalt offen, in der Hoffnung, etwas vom Gespräch erlauschen zu können.

Doch ihr Trick blieb nicht unbemerkt und die Tür fiel

bereits wenige Sekunden später krachend ins Schloss.

Resi ging unzufrieden nach draußen. Sie hätte gerne noch ein wenig mehr über den Tod der jungen Frau herausgefunden.

Unschlüssig schlenderte sie zum Nebenhaus, in dem Jelena gestorben war.

Sie hatte Glück, die Tür zu Jelenas Wohnung stand nun offen. Resi sah sich kurz nach Zeugen um, und da sie niemanden entdeckte, ging sie mit ein paar schnellen Schritten zur Türöffnung. Doch als sie hineingehen wollte, zuckte sie zurück. Sie war nicht allein.

Hans Hafner von der Spurensicherung kniete vor der Badewanne auf dem Boden und streute aus einem kleinen Fläschchen ein Pulver auf die Fliesen.

Als er Resi bemerkte, drehte er sich bedächtig zu ihr um. »Ja da schau her. Du bist es Resi. Mit dir hätte ich jetzt aber gar nicht gerechnet.«

»Servus Hans. Das ist aber auch ein Zufall, dass ich hier bin. Ich komme gerade von Marianne und sie hat mir alles erzählt.« Auf die Schnelle fiel Resi jedoch kein guter Grund ein, warum sie nach dem Besuch in Jelenas Wohnbereich herumschnüffelte.

Zum Glück fragte Hans nicht weiter nach. Er kannte die neugierigen Dorfweiber und Resi war ihm eine von den liebsten. Die redete wenigstens nicht immer so einen Schmarrn wie die anderen.

Hans wandte sich wieder seiner Arbeit zu und sagte wie zu sich selbst: »Es war ein Stromschlag, heißt es, aber ich frage mich, warum dann so viel Wasser herumgespritzt ist. Ich dachte, da ist man auf der Stelle tot. Da bin ich gespannt, was die Obduktion ergibt. Aber damit soll sich der schlaue Herr Klaußen beschäftigen.«

»Das ist ein guter Ermittler. Zumindest sagen das die Leute.«

»Dann wird es schon stimmen«, brummte Hans, stand auf und wischte sich die Hände an seiner Jeans ab. »So, ich bin jetzt hier fertig.«

»Ah ja, ich auch.« Plötzlich fiel Resi doch noch ein guter Grund ein, warum sie hier herumsuchte. »Ich wollte eigentlich noch kurz mit Hannelore sprechen, aber ich finde sie nicht. Ist die heute gar nicht auf dem Hof?«

»Mit der hat gerade der Klaußen gesprochen. Der hat sie von den Hühnern weggeholt. Vielleicht ist sie da nochmal hin«, vermutete Hans, während er seine Sachen zusammenpackte.

»Das könnte sein, danke.«

Resi hob kurz die Hand zum Abschied und machte sich dann kurzentschlossen auf den Weg zum Hühnerstall.

Hannelore war tatsächlich dort. »Guten Tag Hannelore, das ist heute wieder eine Aufregung«, begrüßte Resi die alte Frau, die den Hühnern gerade die Eier abnahm.

»Huch! Hast du mich erschreckt, Resi! Ich sag es dir, mein Herz macht das alles hier nicht mehr lange mit. Wie soll das nur hinführen? Eine Leiche nach der anderen. Wenn das so weiter geht, bin ich die nächste. Und schau mich an … die Hühner sollte die Jelena heute machen. Aber wer muss einspringen? Ich! Und das mit meinem schlimmen Rücken! Die feine Frau von Berghardt macht natürlich keinen Finger krumm. Nur der Henrick hilft mir. Ohne den würde hier gar nichts mehr laufen. Aber auf mich können die auch nicht mehr lange zählen. Ich such mir etwas anderes, mir reicht es jetzt endgültig.« Aus Hannelore sprudelten die Wörter nur so heraus.

»Das ist eine Tragödie, was auf dem Berghardthof gerade passiert, trotzdem ist es nicht in Ordnung, dass sie jetzt dir die ganze Arbeit aufhalsen«, stimmte Resi der alten Frau zu. »Aber sag mal, was wollte denn der Klaußen von dir? Ich dachte, der Jelena ist ein Handy mit Ladekabel in die Badewanne gefallen? Das war doch dann ein Unfall. Warum interessiert er sich denn da für dich?«

»Der? Der wollte wieder alles ganz genau wissen. Wo ich gewesen bin, ob ich etwas oder jemand Verdächtiges gesehen hab und lauter so Kriminalerzeug halt.«

»Und?«

»Wie und?«

»Hast du etwas gesehen?«

»Nein, gar nichts. Ich war gestern recht lange auf dem Hof, weil so viel zu tun war und ich dann extra Geld krieg, aber da war alles ruhig. So um neun rum, als ich endlich losgekommen bin, habe ich nur noch den Wastl gesehen. Ich glaube, der wollte die Jelena besuchen. Zumindest verschwand er im Haus, in dem sie wohnt.«

Resi wurde hellhörig: »Unser Wastl? Der aus Hirlangen? Was wollte denn der von ihr? Ich dachte, das wäre ein Brauner und die Jelena kam doch aus Albanien.«

»Was fragst du da mich? Vielleicht darf man einer Ausländerin hinterhersteigen, wenn sie einen großen Busen hat. Bei denen weiß man ja nie, was ihnen so einfällt. Mich regt das alles grad nur noch auf und ich muss jetzt auch weiterarbeiten.«

Mit verkniffenem Mund stellte Hannelore die Paletten mit den Eiern zusammen und brachte sie in den kleinen Lagerraum direkt neben dem Stall.

Resi hatte nun keinen Grund mehr, sich noch länger auf dem Hof herumzutreiben. Der Klaußen war noch immer im Herrenhaus und von Henrick war auch nichts zu sehen.

Da hörte sie plötzlich Motorengeräusche und wenige

Sekunden später erschien Katharinas Mini in der Auffahrt. Resi stand im Schatten des Hühnerstalls, weshalb Katharina sie nicht sehen konnte, doch die hohe Sonne schien genau auf die Fahrerin und durch die Windschutzscheibe konnte Resi deutlich das versteinerte Gesicht der jungen Frau erkennen.

Resi fragte sich im Stillen, wie Katherina so schnell hatte hier sein können. Sie musste bereits in der Nähe gewesen sein. Von ihrem eigentlichen Wohnort hätte sie es seit dem Entdecken der Leiche nie so schnell hierhergeschafft.

Mit einem Seufzer machte sich Resi auf den Heimweg. Wenn sie an so etwas glauben würde, würde sie sagen, dass dieser Hof verflucht ist.

Auf dem Nachhauseweg hatte sie viel Zeit zum Nachdenken. Sie hatte noch immer das Gefühl, dass der Tod von Jelena kein Zufall war. Das viele Wasser neben der Badewanne. Das konnte doch nur von einem Kampf stammen. Doch wie auch beim Gashi … es fehlte das Motiv.

Aber mit dem Wastl würde sie unbedingt reden müssen. Was hatte er bei der Jelena zu suchen gehabt? Hoffentlich war der da nicht in was Übles verwickelt worden.

Zuhause wurde Resi bereits sehnsüchtig von Lilo erwartet. Sie hatte eine Maus gefangen, die bereits das Zeitliche gesegnet hatte und die sie Resi mit stolzem Miauen präsentierte und ihr im Wohnzimmer zum Spielen anbot.

Resi hatte grundsätzlich kein Problem mit toten Mäusen, aber auf dem Wohnzimmerteppich brauchte sie wirklich keine.

Seufzend machte sie sich auf den Weg, um einen Handfeger zu holen. Doch als sie aus der Abstellkammer zurückkam, hörte sie nur noch leises Knacken und als Lilo mit der Maus fertig war, war nicht einmal mehr ein kleiner Rest übrig.

»Du bist so verfressen Lilo! So etwas nennt man Beweisvernichtung, aber ich bin froh, dass das Vieh weg ist. Ich habe heute genug von Toten«, meinte Resi und strich ihrer Katze liebevoll über den Kopf.

Resi blieb gerade noch Zeit für ein kurzes Mittagessen und ein noch kürzeres Nickerchen und dann musste sie schon weiter zum wöchentlichen Kaffeekränzchen.

Zum Haus von Hilde war es nicht weit, doch es hatte zu regnen begonnen, was Resi mit einem prüfenden Blick aus dem Fenster feststellte.

»Jetzt ist er da, der angekündigte Regen. Ohne Regenschirm bin ich da nass bis auf die Knochen, bis ich bei Hilde bin«, murmelte sie und holte ihren großen, schwarzen Altherrenschirm aus dem Schrank.

Hildes Mann hatte vor über zwei Jahren einen Herzinfarkt erlitten, den er nicht überlebt hatte. Seitdem teilte sie sich das Haus mit ihrem Sohn Bertl.

Sie hatten das Haus ein wenig umgebaut und jetzt wohnte er oben und sie unten. Die Hausarbeit, Kochen und Waschen erledigte Hilde aber noch immer für ihn, was ihr aber nichts ausmachte. Sie hatte genug Energie für zwei und es machte ihr Freude, ihren Sohn um sich zu haben und in ihrem zu Hause zu schalten und zu walten, wie es ihr passte.

Irma war schon da, als Resi Hilde in die gute Stube folgte, in der bereits der Tisch gedeckt war.

Als alle ein Stück Käsesahnetorte auf dem Teller hatten und die Tassen mit Kaffee gefüllt waren, schaute Hilde voller Vorfreude in die Runde und dann fing sie an: »Ich erzähle euch jetzt etwas, das ihr wirklich niemandem erzählen dürft. Das müsst ihr mir versprechen, sonst kommt mein Bertl in die Teufelsküche.«

Als ihre beiden Freundinnen wie auf Kommando gleichzeitig gehorsam nickten, redete Hilde weiter. »Also, die haben die Leiche vom Gashi noch einmal von oben und unten untersucht, ihr wisst schon, in der Pathologie. Und dabei konnte festgestellt werden, dass er ein Stück über den Weg gezogen worden ist. Die haben da heutzutage ganz moderne Methoden. Die Haut von ihm war aufgeschürft. Außerdem hatte er viel zu viel Schlamm im Mund und der Nase. Und jetzt haltet euch fest: Die Ermittler sind sich deshalb sicher, dass er absichtlich in die Pfütze gezogen und dort mit dem Gesicht in den Schlamm gedrückt worden ist. Da hat jemand den bewusstlosen Gashi absichtlich ertränkt.« Triumphierend sah Hilde in die Runde. Sie wusste, dass diese Neuigkeit absolut unschlagbar war.

Zunächst war es erstmal still im Raum und Resi und Irma starrten Hilde fassungslos an. Mit so einer Entwicklung hatte keine der beiden gerechnet.

In Resi machte sich aber auch sofort ein ungutes Gefühl breit. Ein einzelner Schlag auf den Kopf ist das eine. Das kann auch mal im Affekt und vor Wut passieren.

Doch jemand Wehrlosen extra in eine Wasserpfütze zu ziehen, um ihn zu ertränken, zeugte von Grausamkeit. Krankhafter Grausamkeit.

Irma sagte als erste wieder etwas: »Mich schüttelt es da am ganzen Körper. Wer macht denn sowas? Das ist ja wie in einem dieser *Triller*, oder wie das heißt. Die Simone liest die so gerne. Da krieg ich gleich Angst, allein nach Hause zu gehen. Der Verrückte läuft schließlich noch frei herum.«

»Also ich geh im Dunkeln auch nicht mehr alleine raus, bis die den gefangen haben. Gruselig ist das«, stimmte ihr Hilde zu.

»Was ist nur in unserem schönen Dorf los«, begann Resi bekümmert und strich sorgfältig eine Falte in der Tischdecke glatt. »Und das neuste wisst ihr noch nicht einmal.«

»Was wissen wir noch nicht?«, fragte Hilde angespannt.

»Es gibt eine neue Leiche. Die Jelena wurde heute Morgen tot in ihrer Badewanne gefunden. Angeblich war die Ursache ein durch ihr angestecktes Handy verursachter Stromschlag.«

»Doch du glaubst das nicht?«, fragte Irma in die Pause, die Resi beim Erzählen gemacht hatte.

»Nein, irgendwie passt das alles nicht«, antwortete Resi und erzählte, was auf dem Gutshof los gewesen war.

»Du meine Güte, das wird ja immer schlimmer!« Irma schüttelte ergriffen den Kopf und steckte sich eine Gabel voll Torte in den Mund und auch Hilde sah betroffen aus.

»Man hat das Gefühl, dass hier nur noch Gangster wohnen«, sagte Resi leise.

Ihre beiden Freundinnen nickten mit betretenen Gesichtern.

Resi sprach weiter. »Und wir dürfen auch den Biobetrug vom Berghardt nicht vergessen. Der war ja auch erst vor ein paar Tagen.«

Resi erzählte, was sie letztes Mal auf dem Gutshof gehört und gesehen hatte. »Ich bin mir sicher, dass die da Beweismittel, also das Gift, haben verschwinden lassen.«

»Wann genau war das gewesen?«, fragte Hilde nach.

»Das war am Samstag. Da war ich auf dem Gutshof, um nach Susanne zu sehen.«

»Dann hast du sicher recht und das waren Beweismittel. Ich habe den Friedrich am Samstagabend nämlich im *Goldenen Rad* gesehen. Und der hatte so richtig gute Laune. Einen blöden Witz nach dem nächsten hat er gerissen. Mir tat schon die arme Bedienung leid. Ein aufdringlicher Typ. Ich bin mir sicher, dass die vom Amt nichts gefunden haben und unverrichteter Dinge abhauen mussten.«

»Ja, ohne Beweise kann man ihm nichts. Ein unangenehmer Mensch und so brutal. Ich verstehe nicht, warum Marianne nicht schon längst das Weiter gesucht hat.« Resi dachte an die Szene, deren Zeuge sie unbeabsichtigt geworden war und an die Verletzung, wegen welcher Marianne am Dienstag hinken musste.

Resi seufzte tief. »Dem Haller Bauer traue ich auch nicht über den Weg. Der ist so blöd und tut noch etwas Unüberlegtes. Die Stimmung zwischen ihm und dem Berghardt kommt mir recht angespannt vor. Wenn er sich da nur nicht übernimmt. Mit dem alten Berghardt ist nicht zu spaßen.«

Hilde nickte bestätigend. »Der Haller Bauer ist wirklich nicht der Hellste. Dem traue ich zu, dass er aus der Geschichte Profit schlagen will. Doch da sollte er aufpassen. Der Friedrich ist keiner, der sich einfach erpressen lässt.«

Doch Resi hatte noch mehr Sorgen. »Und bei den Ringlstattern ist auch der Wurm drin. Die Alten sehen aus, als ob sie einen Geist gesehen haben und Susanne ist auf einmal so dünn wie ein Strich in der Landschaft. Irgendetwas geht um in diesem Dorf. Etwas, das mir gar nicht gefällt.«

Hilde nickte düster. »Ich hoffe, der Klaußen findet den Mörder bald. Aber schaut mal raus. Es wird schon langsam finster. Ich will euch nicht rauswerfen, aber geht besser los, damit ihr noch im Hellen heimkommt. Wenigstens regnet es gerade nicht.«

Resi beeilte sich heute, nach Hause zu kommen. Das erste Stück war sie mit Irma gegangen, aber die letzten Meter musste sie allein zurücklegen.

Das schlechte Wetter und die düsteren Gespräche waren

ihr aufs Gemüt geschlagen. Außerdem dämmerte es schon und Resi bekam den Gedanken an einen verrückten Mörder, der im Dorf sein Unwesen trieb, nicht aus dem Kopf.

Irrte sie sich, oder waren da auf einmal Schritte hinter ihr? Resi ging schneller, doch auch die Schritte hinter ihr beschleunigten und Resi spürte, wie die Person immer näherkam. Wurde sie verfolgt? Ihre überreizten Nerven mussten ihr einen Streich spielen.

Jetzt waren die Schritte direkt hinter ihr und eine Hand griff nach ihrer Schulter.

Resi schrie laut auf: »Lassen Sie mich sofort los!«

Mit einem Ruck drehte Sie sich um und wollte gerade mit dem Schlüssel zustechen, den sie sicherheitshalber zwischen Zeigefinger und Mittelfinger der rechten Hand hielt. Aber als sie erkannte, wer ihr Verfolger war, hielt sie inne. »Ah, Sie sind es.«

»Entschuldigung, ich wollte dich nicht erschrecken.« Manfred strich sich verlegen die Haare aus der Stirn.

»Haben Sie aber, was schleichen Sie denn so heimlich in der Dämmerung herum und verfolgen einsame Spaziergänger?«, schimpfte Resi ungehalten. Sie zitterte noch am ganzen Körper.

»Ich habe dich doch nicht erfolgt. Ich war gerade beim Einkaufen und da habe ich dich von weitem gesehen und dachte, dass wir doch ein Stück miteinander gehen könnten.« Als Beweis hielt Manfred einen Stoffbeutel hoch, aus dem eine Packung Haferflocken herausschaute.

»Ist schon gut«, antwortete Resi, aber sie war immer noch aufgebracht.

»Schau mich nicht so grantig an, ich bin nicht der böse Wolf und auch nicht der geheimnisvolle Mörder«, versuchte Manfred einen Witz.

»Stimmt das auch wirklich? Was über Sie erzählt wird, ist

nämlich schon furchteinflößend«, platzte es aus Resi heraus.

Manfred konnte seine Überraschung über diese Neuigkeit nicht verbergen. »Ich bin furchteinflößend? Das wusste ich gar nicht. Was ist denn gar so gefährlich an mir?«

Resi räusperte sich kurz und sagte dann: »Angeblich ist Ihr ganzes Haus voller Schrumpfköpfe.« Doch sie merkte selbst, wie albern das klang und sie ärgerte sich, dass sie etwas dazu gesagt hatte.

Manfred schmunzelte: »Aha, das wäre mir aber neu. Meines Wissens befindet sich kein einziger Schrumpfkopf in meinem Zuhause und auch sonst habe ich keine sterblichen Überreste in meinem Besitz. Du kannst gerne einmal zu mir kommen, und dich selbst davon überzeugen. Ich hätte gerade Zeit.«

»Ich aber nicht. Ich muss jetzt heim.« Resi wusste nicht, was sie denken sollte. Manfred wirkte so offen und locker. Trotzdem schauderte es sie am ganzen Körper. War das gerade ein Versuch gewesen, sie in sein Haus zu locken und dort verschwinden zu lassen? Du siehst schon die gleichen Hirngespinste wie die alte Weberin, schalt sie sich in Gedanken selbst.

»Kein Problem, dann komme einfach mal vorbei, wenn es bei dir passt. Ich habe morgen, außer meiner Gassirunden mit Lotti, nichts vor.«

In dieser Nacht wälzte sich Resi in ihrem Bett von einer Seite auf die andere. Egal, wie sie es drehte und wendete, sie verstand nicht, wie die ganzen Verbrechen zusammenhingen … vielleicht hingen sie auch gar nicht zusammen. Sie musste mehr mit den Menschen reden, tiefer graben und die Psychologie der Akteure berücksichtigen. So wie Miss Marple es gemacht hätte …

Der Markttag war wie geschaffen für Resis Pläne, mehr

herauszufinden. Es war empfindlich kalt geworden und Resi zog sich ihre schwarze Winterjacke und die gefütterten Winterstiefel an, als sie sich auf den Weg machte. Außerdem hatte sie das erste Mal im Jahr Handschuhe gegen die Kälte an.

Ihrem Knie tat das eisige Wetter offensichtlich auch gut, denn sie konnte endlich einmal wieder ohne Schmerzen gehen.

»Grüß dich Resi, schlecht siehst du aus. Geht es dir nicht gut. Du bist doch nicht etwa krank?« Effi Hiendl hatte sie am Ende der Straße abgepasst und Resi konnte die Neugierde, die hinter dieser Frage steckte, förmlich riechen.

»Mir geht es gut, ich habe heute Nacht nur nicht so gut geschlafen. Ich habe gestern spät abends noch einen Apfel gegessen, das vertrag ich in meinem Alter nicht mehr so gut.«

»Ach so, ich dachte schon, die Morde regen dich so auf. Man muss sich ja schon fürchten, wenn man aus dem Haus geht.«

»Welche Morde meinst du denn?«

»Na den am Gashi und den an der Jelena!«

»Ich wusste gar nicht, dass die Jelena ermordet worden ist.«

»Offiziell geben sie das natürlich nicht zu. Die wollen nicht das ganze Dorf aufscheuchen, aber mir machen sie nichts vor. Ich kenn die Leut.« Effi näherte sich Resi und fing an zu flüstern. »Und ich weiß auch schon, wer es war.«

»Ja!?«

»Ja! Das war dieser Neue, der Manfred. Das darf man zwar nicht laut sagen, aber jeder weiß das hier. Von Afrika hört man schließlich immer wieder, dass da die Leute einfach so auf offener Straße erschossen werden, und da hat er sich das angewöhnt.«

»Aber die beiden sind doch nicht erschossen worden.«

»Das ist nur, weil er hier in Deutschland keine Pistole haben darf. Da musste er sich dann anders behelfen.«

Resi war froh, dass sie endlich den Marktplatz erreicht hatten. Sie fand Manfred zwar auch verdächtig, aber diese unverhohlene Sensationslust von Effi ging ihr gegen den Strich.

Ein kurzer Blick über die Stände zeigte ihr, dass der Stand vom Haller Bauer heute nicht aufgebaut worden war und noch etwas war ungewöhnlich. Hinter dem Tresen vom Berghardt-Stand verkaufte heute Julius das Obst und Gemüse. Resi konnte sich nicht erinnern, dass das jemals zuvor der Fall gewesen war.

»Du Effi, ich muss jetzt gleich weiter zum Käsestand. Die haben so einen guten Emmentaler, ganz mild und jetzt ist die Schlange noch nicht so lang.« Resi nickte Effi zum Abschied zu und beeilte sich, von ihr weg zu kommen.

Mit einem halben Pfund Emmentaler im Einkaufskorb ging sie als nächstes zu Julius. Das war der Berghardtsohn, mit dem sie bisher am wenigstens zu tun gehabt hatte. Resi wusste zwar, dass er in der Schule nicht ganz so gut wie seine Geschwister gewesen war, aber dass er sich bei der Ausbildung zum Landwirt nicht schlecht angestellt hatte.

Hier im Stand wirkte er seltsam deplatziert. Man sah ihm an, dass er viel Sport machte und Resi meinte, sich erinnern zu können, dass er auch boxte, aber da konnte sie sich auch täuschen. Vielleicht meinte sie das auch nur, weil er einen so ausgeprägten Stiernacken hatte …

Als sie an der Reihe war fragte er sie kurz angebunden: »Was darf es sein?« Er konnte nicht verbergen, dass er am liebsten ganz woanders gewesen wäre.

»Grüß Gott Julius, das ist schön, dass du deinem Papa hilfst. Jetzt wo ihr diese tragischen Todesfälle hattet. Der Henrick hatte wohl keine Zeit? Na ja, der muss sich als Hoferbe wahrscheinlich um andere Dinge kümmern«

Julius, der bisher recht gelangweilt ausgesehen hatte, zuckte zusammen und ein Schatten überzog sein Gesicht. »Der hilft zuhause mit«, antwortete er mit einer Bitterkeit, die sie überraschte.

»Das verstehe ich, für eure Mama ist das alles auch ein rechter Schock. Ich hoffe, ihr geht es wieder besser.«

»Der geht es gut. Was wollen Sie haben?«

»Das freut mich, letztens war sie nämlich schon recht durcheinander. Aber jemanden wie dich haut das nicht um, gell. Die jungen Leute sind an Mord und Totschlag gewohnt.«

Während Resi das sagte, schlich ein wachsamer Ausdruck in Julius braunen Augen. »Wie meinen Sie das?«

»Ja mei, ihr schaut euch doch immer so Sachen im Fernsehen und am Telefon an. Da sterben die Leute wie die Fliegen.«

Julius Gesichtsausdruck entspannte sich und er sagte, diesmal bestimmter: »Was wollen Sie kaufen?«

»Die jungen Männer heutzutage sind so ungeduldig, aber du hast ja recht. Ich kriege so einen orangen Kürbis. Aber einen kleinen, sonst wird mir das zu schwer. Da kann ich mir dann eine Kürbislaterne für Halloween schnitzen.« Resi lachte selbst über ihren Witz und Julius beeilte sich, ihr das Gewünschte hinüberzureichen.

Mit dem Kürbiskauf hatte Resi auch schon alles, was sie brauchte. Sie war ein wenig enttäuscht, dass keine ihrer Freundinnen auf dem Markt war und da das Wetter nicht zum längeren Verweilen einlud, machte sie sich auf den Heimweg.

Hilde saß zur gleichen Zeit noch mit ihrem Sohn am Frühstückstisch. Er hatte Spätschicht und für Hilde war das eine gute Gelegenheit, endlich in Ruhe mit ihm zu reden.

»Iss ruhig noch ein Ei, du hast gerade so einen Stress, da brauchst du Nervennahrung. Und erzähl mal, seid ihr mit den Ermittlungen schon weitergekommen?« Auffordernd schob sie ihm ein hartgekochtes Ei hin.

»Du weißt, dass ich da nichts erzählen darf. Der Klaußen hat uns mehrmals darauf hingewiesen.« Bertl biss genüsslich in ein Honigbrot.

»Das weiß ich natürlich. Ich will auch gar nicht neugierig sein. Aber ich habe zur Zeit schon rechte Angst, aus dem Haus zu gehen, wo einem jederzeit ein Mörder überfallen kann. Meinen Freundinnen geht es genauso. Das ist kein schönes Leben gerade.« Dass die Obduktion ergeben hatte, dass Jelena ermordet worden war, hatte sie bereits gestern aus ihrem Sohn herausgekitzelt.

»Nein, Angst brauchst du wirklich nicht zu haben. So wie es ausschaut, seid ihr nicht in der Zielgruppe des Mörders«, beruhigte ihr Sohn sie.

»Wie kannst du das so genau wissen?«

»Es gibt Beweise, dass die Morde eine rassistische Ursache haben, und Ausländer seid ihr alle nicht.«

»Das ist ja beruhigend, dass wir nichts zu befürchten haben. Da ist der Klaußen wahrscheinlich draufgekommen, weil die Hannelore den Wastl bei der Jelena gesehen hat.«

»Ja, das war ein wichtiger Hinweis. Der Wastl hatte ein Motiv und er war am Tatort. Das macht ihn gerade zum Hauptverdächtigen. Und stell dir vor, die Jelena war auch noch schwanger, aber wir wissen noch nicht von wem«, antwortete Bertl und wischte sich mit dem Handrücken seinen Mund sauber.

»Du, dafür gibt es ein Taschentuch oder eine Serviette«, rügte Hilde ihn und warf dann einen Blick auf die Küchenuhr.

»Ach herrje, jetzt haben wir aber lange gebraucht. Da wird keiner mehr da sein, wenn ich zum Markt gehe. Aber vielleicht erwische ich noch jemanden, wenn ich gleich loskomme. Ich räume nur noch schnell das Geschirr ab.«

Zufrieden räumte sie die Reste vom Frühstück weg und machte sich dann auf den Weg. Das, was sie gerade erfahren hatte, musste sie unbedingt ihren Freundinnen erzählen. Hoffentlich traf sie die beiden noch. Wenn nicht, würde sie einfach kurz bei ihnen vorbeischauen.

Kapitel 8

Auf dem Heimweg vom Markt war Resi noch mit Hilde zusammengetroffen und ihre Freundin hatte sie über den neusten Stand der Ermittlungen informiert.

Egal wie sie es drehte und wendete, Resi glaubte nicht, dass Wastl der Täter war. Das passte ihrer Meinung gar nicht zu dem kleinen Jungen, den sie früher gepflegt hatte.

In der Ruhe ihres Wohnzimmers schweiften ihre Gedanken dagegen erneut zu Manfred. Er war unbestritten etwas seltsam. Die gestrige Panik vor ihm, kam ihr bei Tageslicht allerdings ziemlich lächerlich vor. Sie hatte sich da von den Gerüchten verrückt machen lassen. Ja, er war verdächtig, aber sie wollte der Sache lieber in Ruhe auf den Grund gehen.

Doch dazu musste sie ihn wohl oder übel zu Hause besuchen. Vielleicht entdeckte sie dort etwas, das ihr weiterhalf. Und was sollte er ihr mitten am helllichten Tag unter den wachsamen Augen der alten Weberin schon groß antun?

Bevor sie es sich noch anders überlegen konnte, stand sie kurzentschlossen auf. Schnell packte sie noch zwei Apfelkompottgläser ein und machte sich dann auf den Weg.

Eines der Gläser wollte sie, wie versprochen, der alten Weberin vorbeibringen und das andere sollte Manfred als Dank für die Hilfe bei der Apfelernte bekommen.

»Ja so was, jetzt habe ich so viel eingekocht und für mich ist noch genau ein Glas übrig«, sagte sie halb überrascht, halb schmunzelnd zu sich selbst, als sie ihren geschmolzenen Vorrat begutachtete.

Die Weberin freute sich sehr über das Apfelkompott und bevor sich Resi verabschiedete, sagte sie beiläufig: »Ich schaue jetzt gleich noch beim Manfred vorbei.«

»Bist du narrisch geworden? Warum machst du denn das?«

»Er hat mir bei der Apfelernte geholfen und nun bringe ich ihm ein Glas Apfelkompott vorbei. Bisher war er immer nett zu mir und man soll seinen Nächsten schließlich nicht ohne Beweise verurteilen. Das steht schon in der Bibel« Resis Stimme klang selbstbewusster, als ihr zumute war.

»Dann hoffe ich, dass ich dich nicht das letzte Mal lebend sehe…« In der Stimme der alten Frau schwang eine freudige Erregung mit. Als ahnte sie, dass bald etwas Schreckliches passieren würde.

»Hallo Manfred, ich habe der alten Weberin gerade ein Glas Apfelkompott vorbeigebracht und da dachte ich, ich bringe Ihnen zum Dank für Ihre Hilfe auch eines. Die Weberin war zwar ein bisschen grantig, da sie dachte, dass beide für sie sind, aber da habe ich gesagt, das bekommt jetzt der Manfred.«

Sie war stolz drauf, wie unauffällig sie dem Manfred mitgeteilt hatte, dass die alte Nachbarin darüber informiert war, dass sie jetzt bei ihm war. Falls er sie ermorden wollte, wusste er nun, dass er sie nicht unauffällig verschwinden lassen konnte.

»Vielen Dank, wenn dein Apfelkompott so begehrt ist,

kann es nur gut schmecken. Aber jetzt komm erstmal rein. Ich freue mich sehr, dass du mich besuchst. Allerdings war ich gerade am Maltisch und muss mich schnell noch umziehen.« Entschuldigend deutete er auf den bunt befleckten Malerkittel, den er anhatte.

Resi folgte Manfred in das Haus und sah sich forschend um. Im dunklen Hausflur hatte sich im Vergleich zu früher kaum etwas verändert. Es waren noch die gleichen hölzernen Einbauschränke, die die alten Hubers schon gehabt hatten.

Doch als sie das Wohnzimmer betraten, zuckte Resi erstmal zurück. Das gemütliche, dunkelgrüne sechziger Jahre Cordsamt-Couch-Ensemble seiner Eltern. war dunkelbraunem Leder gewichen und an den Wänden hingen anstelle von Blumenaquarellen, riesige afrikanische Masken, asiatische Schwerter und amerikanische Indianerbögen. Zumindest vermutete Resi, dass es derartiges Zeugs war.

An allen Wänden, bei denen es vom Platz her möglich war, standen Glasvitrinen, die mit exotischen Dingen gefüllt waren. Resi entdeckte vor allem Schmuck, aber auch Waffen und handgemachtes Geschirr.

»Willkommen in meiner Kuriositätensammlung.« Manfred öffnete beide Arme, als ob er seine Ansammlung umarmen wollte.

»Mhm, da haben Sie ganz schon viele Sachen …«, war das erste, das Resi einfiel. Etwas derartiges hatte sie bisher nur in einem Museum gesehen.

»Ja, da kam doch einiges zusammen in den letzten Jahren. Aber schau dich ruhig genau um. Einen Schrumpfkopf wirst du allerdings nirgends entdecken. Ich wüsste nicht einmal, ob man so einen kaufen kann. Doch glaub mir, ich wollte auch nie einen haben.«

»Ich weiß auch nicht, wie die Leute auf die Geschichte mit den Schrumpfköpfen gekommen sind«, meinte Resi und sie spürte, wie ihr die Hitze in den Kopf stieg. Hätte sie doch niemals dieses Thema erwähnt.

Doch Manfred nahm es mit Humor. »Ist ja eigentlich auch egal. Ich bin es gewohnt, dass man mich manchmal schief anschaut. Ich war schon oft *der Fremde*. Wenn man so viel herumgekommen ist wie ich, muss man sich ein dickes Fell zulegen. Hast du noch ein wenig Zeit? Dann würde ich uns einen Kaffee kochen?«

»Zu einem Kaffee sage ich nicht nein.« Resi setzte sich auf das braune Ledersofa. Dort blieb sie nicht lange allein. Lotti hüpfte durch die offene Wohnzimmertür und sprang neben Resi auf die Couch. Hechelnd schien sie die Besucherin anzustrahlen. Resi versuchte ein wenig Abstand zwischen sich und den Hund zu bekommen, aber Lotti rückte fröhlich hinterher und stupste sie auffordernd in die Seite. »Na na na.« Resi kraulte dem kleinen Hund etwas widerwillig den Kopf.

Lotti beantwortete dies, indem sie Resis Hand abschleckte. Zum Glück kam in dem Augenblick Manfred mit zwei Tassen Kaffee zurück. »Sofort runter mit dir Lotti. Lass die arme Resi in Ruhe.«

Doch Lotti ließ sich nicht beirren und erst als Manfred sie herunterhob, hörte die Schleckerei auf.

»Entschuldige, ich weiß auch nicht, was mit ihr los ist, aber irgendwie scheint sie dich zu mögen.«

Manfred hatte gegenüber von Resi Platz genommen, und da er den Malerkittel ausgezogen hatte, konnte Resi den dunkelblauen Strickpullover und die helle Jeans sehen, die er darunter getragen hatte. So sah er, bis auf die langen Haare, ganz manierlich aus, wie Resi im Stillen feststellte.

»Was haben Sie denn gerade gemalt?«, fragte sie höflich, um ein Gespräch anzufangen.

»Ich habe eine neue Holzstatue hergestellt und die male ich gerade an.«

»Interessant, was ist es denn für eine Figur?«

»Ich habe ihr den Namen *Die Neugierige* gegeben.« Manfred strahlte sie dabei freundlich an.

»Aha«, Resi wusste nicht, was sie daraufhin sagen sollte. War sie damit gemeint? Das wäre aber doch schon eine ziemliche Unverschämtheit. Unwillig verzog sie ihren Mund.

Manfred schien von der Peinlichkeit der Situation nichts zu bemerken. »Aber du bist ja nicht gekommen, um über meine Kunst zu sprechen. Mich würde nämlich schon interessieren, was man sich im Dorf über mich erzählt.«

Resi beschloss, etwas vage zu bleiben, um nicht aus Versehen etwas zu verraten, was Manfred nicht wissen sollte.

»Ja, also, zum Beispiel, dass Sie in Ihrem Garten ein Feuer gemacht haben und etwas verbrannt haben. Stimmt das überhaupt?«

»Ein Feuer? Ja, das habe ich gemacht. Ich hatte da noch einiges an Holz vom Umbau und ich mag die Atmosphäre. Was gibt es Romantischeres als knisterndes Feuer im Herbst?«

»Haben Sie auch gegrillt?«

»Na ja, ich habe ein paar Würstchen ins Feuer gehalten. Ist das wichtig? Ehrlich gesagt, verstehe ich gerade das Problem nicht. Darf man hier kein Feuer machen?« Manfred wurde ein wenig ungehalten und auch Resi fühlte sich unwohl. Es war nun wirklich kein Verbrechen, altes Holz in seinem Garten zu verbrennen. Manfred kam ihr gerade ziemlich harmlos vor.

»Nein, natürlich darf man ein Feuer machen.« Resi tat so, also ob sie eine Fluse von ihrer Stoffhose wegzupfen müsste. Es war eben schwierig zu erklären, dass neue Dorfmitglieder erst einmal unter genauster Beobachtung standen.

»Aber jemand hat vermutet, dass ich Beweismaterial verschwinden ließ, das ist doch so? Du glaubst das doch hoffentlich nicht auch?«

Resi zuckte hilflos mit den Schultern. So laut ausgesprochen, von Angesicht zu Angesicht, kamen ihr die Verdächtigungen plötzlich auch lächerlich von. Manfred hatte bisher nichts Schlimmeres gemacht, als ohne T-Shirt herumzulaufen und ein Feuer anzuzünden.

»Dann würde ich aber schnellstens mein Haus verlassen, nicht dass ich dich auch noch um die Ecke bringe.« Manfred klang nun gar nicht mehr amüsiert.

Resi wurde knallrot. »Ich glaube, ich gehe jetzt besser. Vielen Dank für den Kaffee.« Mit einem Ruck erhob sie sich.

»So war das nicht gemeint, aber wenn du los musst, musst du los.« Manfred brachte sie ohne ein weiteres Wort nach draußen und Resi war froh, als die Tür hinter ihr zu fiel und sie der unangenehmen Situation entflohen war.

Am nächsten Morgen machte sich Resi direkt nach dem Frühstück auf den Weg zu Marianne. Die nächtlichen Nebelschwaden hatten sich noch nicht verzogen und tauchten den Feldweg zum Gutshof in ein verwunschenes Gewand.

Resi fröstelte es trotz der dicken Wollweste und der Winterjacke und sie war froh, dass sie sich ein Tuch um den Kopf gebunden hatte. Bei so einem Wetter bekam sie schnell Ohrenschmerzen.

Ein derartiger Nebel war auch in der Nacht gewesen, in der der Gashi ermordet worden war. Ein Jammer, dass noch immer niemand herausgefunden hatte, warum der arme Mann sterben musste.

Da lichtete sich plötzlich der dichte Nebel und eine Gestalt wurde sichtbar. Resi durchfuhr es wie ein Blitz: Der Gashi war von den Toten zurückgekehrt!

Doch als der Mann näherkam, erkannte sie erleichtert, dass sie sich getäuscht hatte. Bei genauerer Betrachtung entpuppte sich die Gestalt als Henrick.

»Guten Morgen Resi. Bist du so früh schon auf dem Weg zu uns?«, fragte er mit einem höflichen Lächeln.

»Hallo Henrick. Hast du mich erschreckt. Der Nebel ist aber auch dicht heute. Ja, ich wollte noch einmal nach deiner Mutter sehen. Nach dem Tod von Jelena war sie sehr durcheinander. Geht es ihr bereits wieder besser?« Resi versucht unauffällig, ihre zitternden Hände in den Jackentaschen zu verbergen. Diese Begegnung aus dem Jenseits hatte ihr einen gehörigen Schreck eingejagt.

»Ja, zum Glück hat sie sich beruhigt. Die Arme, sie regt sich immer so auf. Es ist aber auch wirklich ein wenig viel gerade. Später kommt noch ihr Hausarzt vorbei. Er will ihr was zur Beruhigung geben. Soll ich dich durch den Nebel zu uns nach Hause begleiten? Es ist schon recht gespenstisch heute.«

»Nein, nein, das schaffe ich schon allein. Ja, deine Mutter ist sehr sensibel. Aber wie geht es dir? Das ist für dich gerade bestimmt auch nicht einfach. Zwei Tote in so kurzer Zeit und dann hast du noch die Last des Bauernhofs auf den Schultern.«

»Angenehm ist das nicht, nein. Aber was soll ich machen? Das Leben und vor allem die Arbeit am Hof muss weitergehen. Da bleibt nicht viel Zeit zum Nachdenken.«

»Manchmal ist das nicht das Schlechteste«, sinnierte Resi. »Ist Katharina noch da, um euch ein wenig zu unterstützen?«

»Meine Schwester? Die schaut nur vorbei, wenn es ihr in

den Kram passt. Mithelfen tut sie nicht.« Resi bemerkte einen verkniffenen Zug um Henricks Mund und sie erinnerte sich, dass das Verhältnis zwischen den Geschwistern schon früher nicht immer einfach gewesen war.

»Mit Geschwistern hat man es oft nicht leicht«, meinte Resi begütigend. »Aber lass dich nicht aufhalten. Du hast bestimmt genug zu tun.«

»Auf Wiedersehen«, Henrick wirkte immer noch unzufrieden, als er sich von Resi abwandte und in Richtung Dorf weiterging.

Auch heute war der Hof wieder menschenleer. Deshalb wagte es Resi, noch einmal einen Blick in die Scheune zu werfen.

Leise öffnete sie die Tür und mit einem säuselnden »Mietzi, komm, wo bist du Mietzi?« durchsuchte sie mit flinken Augen den Raum.

Dort bot sich ein anderes Bild als beim letzten Mal. Hier hatte jemand ganze Arbeit geleistet, um eventuell vorhandene Spuren verschwinden zu lassen.

Sogar der Boden waren geputzt worden. Und man konnte nun nicht mehr erkennen, dass hier früher einmal etwas gestanden hatte, das entfernt worden war. Auch die weißen Turnschuhe konnte Resi nirgendwo entdecken.

Resi verließ nachdenklich die Scheune. Wenn der Haller Bauer die Klappe hielt, war somit der *Biobauernbetrug* nicht mehr nachweisbar und die Berghardt wären fein raus.

Motorenlärm durchbrach die Stille, die bisher geherrscht hatte. Ein riesiges, schwarzes Auto fuhr langsam auf den Hof. Resi erkannte einen Mercedesstern auf der Frontklappe.

Die Limousine hielt neben der Treppe und ein großer, drahtiger älterer Herr stieg auf der Fahrerseite aus dem Wagen. Auf der anderen Seite öffnete eine junge Frau mit blonden

Haaren die Autotür.

Resi hatte diese beiden noch nie gesehen, doch sie hatte eine Vermutung, wer das sein könnte. Im Schatten der Scheunentür beobachtete sie die Szene.

Noch bevor die beiden die Treppe hochgestiegen waren, hatte Marianne die Haustür geöffnet und die beiden begrüßt. Hektische rote Flecken waren auf ihrer ansonsten makellos weißen Haut erschienen.

»Bengt, Antonia! So eine Freude! Dass ihr uns so spontan besucht. Henrick ist gar nicht da. Aber kommt doch erst einmal herein.« Der gehetzte Ausdruck auf ihrem Gesicht strafte dem Gesagten Lügen.

»Hallo Marianne. Wir waren gerade in der Gegend und dachten, wir schauen mal vorbei. Wo wir doch schon so gut wie zur Familie gehören«, brummte der Alte mit beeindruckendem Bass und ließ ein tiefes, joviales Lachen hören.

Die junge Frau, die neben den Mann getreten war, begrüßte Marianne schüchtern. Mit ihren dunkelblauen Jeans, dem rosa Mohairpullover und der dazu passenden blauen Lederjacke war sie hübsch angezogen. Die gepflegten blonden Haare und die etwas unsportliche Figur waren auch nicht direkt unattraktiv. Trotzdem fehlte ihr das gewisse Etwas. Sie war keine dieser Frauen, nach der sich die Männer umdrehten.

Resi schlussfolgerte, dass das die Verlobte von Henrick sein musste, Antonia Blitzberg. Ihr Vater hatte eine sehr gut laufende Kleinwaffenfabrik in Birlach und war angeblich scharf auf den Titel, den seine Tochter nach der Hochzeit mit Henrick bekommen würde. Dafür war er bereit, die von Berghardts finanziell zu unterstützen. Das behauptete zumindest die Gerüchteküche von Hirlangen.

Neugierig trat Resi näher und jetzt bemerkte Marianne die

ältere Dame. »Hallo Resi. Wie schön, dass du vorbeischaust. Leider passt es gerade nicht so gut. Ich habe Besuch.«

»Natürlich, kein Problem. Ich will euch nicht stören. Könnte ich nur kurz ein Glas Wasser haben? Ich bin den ganzen Weg gelaufen und brauche dringend etwas zu trinken. Außerdem müsste ich mich frisch machen.« Resi hüstelte etwas verlegen.

»Selbstverständlich kannst du das. Kommt bitte herein.«

Marianne fuchtelte hektisch mit ihrer rechten Hand und ging zurück ins Haus.

Blitzberg ignorierte Resi vollständig und stieg mit gewichtigen Schritten die letzten Treppen zur Haustüre hinauf. Seine Tochter folgte ihm mit gesenktem Kopf.

Resi hielt ein wenig Abstand und erklomm dann langsam die maroden Stufen.

Marianne war bereits ins Wohnzimmer vorausgeeilt und Resi hörte, wie sie den Besuch aufforderte, sich zu setzen und fragte, was sie trinken wollen.

Dann hetzte sie zur Küche und winkte Resi zu sich her.

»Entschuldigung, dass ich dich gerade nicht empfangen kann«, flüsterte sie nervös und hantierte an der Kaffeemaschine herum.

»Das verstehe ich natürlich. Mach dir keine Gedanken. Glaube mir, mir ist es sehr unangenehm, dass ich dich in dieser Situation belästigen muss. Ich trinke nur schnell ein Glas Wasser, gehe kurz auf die Toilette und verschwinde dann.«

Als Resi das Glas ausgetrunken habe, ging sie den Gang entlang bis zum Gästebad. Als sie an der angelehnten Wohnzimmertüre vorbei ging, hörte sie, wie Herr Blitzberg mit selbstverliebtem Bass sagte: »Wenn du erst einmal die Baronin vom Gut bist, ziehen wir hier andere Seiten auf. Als erstes werfen wir diese schäbigen Polstermöbel raus. Und dann bekommst du eine anständige Haushälterin. Dass du selbst Kaffee machst, kommt gar nicht in Frage. Und von dieser Marianne brauchst du dir auch nichts sagen lassen.«

»Wenn ich erst einmal hier wohne, wird dieses unappetitliche alte Zeug sicher nicht mehr hier sein. Darauf kannst du wetten. Aber jetzt sei leise Papa. Nicht, dass sie dich hört.« Antonia hatte eine unangenehm piepsige Stimme.

»Und wenn schon, wer zahlt, regiert.« Herr Blitzberg lachte dröhnend.

Resi hörte, dass Marianne die Küche verließ. Schleunigst verschwand sie auf der Toilette und ging anschließend leise aus dem Haus.

Marianne tat ihr leid. Diese Antonia sah zwar aus wie eine verschüchterte Maus, doch sie schien schon genaue Pläne zu haben, wie das Leben auf dem Hof nach der Hochzeit abzulaufen hatte.

Resi überlegte, ob sie noch einmal in das Gebäude gehen sollte, in dem Jelena gewohnt hatte, doch da fuhr Friedrich auf den Hof. Er parkte neben der Limousine der Blitzbergs und stieg mit sauertöpfischer Miene aus.

Resi drückte sich tiefer in den Schatten. Von dem alten Gutsherrn wollte Resi lieber nicht beim Herumschnüffeln erwischt werden. Ihr Beobachtungsposten erlaubte es ihr, zu hören, was Frieder halblaut sagte, als seine Augen zufrieden auf der Limousine ruhten. »Bin ich froh, dass wir diese Jelena los sind. Dieses Weib hätte es glatt noch geschafft und die Heirat vom Henrick verhindert.«

Dann räusperte er sich und auf seinem Gesicht erschien ein joviales Grinsen. »Na, dann wollen wir mal«, sagte er zu sich selbst und stieg die Treppen hoch.

Der Nebel hatte sich noch nicht verzogen, als Resi sich auf den Rückweg machte und als ihr Lotti begeistert entgegensprang, konnte Resi Manfred nirgendwo entdecken. Doch sie hörte seine wütenden Rufe. »Wenn du nicht sofort herkommst, musst du für den Rest des Spaziergangs an die Leine!«

»Sie ist hier bei mir«, rief Resi in die Richtung, aus der Manfreds Stimme gekommen war.

Es dauerte noch ein Weilchen, bis Manfred im Nebel auftauchte. Er hatte offensichtlich schlechte Laune. Etwas, das Resi bei ihrem Nachbar bis jetzt noch nicht erlebt hatte.

»Guten Morgen«, begrüßte er sie reserviert und Resi murmelte einen Gruß zurück.

Mehr hatten sie sich nicht zu sagen und Resi war erleichtert, als Lotti einer Krähe hinterherjagte und Manfreds ganze Aufmerksamkeit bei seinem Hund war, dem er mit großen Schritten folgte. »Bleib sofort stehen!« war das letzte, das Resi von ihm hörte.

Den Rest des Weges waren ihre Gedanken waren bei den Fakten der beiden Morde. So wie die Dinge lagen, konnte Resi gut verstehen, dass der Kommissar Wastl für den Täter hielt, aber der kannte ihn und seine Mutter eben auch nicht seit fast zwanzig Jahren.

Trotzdem wollte sie auch ein wenig in dieser Richtung ermitteln, um sich selbst ein Bild zu machen. Und sie hatte bereits einen Plan, wie sie an dieser Ecke weiterkommen würde – sie wusste schon genau, wem sie morgen ihr letztes Glas Apfelkompott vorbeibringen würde.

Zum Abendessen gab es bei Resi heute Schnitzel im Vereinsheim. Sie hatte von Simone erfahren, dass die Volleyballerinnen heute ein Freundschaftsspiel hatten und sie wollte noch ein wenig Werbung für den Vortrag von Leni machen.

Resi setzte sich auf einen Zweierplatz in der Nähe der Theke, von dem sie einen guten Überblick über den gesamten Raum hatte.

Zunächst war es noch recht leer. Viele Hirlanger gingen zum *Goldenen Rad*, wenn sie essen gehen wollten, aber auch im Vereinsheim gab es täglich ein oder zwei warme Gerichte und es war deutlich günstiger als im Wirtshaus.

Resi genoss die Ruhe und widmete sich ohne Hektik dem Schweineschnitzel mit Pommes, das sie bestellt hatte.

Sie nahm gerade ihren letzten Bissen, als sie bekannte Stimmen hörte. Der Haller Bauer und der Bertl betraten den Gastraum und gingen als erstes zum Tresen.

»Ein Bier für mich. Was trinkst du, Bertl?«

»Ich trinke ein Radler. Mir ist heute nicht nach Bier. Das war ein anstrengender Tag mit dem Klaußen gewesen. Der lässt uns keine Ruhe.«

»Wirtin, ein Helles und ein Radler für uns zwei«, rief der Haller Bauer der blonden Wirtin hinter dem Tresen zu und wandte sich dann an Bertl: »Ach ja, stimmt, du bist jetzt ja unter die Mordermittler gegangen.«

»Mordermittler? Du bist lustig. Ich muss die Drecksarbeit für den Klaußen machen. Aussagen abheften und so Zeugs. Da gefällt es mir auf Streife tausendmal besser.«

»Obwohl doch eh schon klar ist, wer der Schuldige ist. Hast du eigentlich nochmal was von dem Manfred gehört? Ich bin neugierig, ob der sich heute nochmal her traut. Geschossen hat er nicht schlecht und jetzt, wo es den Gashi nicht mehr gibt, brauchen wir dringend einen vierten Mann. Aber irgendwie weiß ich nicht so recht. Man hört die wildesten Geschichten über ihn und da ist ja dann oft was Wahres dran«, meinte der Haller Bauer.

»Ich glaube schon, dass er kommt. Das ist doch alles nur Altweibertratsch, was über ihn erzählt wird. Wir ermitteln da in eine ganz andere Richtung«, deutete er mit wichtiger Miene an.

»Aha, aber vermutlich darfst du nicht verraten in welche, oder?«

»Genau, so ist es.«

»Manfred hin oder her, der Gashi wird uns ganz schön fehlen. Wo ist der denn überhaupt beerdigt?«

»Der hat keine direkten Angehörigen hier in Deutschland und deshalb hat er in Birlach eine Amtsbeisetzung bekommen. Ich bin extra hingefahren, aber da war nicht viel los. Nicht einmal der alte Friedrich war da, obwohl sich das schon gehört hätte. Armer Kerl, so ganz ohne Familie und Freunde eingegraben zu werden ist schon eine traurige Sache.«

Der Haller Bauer nickte nachdenklich und die beiden nahmen schweigend je einen Schluck von ihrem Getränk.

»Jetzt müsste der Manfred aber bald kommen. Der Sepp ist auch noch nicht da. Hast du von dem was gehört? Wenn der nicht mehr mitmacht, können wir die Mannschaft vergessen«, fragte der Haller Bauer.

Die Antwort von Bertl ging im Kichern und Plappern der Volleyballerinnen unter. Es war eine Gruppe von acht Mädels, die gerade ihr Freundschaftsspiel gewonnen hatten.

Sie setzten sich an den Tisch neben Resi und waren so laut, dass sie nicht verstand, was die beiden Männer zu Manfred sagten, der gerade die Gaststube betreten hatte und zur Theke gegangen waren. Resi konnten nur noch beobachten, wie die drei gemeinsam weiter zur Eisstockbahn gingen und hinter einer Tür verschwanden.

Daraufhin holte Resi die Bedienung zu sich her und zahlte. Auf dem Mädelstisch war mittlerweile ein wenig Ruhe eingekehrt und Resi nutzte die Gelegenheit, um ihnen von dem Vortrag ihrer Großnichte zum Thema #metoo auf dem Dorf zu erzählen …

Mit ihrem letzten Glas Apfelkompott in der Handtasche stand Resi am nächsten Tag um halb elf vor der Wohnungstür im zweiten Stock eines Mehrfamilienhauses. Es war Samstag und sie hoffte, dass sie nicht umsonst den Weg auf sich genommen hatte. Resi drückte auf die Klingel, über der der Name *C. Neuer* angebracht war.

Erst passierte nichts, doch als Resi bereits gehen wollte, um später wiederzukommen, hörte sie leise Schritte und die Tür wurde genau so weit geöffnet, wie es die Sicherheitskette zuließ.

»Resi, Sie sind es! Das ist ja eine Überraschung«, wurde Resi von einer rauchigen Stimme begrüßt.

»Guten Tag Christine, ich habe heuer so viel Apfelkompott eingemacht, dass ich es nie und nimmer schaffe, es selbst zu essen. Deshalb verteile ich es jetzt unter meinen Freundinnen und da sind Sie mir in den Sinn gekommen, weil Wastl im Krankenhaus ja am liebsten immer Milchreis mit Apfelkompott gegessen hat.«

»Daran können Sie sich noch erinnern? Aber kommen Sie erstmal rein.« Christine Neuer entfernte die Kette und öffnete die Tür.

Resi folgte der vollschlanken Frau durch einen engen Flur in eine kleine Wohnküche.

»Setzen Sie sich doch. Mögen Sie einen Kaffee? Mehr habe ich gerade nicht da.« Christine deutete auf einen der vier Stühle, die in der Wohnküche um den kleinen Esstisch herum angeordnet waren.

Resi verneinte und holte etwas umständlich das Glas aus ihrer Handtasche und stellte es auf den mit einer Plastiktischdecke geschützten Tisch.

»Ich trinke höchstens ein Glas Wasser. Ich will Sie nicht lange aufhalten. Wie geht es Ihnen und dem Wastl denn?« Die dunklen Ringe unter den Augen und die ungewaschenen Haare kannte Resi bisher nicht bei Christine. Sie arbeitete als Bäckereifachverkäuferin in der hiesigen Bäckerei und war eigentlich immer adrett gekleidet und gepflegt gewesen. So, dass man gerne Semmeln bei ihr kaufte.

Wie auf Kommando füllten sich die Augen von Christine mit Tränen und sie platzte heraus: »Dass Sie das ausgerechnet heute fragen. Gestern in der Früh war noch alles gut gewesen und dann kam am Nachmittag die Polizei zu uns! Ich hatte noch nie in meinem Leben mit der Polizei zu tun.«

»O je, was wollten die denn?«

»Die wollten den Wastl verhören:«

»Nein!«

»Ja, wegen dieser Jelena, die auf dem Gutshof tot gefunden worden ist. Die denken, dass mein Wastl das gewesen ist, weil er an dem Abend bei ihr gewesen ist«, erzählte Christine stockend weiter. »Aber Sie kennen doch meinen Wastl, der würde niemals jemandem etwas antun. Und diese Jelena hat er vergöttert. Die hätte er vor allem und jedem beschützt.«

»Also, dass der Wastl das gemacht hat, glaube ich auch nicht. Das war immer so ein lieber Junge. Aber die Polizei muss doch einen Grund haben, dass sie ihn verdächtigen.«

»Ja mei, der ist halt jetzt manchmal mit so ein paar unterwegs, die etwas gegen Ausländer haben. Kennst du den Andreas Bieler noch, den Anderl, der im Elektromarkt in Birlach arbeitet? Bei dem ist er manchmal dabei, aber das heißt doch nicht, dass er deshalb die Jelena umbringt. Der mag halt nur nicht, dass uns die Ausländer die Arbeitsplätze wegnehmen.«

Resi tätschelte der völlig aufgelösten Frau die Hand. »Sie werden sehen, das klärt sich alles auf. Wissen Sie denn, wann der Wastl am Dienstag von der Jelena nach Hause gekommen ist?«

»Nein, es war aber recht spät. Er war da noch im *Goldenen Rad* gewesen und das konnte von der Bedienung auch bezeugt werden. Aber eben erst nach elf Uhr nachts, also nachdem die Jelena schon tot war. Die waren auch kein Paar oder so. Die hat ihn nur ausgenutzt. Wenn sie Hilfe bei irgendwas in der Wohnung gebraucht hat, hat sie ihn antanzen lassen, aber mehr wollte die nicht.«

»So Leute gibt es leider, also welche, die andere nur ausnutzen. Wo ist der Wastl denn gerade?«

»Hier bei mir, der schläft noch. Nach dem Verhör gestern ist er erstmal mit seinen Kumpels losgezogen, so aufgeregt hat ihn das alles.« Christine hatte sich jetzt wieder unter Kontrolle und nachdem sie sich einmal geschnäuzt hatte, konnte man nur noch an den rot umränderten Augen erkennen, dass sie gerade geweint hatte.

»Dann soll er sich gut ausschlafen. Und ich bin mir sicher, dass sich das alles bald aufklären wird. Herr Klaußen ist ein schlauer Mensch. Er wird den wahren Mörder bestimmt bald finden.« Resi versuchte, zuversichtlich zu klingen.

»Hoffen wir es«, seufzte die Mutter von Wastl.

»Ich muss jetzt leider los, aber Sie können sich gerne bei mir melden, wenn Sie Hilfe brauchen. Wir im Dorf müssen da zusammenhalten«, verabschiedete sich Resi und machte sich nachdenklich auf den Heimweg.

Konnte es sein, dass Wastl wirklich in die Sache verwickelt

war? Ihre Menschenkenntnis sagte nein, aber anscheinend war er bisher der Einzige, der etwas mit Jelena zu tun hatte. Sie musste dringend persönlich mit ihm sprechen, doch das musste bis Montag warten.

Auf dem Nachhauseweg machte Resi einen Abstecher zum Friedhof. Allerheiligen war bereits am kommenden Freitag und sie wollte auf dem Grab ihres Mannes nach dem Rechten sehen. Die anderen hatten ihre Gräber bestimmt schon gerichtet.

Ein Rundgang über den Friedhof bewies, dass sie wirklich spät dran war dieses Jahr. Bei Hilde stand schon ein frisches Gesteck auf der dunkeln Erde und auch auf den meisten anderen Gräbern leuchteten frische Blumen. Nur das Grab von den Ringlstatters sah noch genauso aus wie vor ein paar Wochen.

In Gedanken bei ihrem verstorbenen Mann, sprengte Resi mit einem kleinen Thujenbüschel Weihwasser auf die Erde und murmelte: »Mein lieber Ludwig, schau sie dir an, deine alte Resi. Da dachte ich, ich könnte einfach mal so und mit links ein paar Morde aufklären. Aber da hab ich falsch gedacht. Ich komme hinten und vorne nicht weiter. Nur bei einem bin ich mir ziemlich sicher. Der Wastl würde niemals einen Bewusstlosen in eine Wasserpfütze ziehen.« Daraufhin betete Resi noch ein Vater-Unser und ging vor dem Heimweg kurz in die Kirche, um eine Kerze für die beiden Ermordeten anzuzünden.

Das Gotteshaus war wie erwartet menschenleer und Resi zündete ungestört die Kerze vor dem Marienstandbild an.

Da bemerkte sie aus den Augenwinkeln eine Bewegung und als sie sich umwandte, entdeckte sie Sepp Ringlstatter, halb hinter einer Säule versteckt. Kniend, in Büßerhaltung, war er tief in ein stilles Gebet versunken.

Leise, um ihn nicht zu stören, verließ Resi das Gotteshaus

und ging dann ohne große Eile nach Hause. Sie wollte ihren Einkaufskorb und Geld holen. Noch heute musste sie ein paar Stöcke Besenheide und neue Grablichter besorgen und das Beet für Allerheiligen herrichten.

Resi konnte sich nicht erinnern, dass sie jemals so spät dran gewesen war, aber die Aufregung um die Morde hatte sie einfach zu sehr in Beschlag genommen …

Resi war äußerst zufrieden mit ihrem Einkauf. Die Besenheidestöckchen waren frisch und dicht gewachsen und die rosa Farbe würde auf dem Grab bestimmt gut aussehen. Außerdem hatte sie noch ein paar Stöckchen Silberblatt besorgt, das bestimmt einen hübschen Kontrast abgab.

Einige hatten beim Gärtner eine Schale oder ein Gesteck gekauft, aber für sie war das nichts. Ihr war es wichtiger, dass man sah, dass sich jemand um das Grab kümmerte und nicht, dass der Grabschmuck möglichst teuer aussah.

Da alles zusammen zu schwer zum Tragen war, hatte sie ihre Gartenschaufel, Handschuhe und die Grablichter in ihren Fahrradkorb gepackt und gemächlich tretend fuhr sie nachmittags zum Friedhof. Als sie ihr Fahrrad vorsorglich abgeschlossen hatte, schleppte sie die Arbeitsutensilien zum Grab ihres Mannes.

Zunächst musste sie die verblühten Primeln rausziehen. Die schwarze Erde war recht feucht, weshalb sie überall kleben blieb und Resi war froh, dass sie Handschuhe und ihre alte Arbeitshose anhatte.

Nachdem sie die Erde gelockert und gerecht hatte, arrangierte sie liebevoll die neuen Pflanzen auf der Erde.

Bisher war sie alleine auf dem Friedhof gewesen, aber nun ließen sie aufgeregte Stimmen aufhorchen. Sie kamen vom Platz vor der Kirche und Resi war sich ziemlich sicher zu wissen, zu wem die beiden Stimmen gehörten.

Kurzentschlossen packte sie die Reste der Primeln, die sie soeben ausgegraben hatte und näherte sich mit dem Grünabfall dem Ursprung des Lärms.

Katherina von Berghardt stand in einer Nische seitlich der Kirche und diskutierte mit niemand anderem als dem Haller Bauern.

Katharina redete immer wieder beschwichtigend auf den beleibten Mann ein, und Resi dachte, dass dies das erste Mal seit langem war, dass Katherina so etwas wie eine Gefühlsregung zeigte. Doch sie schien nicht erfolgreich zu sein, denn der Haller Bauer schüttelte mehrfach bestimmt den Kopf.

Resi meinte verstanden zu haben, dass Katharina etwas wie »Nicht gut ausgehen …« gesagt hatte, aber sie konnte sich auch getäuscht haben.

Unauffällig versuchte Resi näher an die beiden heranzukommen, um sie besser belauschen zu können. Doch ihre Schritte waren im Kies des Friedhofs zu laut und Katharina entdeckte sie und sagte laut: »Das war es auch schon, was ich besprechen wollte, auf Wiedersehen.« Daraufhin drehte sie sich um und schritt mit ihren hochhackigen Stiefeln selbstbewusst klappernd über den Kirchplatz davon.

»Servus Resi, was treibst du hier? Hast du gehört, was wir gesprochen haben?«, fragte der Bauer misstrauisch und ging drohend einen Schritt auf sie zu.

»Nein, wie kommst du denn da drauf. Ich habe gerade das Grab von meinem lieben Bertl, Gott hab ihn selig, hergerichtet und da habe ich gemerkt, dass ich das Grablicht im Fahrradkorb vergessen habe. Aber ich bin ja lustig, ich trage das abgestorbene Grünzeug spazieren. Das muss ich auch noch entsorgen.«

Resi ging die paar Schritte zum Fahrradständer neben der Kirche und holte das rote Grablicht, das sie heute gekauft hatte. Damit winkte sie dem Haller Bauern zu, der ihr hinterher sah, bis sie hinter der Kirchenecke verschwand.

Zielstrebig marschierte Resi zur Grünabfalltonne und warf die Pflanzenreste hinein. Dann ging sie zurück zum Grab. Sie hatte jetzt zwei Grablichter neben sich stehen, aber das musste der Haller ja nicht wissen.

Mit ruhigen Fingern zündete sie eine der Kerzen an und atmete einmal tief ein und aus. In ihrem Kopf sah es weniger ruhig aus. Was hatten die beiden zu besprechen gehabt und was hatte Katharina gemeint?

Auf dem Heimweg vom Friedhof wurde Resi von der alten Weberin abgefangen. »Griaß dich Resi, jetzt warte doch mal.«

Etwas genervt schob Resi ihr Fahrrad zu der alten Frau unters Fenster. »Was gibt es denn?«

»Du, ich glaub, ich weiß jetzt, was der Manfred ist und warum der die Jelena um die Ecke gebracht hat.«

»So, warum denn?«

»Das ist ein Zuhälter. Ich hab gesehen, wie heute eine ganz junge Frau zu ihm rein ist. Fast noch ein Mädel. Die sind dann eine Stunde im Haus geblieben. Als ich schon die Polizei anrufen wollte, weil sie so lange drin war, ist sie aber doch noch rausgekommen.«

»Und warum denkst du, dass das eine Prostituierte ist?«

»Was täte denn sonst ein so junges Ding bei dem Alten? Und die Jelena, die wollte wahrscheinlich aufhören mit dem Geschäft und deshalb hat sie dran glauben müssen. Aber jetzt braucht er natürlich eine neue zum Geld ranschaffen.«

Obwohl Resi auf die Schnelle auch keine Erklärung für den

Besuch einer jungen Frau bei Manfred hatte, war ihr die Theorie der alten Weberin zu weit hergeholt.

»Mhm, am besten beobachtest du einfach mal, wie sich das weiterentwickelt«, verabschiedete sie sich schnellstmöglich und machte sich daran, die Straße zu überqueren.

»Das mach ich. Dem komm ich noch auf die Schliche, das wirst du schon sehen.«

Kapitel 9

An diesem Sonntag war die Kirche deutlich leerer als letzte Woche. Jelenas Ableben wurde von der Mehrheit als Unfall eingeschätzt und da weder Jelena noch Gashi enge Freunde im Dorf gehabt hatten, wurden sie auch nicht besonders vermisst. Bei vielen Bewohnern kehrte langsam der Alltag im Dorf ein.

Doch Resi registrierte überrascht, dass die gesamte Familie von Berghardt in der seit Jahrhunderten für ihre Familie reservierten Reihe saß. Kleine abgeblätterte Metallschildchen mit dem Wappen der Familie kennzeichneten die Plätze und traditionell setzte sich bei der Sonntagsmesse sonst niemand in diese Reihe.

Marianne sah noch zerbrechlicher aus als sonst und man sah ihr an, wie sehr sie die vergangenen Tage mitgenommen hatten. Neben ihr saß Katharina, die eine elegante dunkelblaue Stoffhose und einen knielangen Cashmere-Mantel trug. Ihr Gesichtsausdruck war so undurchschaubar wie immer. Der nächste war Friedrich von Berghardt. Sein roter Nacken glänzte trotz der Kälte in der Kirche vor Schweiß und sein Sohn Henrick, der daneben saß, wirkte vollständig abwesend. Resis hatte einen guten Blick auf ihn und sie sah, dass er bei keinem einzigen Gebet den Mund bewegte. Julius saß ganz am Rand an der Wand. Resi meinte zu bemerken, dass er manchmal leicht schwankte, aus welchem Grund auch immer.

Über Resis Rücken lief beim Anblick dieser Familie ein Schauer. Sogar von Weitem konnte man erkennen, dass bei denen etwas nicht stimmte. Wenn sie nur wüsste, was es war.

Aber hier war nicht der richtige Ort, um darüber nachzudenken. Ihre Gedanken waren derart abgelenkt gewesen, dass sie nicht einmal mitbekommen hatte, wovon das Evangelium heute gehandelt hatte. Sowas aber auch, das war ihr noch nie passiert …

Nach der Messe und dem kurzen Gräbergang, bei dem Resi befriedigt feststellte, dass ihr der Grabschmuck durchaus gut gelungen war, gesellte sie sich zu Irma und Hilde und sie gingen ein Stück vom Friedhof weg, um sich ungestört unterhalten zu können.

»Also da gab es heute ja einen Ehrengast in der Kirche. Ich kann mich nicht mehr daran erinnern, wann ich Katharina das letzte Mal hier gesehen habe.« Hilde schnalzte leicht verächtlich mit der Zunge.

»Wahrscheinlich hat sie gemerkt, dass jetzt nur noch Beten hilft. Ich würde auch meinen Schutzengel beschwören, wenn ich auf diesem Todeshof leben müsste«, vermutete Irma. »Freiwillig würde ich dort keine Nacht bleiben. Da geht etwas Böses um.«

»Das war wirklich überraschend, dass Katharina mit ihrer Familie mitkam. Vielleicht wollte sie ihre Mutter unterstützen. Marianne geht es gar nicht gut und ich kann schon verstehen, warum das so ist. Wenn man sich die Fakten anschaut, kommt man zwangsläufig auf die Idee, dass der Mörder in Verbindung mit dem Berghardthof steht«, vermutete Resi.

»Hm, so gesehen natürlich schon. Der Klaußen hat auch schon in die Richtung ermittelt, aber gefunden haben die bisher nichts. Die haben immer noch den Wastl und seine Kumpel auf der Liste.« Hilde war wieder einmal bestens informiert.

»Ich weiß ehrlich gesagt nicht, was ich denken soll. Ich versuche einfach, meine eigenen Beweise zu finden und daraus Schlüsse zu ziehen.«

»Tu das Resi, schaden kann es nicht. Aber mal was ganz anderes. Habt ihr gesehen, dass das Grab der Ringlstatters noch nicht hergerichtet ist. Ich bin mir jetzt auch sicher, dass von denen jemand eine schlimme Krankheit hat. Anders kann ich mir das nicht erklären.« Irma schüttelte betrübt den Kopf und ihre lose hochgesteckten Locken wackelten dabei im Takt.

»Aber bisher weiß niemand im Dorf, was da los ist. Ich habe sogar schon die alte Weberin gefragt, aber nichts. Die halten dicht.« Hilde zog die Schultern hoch.

»Psst, ich glaube, da ist jemand.« Resi war sich sicher, dass sie soeben ein unterdrücktes Husten hinter der Hecke beim Friedhof gehört hatte. »Hallo? Ist da jemand?« Resi ging ein Stück näher zu der Stelle, wo sie den Ursprung des Geräuschs vermutete. Doch obwohl noch viele Kirchbesucher in Grüppchen herumstanden, war niemand direkt hinter der Hecke und somit nahe genug, dass Resi sein Husten hätte hören können.

»Da habe ich mich wohl getäuscht«, murmelte Resi, doch ihr Gefühl sagte ihr, dass da jemand gewesen war, der sie belauscht hatte.

»Lasst uns ein Stück weitergehen. Hier ist nicht mehr viel los«, meine Irma daraufhin.

Die drei Freundinnen marschierten noch eine Weile

gemeinsam weiter, doch die Kälte trieb sie bald auseinander und Resi war froh, als sie zurück in ihrem warmen Haus war.

Am nächsten Morgen war der Himmel wolkenfrei und in der Nacht waren die Temperaturen schon fast bis zum Gefrierpunkt gesunken.

Deshalb war Resi vorsorglich in ihre warme Jacke gehüllt und sie hatte Handschuhe an den Händen, als sie bereits um kurz nach neun vor dem metallenen Schiebetor stand, mit dem die gesamte Zufahrt des Bauhofes abgesperrt werden konnte. Doch das schwere Tor war bereits einen Spalt offen und Resi ging nach kurzem Zögern hindurch.

Beeindruckt sah sie sich um. Der Hof war perfekt in Schuss und alle Baufahrzeuge und Maschinen standen ordentlich auf ihren Plätzen.

Obwohl die Tür offen gewesen war, war dennoch niemand zu sehen und außer ein paar Baufahrzeugen konnte sie nichts Interessantes entdecken. Deshalb beschloss sie, auf sich aufmerksam zu machen.

»Hallo?! Ist da jemand?« Resis laute Stimme klang in der Stille des kühlen Morgens seltsam deplatziert. Doch sie war gehört worden.

Ein junger Mann mit rasierten Haaren, einer orangen Latzhose, einer dieser Bomberjacken und Tätowierungen, die am Hals zu sehen waren, kam aus einer Garage. In der rechten Hand hielt er einen Kreuzschlüssel. »Ja? Was gibt's?«, fragte er, eher überrascht als genervt über die frühe Störung. Seine Augen wanderten nervös von Resi zum offenen Tor und zurück und Resi befürchtete schon, dass er sie rauswerfen wollte.

Mit einem freundlichen Lächeln ging Resi auf ihn zu. »Griaß dich Wastl, kennst du mich noch? Schön, dass ich dich mal wieder sehe. Du bist aber jetzt ein stattliches Mannsbild geworden. Da schau her.«

Dem jungen Mann, den Resi mit Wastl angesprochen hatte, stieg bei dieser Begrüßung das Blut ins Gesicht, was dazu führte, dass seine raspelkurzen Haare und seine Tätowierungen gleich viel harmloser aussahen.

»Guten Tag Resi, natürlich kenne ich Sie noch aus … aus dem Krankenhaus. Was machen Sie denn hier? Brauchen Sie was?«, antwortete er, verlegen stotternd.

»Ich brauche Hilfe. Es gibt da etwas, das regt mich einfach auf und die von der Gemeinde kümmern sich nicht darum. Deshalb dachte ich, ich schaue mal persönlich bei dir vorbei. Ich darf schon du sagen, oder?«, fragte Resi, wartete die Antwort aber nicht ab. »Weißt du, auf der Straße vor unserem Haus, da ist ein Gullideckel. Und der passt nicht richtig. Der klappert nämlich bei jedem Auto, das hinüberfährt. Du, da kann ich abends gar nicht mehr richtig einschlafen, so laut ist das. Deshalb wollte ich fragen, ob ihr euch das mal anschauen könnt.«

»Ein klappernder Gullideckel? Mhm, das müsste ich aufschreiben und den Chef fragen. Kann man denn erkennen, woran das liegt.«

»Ich glaube, der passt einfach nicht richtig. Der steht so ein wenig raus und wenn ein Auto darauf fährt, klappert er.«

»Ja, das muss man sich dann anschauen. Welche Straße ist das denn? Ich kläre das mit meinem Chef«, sagte er ein wenig ausweichend und man konnte ihm ansehen, was er von diesem *Problem* hielt.

»Danke Wastl, das wäre mir eine wirkliche Hilfe. Aber du warst früher schon immer ein ganz ein Netter. Schön, dass was aus dir geworden ist. Eine ordentliche Arbeit hast du hier. Und hast du auch schon eine Frau? In deinem Alter war ich schon verheiratet.«

Wastls Gesichtsfarbe wurde noch ein wenig dunkler, als er antwortete: »Nein, eine Frau habe ich noch nicht.«

»Das mit dem Heiraten geht bei euch Jungen heutzutage nicht so schnell, gell? Aber es reicht ja auch, wenn man verliebt ist, nicht wahr?«, meinte Resi augenzwinkernd.

»Ich bin nicht verliebt und war es auch noch nie.« Wastls Gesichtsausdruck bewies, dass er log.

»Ach so, nicht? Ich habe da letztens die Hannelore getroffen und die hat gemeint, dass du und die Jelena, Gott hab sie selig, ein Paar gewesen seid. Sie hat dich öfter bei ihr gesehen. Hübsch sah die aus. Ein Jammer, dass es so zu Ende ging mit ihr.«

In Wastl ging eine Veränderung vor. Sein rosiges Gesicht wurde kreidebleich und ein hässlicher Zug erschien um seinen Mund.

»Lassen Sie die Jelena aus dem Spiel. Es geht niemanden was an, was ich bei ihr gemacht habe. Niemanden! Ich muss jetzt weiterarbeiten. Verlassen Sie bitte den Bauhof«, sagte er gepresst und die zu schmalen Strichen zusammengedrückten Lippen und der leicht gegen sie erhobene Kreuzschlüssel zeigten Resi, dass sie jetzt besser ging. Aus Wastl würde sie heute nichts mehr rausbekommen.

Doch sie hatte genug erfahren. Zwischen Jelena und dem Wastl war etwas gewesen und ihr Tod ging ihm sehr nahe.

Auch wenn sie Wastl eigentlich nicht für den Mörder von Gashi und Jelena hielt, konnte sie Herrn Klaußen verstehen. Wastls Verhalten war durchaus verdächtig.

So schnell es ihr Knie zuließ, eilte Resi nach Hause. Der Besuch auf dem Bauhof hatte ein ungutes Gefühl bei ihr hinterlassen. Sie war von Wastls unterschwelliger Aggressivität überrascht gewesen. Das war nicht mehr der Junge, den sie von früher kannte.

Resis war derart in ihre Gedanken vertieft, dass sie auf dem Bürgersteig fast in ein Paar hineingelaufen wäre. Erst in letzter Sekunde konnte sie stoppen und als ihr klar wurde, wer da vor ihr stand, wurde ihr ganz seltsam zu Mute.

Vor ihr standen Manfred und eine etwa dreißigjährige Frau mit schulterlangen braunen Haaren und einer dieser praktischen Outdoorjacken, die ihr Leni immer einreden wollte.

Lotti war diesmal ausnahmsweise an der Leine, weshalb sie halbwegs brav neben Manfred ging.

Irritiert blicket Resi von einem zum anderen. »Entschuldigung, ich habe gerade nicht aufgepasst.«

»Du musst dich nicht entschuldigen. Es ist ja nichts passiert. Komm gut nach Hause«, sagte Manfred mit einem freundlichen Lächeln und ohne auf eine Antwort von Resi zu warten, ging er mit seiner Begleitung weiter.

Resi starrte denn beiden mit offenem Mund nach. Da hatte die alte Weberin also doch einmal Recht gehabt. Manfred hatte eine Freundin. Wie eine Prostituierte sah sie zwar überhaupt nicht aus, aber trotzdem war sie Resis Meinung nach viel zu jung für ihren Nachbarn.

Da für morgen Lenis Besuch anstand, hatte Resi noch alle Hände voll zu tun. Das Bett im Gästezimmer musste frisch bezogen werden, sie musste noch Staub wischen und einmal durchsaugen.

Außerdem würde sie nachher noch zum Einkaufen radeln müssen. Leni mochte ihren Nudelauflauf mit Hackfleischsoße so gerne und für den fehlte noch das Fleisch und der Käse zum überbacken …

Als Resi am Abend mit Lilo auf dem Schoß auf dem Sofa saß, war sie erschöpft, aber zufrieden. Alles war für Leni hergerichtet und vorbereitet.

Ihre Großnichte wollte mit dem Bus kommen, der am späten Nachmittag in Hirlangen hielt. Früher schaffte sie es nicht, da sie noch Termin hatte.

Da Resi ihren Besuch auf keinen Fall warten lassen wollte, machte sie sich extra früh auf den Weg zur Bushaltestelle. Bei den Bussen heutzutage wusste man schließlich nie. Die kamen bestimmt auch manchmal zu früh.

Resi war die einzige im Bushäuschen und da es so kalt war, ging sie langsam auf und ab, um nicht zu frieren.

Da näherte sich eine Gruppe von jungen Burschen und blieb neben dem Bushäuschen stehen.

Missbilligend sah Resi zu ihnen hinüber. Alle rauchten und jeder von ihnen hatte eine Flasche Bier in der Hand.

Als Resi einen zweiten Blick riskierte, stellte sie fest, dass sie zwei der jungen Männer kannte. Es war Wastl, den sie erst gestern gesehen hatte und Andreas Bieler. Er war der Anführer der ortsansässigen Neonazis und von Hilde wusste Resi, dass er schon des Öfteren mit der Polizei in Konflikt geraten war.

»Am Wochenende haben wir es ihnen wieder gezeigt. Die denken, dass sie unsere Arbeit und unsere Weiber haben können. Aber wir wehren uns.«

»Die Kanacken trauen sich heute bestimmt nicht in die Nähe von uns. Und wenn doch, werde ich nicht so gnädig sein, wie das letzte Mal.« Wastl zog ein Butterflymesser aus seiner Bundeswehrhose und fuchtelte damit bedrohlich in der Luft herum.

Resi tat so, als ob sie das bereits halb heruntergerissene

Plakat lesen würde, das an der Wand der Bushaltestelle hing, und von dem fünf in Tracht gekleidete Musiker mit Blechblasinstrumenten lachten. Im November würden die Birlacher Blechbläser ein Herbstkonzert geben.

In ihrem Kopf arbeitete es fieberhaft. Hatte sie sich derart in Wastl getäuscht? Er klang brutal und gewaltbereit. Resi fühlte sich äußerst unwohl und sie war froh, als endlich der Bus auftauchte.

Die Gruppe um Wastl und Anderl stieg vorne ein, während Resi voller Vorfreude auf Leni wartete

Als diese durch den hinteren Ausgang ausstieg und auf Resis zuging, wurde ihr ganz warm ums Herz. Mit einem Lächeln auf den Lippen schloss sie ihre geliebte Großnichte in die Arme und drückte sie fest an sich.

»Oma Resi, wie schön, dass ich dich endlich wieder mal sehe!«

»Hallo Leni, lass dich anschauen. Gut siehst du aus. Ich hoffe, du hattest eine gute Reise.«

»Es hat alles gut geklappt und nicht einmal der Bus hatte Verspätung, was schließlich fast an ein Wunder grenzt«, antwortete Leni lachend. Sie war eine sportliche junge Frau mit mittelbraunen schulterlangen Haaren. Ihre langen Beine steckten in ausgewaschenen Jeans und sie trug eine gemütliche Jacke aus Kunstfell. Ihr Gepäck bestand aus einem großen Wanderrucksack, den sie sich auf den Rücken schnallte, bevor sie neben Resi zu deren Haus ging.

Während Leni ihre Sachen ins Gästezimmer brachte und sich kurz frisch machte, schwirrte Resi in der Küche herum und mischte die auf dem Herd köchelnde Fleischsoße mit den Nudeln.

»Wie geht es Regina? Es ist bestimmt schon über zwei

Wochen her, dass ich mit ihr gesprochen habe?«, fragte Resi wenig später beim Abendessen.

»Meiner Mama geht es gut. Sie war die letzten Tage ein wenig erkältet, aber jetzt hat sie nur noch Husten.«

»Das ist ja auch kein Wunder bei diesem nasskalten Wetter. Da freut man sich schon direkt auf den Winter.«

»Aber du bist wie immer fit, Oma Resi. Wie machst du das nur? Ich kann mich nicht daran erinnern, wann du das letzte Mal krank warst.«

»Verschreie es nicht. Mir fehlt genug. Mein Rücken und mein Knie zwicken recht oft, aber ansonsten kann ich wirklich nicht klagen. Bist du denn schon aufgeregt wegen nachher?«

»Nein, aufgeregt bin ich nicht. Ihr seid schließlich nicht die ersten, vor denen ich den Vortrag halte. Aber ich freue mich sehr, dass es geklappt hat. Hirlangen passt perfekt als Fallstudie.«

»Aha, und was wirst du den Hirlanger Frauen erzählen?«

»Ich will sie vor allem dafür sensibilisieren, dass es nicht ok ist, wenn einer einem einfach so an den Popo greift oder anzügliche Bemerkungen über die Figur einer Frau macht. Das nehmen vor allem die Frauen oft einfach hin, weil es schon immer so war, aber das ist eine Grenzüberschreitung, die man sich nicht gefallen lassen muss.«

»Na, das klingt aber schon recht modern.«

»Siehst du, du bist das auch so gewohnt und genau deshalb ändert sich daran nichts. Aber nicht jede will einfach so begrapscht werden.« Leni war nun ganz in ihrem Element.

Resi beobachtete sie stolz. »Ich finde es schön, dass du den jungen hilflosen Mädels helfen willst.«

»Aber es sind nicht nur die jungen. Ich kann mir vorstellen, dass so manche Bedienung im Wirtshaus oder Vereinsheim ähnliche Erfahrungen gemacht hat und auch jetzt noch macht.

Auf dem Land wird das nur schnell als *Tradition* betitelt und unter den Teppich gekehrt.«

»Ja, so ist das auf dem Land, eben weil es schon immer so war. Ich bin schon neugierig, was du heute erzählst. Und gibt es sonst was Neues von dir? Wo willst du denn arbeiten, wenn du mit deinem Studium fertig bist?«

»Das weiß ich noch nicht genau ...« Resi und Leni kamen vom Hundertsten ins Tausendste und als Resi das nächste Mal auf die Uhr sah, war es bereits halb acht Uhr.

»Huch, wie die Zeit verfliegt. Jetzt müssen wir bald los, damit wir pünktlich sind.«

»Ich hole nur noch schnell meinen Laptop und den Fragebogen, den ich austeilen will.«

Leni verschwand in ihrem Zimmer und kam kurze Zeit später mit einer schwarzen Umhängetasche zurück. Nebeneinander machten sich die beiden auf den Weg zum Pfarrheim.

Als Resi in den Saal kam, registrierte sie mit Freude, dass schon etliche Frauen und Mädchen da waren, um den Vortrag zu hören.

Irma und Hilde waren bereits dabei, die Stühle in Reihen hintereinander aufzustellen und eben kam Hannelore durch die Tür.

Resi half ihren Freundinnen beim Aufbau und langsam, aber sicher füllten sich die Reihen. Neben den üblichen Neugierigen waren auch ein paar jüngere Mädchen gekommen und Resi entdeckte Susanne, die in der letzten Reihe am Rand Platz genommen hatte.

Leni baute geschickt ihren Rechner auf und schloss den Beamer an, der fest in der Decke des Raums installiert war.

Als Leni um kurz nach acht mit der Begrüßung der

Anwesenden begann, schlich Resi noch schnell auf Zehenspitzen nach hinten, um leise die Tür des noch offenen Saals zu schließen.

Da schlüpfte Marianne mit einem entschuldigenden Lächeln durch den Spalt. Da nur noch ganz vorne unbesetzte Stühle waren und sie nicht stören wollte, stellte sie sich neben Resi hinten an die Wand.

Resi hatte nur das Licht vorne angelassen und der hintere Teil des Raums war in ein sanftes Dämmerlicht getaucht. Resi fand, dass das alles recht professionell wirkte und stolz hörte sie ihrer Großnichte zu, die vorne im Hellen stand und leidenschaftlich über das Thema referierte, dass ihr so am Herzen lag.

Leni war mit der Einführung fertig und nun mitten im Vortrag. »Ein *Nein* ist ein *Nein*. Da gibt es keine Ausnahme! Ihr seid niemals schuld. Egal, was jemand anderes sagt. Und wenn euch etwas angetan worden ist, was ihr nicht wolltet, dürft ihr das erzählen. Das ist keine Sünde. Die Sünde hat derjenige begangen, der übergriffig war. Und der hat die Strafe verdient, nicht ihr. Deshalb, wenn ihr in dieser Lage seid, sucht euch eine Person, der ihr vertraut. Das kann jeder sein. Eine Verwandte, ein Lehrer, jemand vom Sportverein und redet darüber.« Leni bekam rote Flecken auf den Wangen, so redete sie sich in Rage.

Resi blickte in die Runde, sie war gespannt auf die Reaktion der Anwesenden. Die meisten hörten Leni einfach nur aufmerksam zu. Doch Resi registrierte eine Bewegung neben sich und bemerkte überrascht, dass Marianne die Fäuste ballte, obwohl ihr Gesicht aussah wie immer.

Leni redete weiter: »Und wenn euch etwas Derartiges anvertraut wird: hört zu, nehmt die Sache ernst und wischt es nicht einfach weg als etwas, das halt mal passiert …!«

Lenis Worte verschwammen in Resis Kopf. Sie konnte sich nicht mehr auf das Gesagte konzentrieren, denn ihr Blick war auf Susannes Gesicht gefallen, das sie von schräg hinten sehen konnte. Über die Wangen des Mädchens liefen leise Tränen und als Leni weiterredete, schlug sie sich die Hände vor ihr schmales Gesicht.

Resi löste sich von der Wand und ging leise zu der jungen Frau in der letzten Reihe.

Sachte legte sie ihre Hand auf Susannes Schulter und flüsterte »Magst du mit mir rausgehen?« Sie zog sie vorsichtig am Arm.

Die alte Frau, die neben Susanne saß, war eingeschlafen, weshalb in der Dunkelheit niemand bemerkte, was mit Susanne los war, und Resi konnte sie halbwegs unauffällig aus dem Raum führen.

Resi brachte die noch immer weinende junge Frau zu einer kleinen Bank, die an einer Wand im Vorraum stand und die beiden setzten sich.

»Magst du mir erzählen, warum du weinen musst? Ist dir so etwas schon einmal passiert?«

»Er … er hat es gemacht. Ich wollte es nicht. Wirklich nicht. Aber er hat nicht aufgehört.« Susannes Körper schüttelte sich vor Schluchzen.

»Wer war das? Wer hat das mit dir gemacht?«

»Das darf ich nicht sagen. Wenn ich es jemandem erzähle, tut er meinem Papa etwas an. Ich will das alles nur vergessen. Bitte erzählen Sie das alles niemandem, nicht dass er denkt, ich habe nicht dichtgehalten.« Das völlig verzweifelte Mädchen konnte gar nicht mehr aufhören zu weinen und Resi versuchte so gut es ging, es zu trösten.

»Ich sage gar nichts, versprochen, zu niemandem. Aber

wenn du irgendwann mit jemandem darüber reden willst, bin ich für dich da.« Resi strich Susanne immer wieder beruhigend über den Rücken und holte ein Taschentuch aus ihrer Handtasche, das sie Susanne in die Hand drückte.

Nach einiger Zeit ebbte der Tränenstrom ab und Susannes Schluchzen wurde langsam weniger, bis es schließlich ganz aufhörte.

Susanne schnäuzte sich einmal und meinte dann fast unhörbar: »Ich, ich gehe kurz auf die Toilette. Können Sie den anderen sagen, dass mir schlecht geworden ist? Ich will jetzt nach Hause.«

»Natürlich, das mache ich gerne. Soll ich dich nach Hause bringen? Und Susanne, wenn du es dir anders überlegst und mir mehr erzählen willst, bin ich da und helfe dir. Es gibt für alles eine Lösung.«

»Nein, nicht für alles …«, antwortete sie düster. Ihr Redefluss war endgültig versiegt.

Sie stand langsam auf und verschwand in gebückter Haltung in der Damentoilette, die sich nur ein paar Meter entfernt befand.

Resi wartete draußen, bis Susanne die Toilette verließ, und dann zwar mit verweintem Gesicht, aber deutlich gefasster in der Dunkelheit verschwand. Erst dann ging sie wieder zurück in den Saal.

Leni war gerade am Ende ihres Vortrags angekommen und Resi bemerkte einige betretene und betroffene Gesichter. Leni hatte nicht nur bei Susanne einen Nerv getroffen.

Nach langem Applaus machte sich Leni daran, die Fragebögen auszuteilen. »Können Sie den bitte noch ausfüllen. Das würde mir sehr für meine Arbeit helfen, vielen Dank schon mal.« Sie ging durch die Reihen und drückte jeder Zuhörerin einen der Fragebogen und bei Bedarf auch einen Kugelschreiber in die Hand.

Die Frauen machten sich ans Ausfüllen und die Stimmung im Saal wandelte sich von bedrückt zu fast ein wenig albern.

Irma las halblaut vor: »*Ist es Ihnen unangenehm, wenn Sie jemand an einer Stelle berührt, an der Sie nicht berührt werden möchten*? Was soll ich da antworten? Also früher, da habe ich mich schon gefreut, wenn mir mein Schwarm auf den Hintern gehauen hat. Wenn das keiner gemacht hätte, dann hätte ich Angst gehabt, dass ich hässlich bin.« Ein paar der um sie herumsitzenden Damen kicherten.

Resi konnte nicht mitlachen. Der Zwischenfall mit Susanne hatte sie sehr mitgenommen. Wer hatte diesem unschuldigen Mädchen das angetan?

Als Resi und ihr Besuch später nach Hause gingen, war Leni ganz beschwingt von den positiven Rückmeldungen und den Erlebnissen, von denen die Teilnehmer erzählt hatten. »Das war ein erfolgreicher Abend. Ich habe richtig viele Fragebögen zurückbekommen. Und deine Freundinnen sind toll. Was die schon alles mitgemacht haben. Das war bestimmt nicht leicht früher. Aber jetzt bin ich echt fertig und freue mich aufs Bett.«

In ihrem Überschwang merkte Leni gar nicht, dass Resi nur einsilbig antwortete und mit ihren Gedanken nicht bei der Sache war.

Resi spukte ununterbrochen die eine Frage im Kopf herum: Wer war es gewesen und vor allem, wer hat so viel Macht über Susanne, dass sie nicht erzählen will, wer es gewesen war?

»Gute Nacht, Leni. Das hast du sehr gut gemacht heute Abend. Ich bin stolz auf dich. Aber ich bin jetzt auch ziemlich müde. Das war ein langer Tag. Schlaf gut.«

»Gute Nacht Resi und danke für deine Unterstützung! Ich

bin froh, dass ich dich habe.« Leni drückte die alte Frau fest an sich und verschwand dann im Badezimmer.

»Ich hole uns jetzt Semmeln«, beschloss Leni am nächsten Morgen und ignorierte Resis Einwand, dass doch noch Brot da wäre. Gut gelaunt machte sie sich auf den Weg zum Bäcker. Es war zwar kühl, aber die Sonne schien und Leni atmete tief und genussvoll die frische Lust ein. Schön ist es schon, hier auf dem Dorf zu leben, dachte sie im Stillen.

Als sie kurze Zeit später mit einer Tüte Semmeln bewaffnet durch Resis Vorgarten ging, sprang ihr ein fröhlich kläffendes Fellbündel entgegen.

»Was bist denn du für ein Süßer?« Leni mochte Hunde und sie tätschelte dem kleinen Dackel den Kopf.

»Resi, da ist ein Hund in deinem Garten!« Leni rief nach ihrer Großtante, aber diese hörte sie durch die geschlossene Haustüre nicht.

»Entschuldigung, ich bin der Nachbar von Resi und das ist mein Hund Lotti. Den bräuchte ich jetzt dringend. Wir haben nämlich gleich ein Date.« Manfred stand am Gartentor und versuchte Lotti mit Kose-Lauten zu sich zu locken.

»Die Lotti bist du also«, antwortete Leni gutgelaunt und da sich der kleine Hund keinen Millimeter von ihr wegbewegte, legte Leni die Semmeltüte auf die Treppenstufen, hob den Hund kurzerhand hoch und überreichte ihn Manfred.

»Danke, sie hört noch nicht so gut, aber wir arbeiten daran. Bist du eine Verwandte von Resi?«

»Ja, ich bin die Großnichte und auf Besuch hier.«

»Wie schön, ich mag es auch immer, wenn ich junge Leute um mich habe. Schönen Gruß an Resi! Lotti und ich müssen jetzt wirklich los. Wir sind eh schon zu spät.«

Beim gemütlichen Frühstück mit frischen Semmeln und selbstgemachter Marmelade erzählt Leni von ihrer Begegnung mit Manfred.

»Aha, auf ein Date geht er also, so so.« Resi schnitt ihre Semmel so energisch in zwei Hälften, dass eine Hälfte auf den Boden fiel.

»Resi! Bist du eifersüchtig? Na ja, gut aussehen tut er schon für sein Alter und sympathisch fand ich ihn auch …«

»Leni, also wirklich! So war das nicht gemeint. Was du gleich wieder denkst. Manfred ist ein Nachbar und laut Weberin auch nicht ganz ungefährlich. Mit Fremden muss man ein wenig vorsichtig sein. Der hat jahrelang als Lehrer in der Entwicklungshilfe im Ausland gelebt. Bei so jemandem weiß man nie.«

»Wirklich? Wie cool ist das denn? Mit dem würde ich abends gerne mal ein Bier trinken. Er hat bestimmt viel erlebt und viel zu erzählen.«

Resi schüttelte unmerklich den Kopf. Diese Jugend. Für die war Abenteuer positiv besetzt, aber die mussten noch viel lernen.

Als vom Bus, der Leni zurück in ihren Alltag brachte, nichts mehr zu sehen war, hatte Resi nicht viel Zeit, um traurig über die Abreise ihrer Großnichte zu sein.

Susanne spukte ihr unaufhörlich im Kopf herum und sie wollte so schnell wie möglich mehr über den Missbrauch und den Täter herausfinden.

So erschöpft, wie die Eltern von Susanne aussahen, wussten sie bestimmt etwas darüber. Resi beschloss, dass sie die geschnitzte Katzenfigur nun doch früher brauchte, als ursprünglich angekündigt und dies ein guter Grund wäre, um bei den Ringlstatters vorbeizuschauen.

Doch heute hatte sie keine Zeit, denn sie musste zum Kaffeetrinken bei Irma. Aber gleich morgen wollte sie es probieren, jemanden auf dem Hof zu erwischen.

Bevor sich Resi auf den Weg zu Irma machte, räumte sie das Geschirr vom Mittagessen in die Spülmaschine und sie kümmerte sich darum, dass das Gästezimmer wieder ordentlich aufgeräumt war.

Als sie gerade den Eimer füllte, um den Boden zu wischen, klingelte es an der Haustür und als sie öffnete, glaubte sie, ihren Augen nicht trauen zu können.

»Resi, gut, dass Sie zu Hause sind.«

Resi zwinkerte mehrmals überrascht mit den Augen. Vor ihrer Haustür stand niemand anderes als Henrick von Berghardt.

»Servus Henrick, was machst du denn hier? Willst du zu mir?«

»Ja, wenn es Ihnen nichts ausmacht, würde ich gerne mit Ihnen reden.«

»Mit mir? Natürlich, komm rein.«

Resi führte den jungen Mann in ihr Wohnzimmer und bot ihm an, sich auf das Sofa zu setzen, was er dankend annahm. »Magst du was trinken? Ein Wasser vielleicht? Oder einen Kaffee?«

»Ein Wasser wäre nett. Ich laufe schon eine Zeitlang draußen herum.«

Resi holte eine Flasche Mineralwasser und ein Glas, setzte sich dann gegenüber von Henrick auf einen Sessel und nickte ihm auffordernd zu. »Jetzt bin ich aber neugierig. Warum willst du mit mir sprechen?«

»Ich weiß irgendwie gar nicht, warum ich zu Ihnen komme, aber ich habe sonst niemanden, mit dem ich darüber reden kann.« Henrick verkrampfe seine Finger zu einem Knoten, doch da Resi nichts sagte, sprach er leise weiter: »Meine Familie glaubt mir nicht, aber ich weiß, dass etwas anders ist als sonst. Mir passieren ständig so seltsame Dinge. Also Sachen, die mir normalerweise nicht passieren.«

»Welche seltsamen Dinge denn?«

»Letztens hatte wie aus dem Nichts mein Auto einen Kratzer an der Seite und vor ein paar Tagen war abends meine Jacke im Wirtshaus verschwunden und ich musste ohne nach Hause fahren. Dann wurden gestern alle Hühner rausgelassen und ich musste sie einfangen. Lauter so seltsames und irgendwie gemeines Zeugs. Erst dachte ich mir, dass ich mir das einbilde, aber langsam denke ich, dass das kein Zufall mehr sein kann.« In Henricks Gesicht spiegelte sich Verwirrung und Unglauben darüber, dass ausgerechnet ihm so etwas angetan wurde.

»Das ist natürlich schon eine ungewöhnliche Häufung von Zufällen. Aber wer sollte so etwas tun? Und warum?«

»Ich habe schon hin und her überlegt, aber ich komme auf keine Lösung. Vielleicht hat sich jemand über mich geärgert und jetzt will er es mir heimzahlen.«

»Das könnte sein. Hast du eine Idee, was das gewesen sein könnte?«

»Nein, mir fällt nichts ein. Natürlich gibt es immer mal wieder Auseinandersetzungen, aber da war nichts dabei, das ungewöhnlich schlimm war und diese Streiche rechtfertigt.«

»Ich finde, Streiche beschreibt ganz gut, was du mir erzählt hast. Fast wie von einem Kind.« Resis Stimme klang nachdenklich.

»Aber mit Kindern habe ich überhaupt nichts zu tun.« Henrick zog resigniert die Schultern hoch.

»Wenn es keine Kinderstreiche sind, ist das alles eher was für die Polizei. Nicht dass da dann doch noch was Ernsteres passiert.«

»Die Polizei? Die glaubt mir doch nie. Für die bin ich der verwöhnte Gutsherren-Sohn, der öfter mal zu tief ins Glas schaut. Nicht einmal meine Eltern glauben mir.« Henrick machte den Eindruck, als ob er gleich zu weinen anfangen würde.

»Hm, dann lass uns doch einfach mal gemeinsam überlegen. Hat dich in letzter Zeit jemand bedroht?«

»Nein, wie gesagt, ich komme eigentlich mit allen gut aus. Oder … warten Sie mal. Da fällt mir etwas ein. Ich wurde tatsächlich bedroht. Und zwar von Ihrem neuen Nachbarn, diesem Manfred. Sein Hund ist ihm abgehauen und hat unsere Hühner total narrisch gemacht. Da habe ich gesagt, dass er ihn gefälligst an die Leine nehmen soll und dass, wenn ein Huhn vor Angst umkippt, er es bezahlen muss. Ja, und da ist er richtig ausfallend geworden und hat gebrüllt, dass ich ihm gar nichts zu sagen habe und er mit seinem Hund machen kann, was er will.«

»Interessant. Aber deswegen solche Streiche spielen, ich weiß nicht«, antwortete Resi zweifelnd.

»Nein, deswegen nicht. Doch er hat sich so aufgeführt, dass ich gesagt habe, dass ich ihn anzeigen werde, wenn er nicht sofort den Hof verlässt. Da ist er dann ganz ruhig geworden und hat gesagt, dass ich das besser bleiben lassen soll, weil mir das nicht gut bekommen wird.«

»Und? Hast du ihn angezeigt?«

»Natürlich, ich lasse mich nicht einfach so bedrohen. Doch die Anzeige wurde nicht weiter verfolgt …«

»Trotzdem, es kann natürlich sein, dass Manfred seine Drohung wahrgemacht hat. Aber wenn du nicht zur Polizei gehen willst, musst du wohl oder übel die Augen offenhalten, bis du Beweise für deine Vermutung hast«, überlegte Resi laut.

»Ich fühle mich ehrlich gesagt gar nicht gut bei der Sache. Vielleicht können Sie auch ein Auge auf ihn haben. Sie sind schließlich seine Nachbarin und wenn Ihnen etwas auffällt, geben Sie mir Bescheid.«

»Das kann ich gerne machen. Vielleicht hat sich der Übeltäter aber auch schon ausgetobt und das Ganze hört einfach auf.«

»Schön wäre es. Ich kontrolliere jetzt schon immer die Radmuttern, wenn ich losfahren will. Langsam, aber sicher werde ich paranoid.«

Kapitel 10

Als Henrick gegangen war, wusste sie nicht, was sie von der ganzen Geschichte halten sollte. Sie konnte sich durchaus vorstellen, dass Manfred wütend auf Henrick gewesen war, aber dass er ihm so kindische Streiche spielte, passte nicht zu dem Bild, das Resi von ihm hatte. Sie würde das Ganze nachher ihren Freundinnen erzählen. Vielleicht hatten sie eine Idee, wer Henrick das antat.

Resis Freude, die sie normalerweise hatte, wenn sie zum wöchentlichen Kaffeeklatsch ging, war heute getrübt.

Normalerweise hatte sie keine Geheimnisse vor ihren Freundinnen, doch sie wollte das Versprechen gegenüber Susanne nicht brechen, weshalb sie darüber schwieg, was die junge Frau ihr erzählt hatte.

Da das Hauptthema der Kaffeerunde die ungelösten Verbrechen waren, hatten sie aber auch so genug zu bereden. Hilde hatte diesmal jedoch kaum Neuigkeiten: »Die Polizei tappt noch immer im Dunkeln. Dafür, dass es der Wastl war, gibt es keine Beweise. Im Augenblick fühlen sie nochmal der ganzen Familie Berghardt etwas genauer auf den Zahn. Vielleicht kommt da was raus. Dem alten Berghardt würde ich das schon zutrauen, wenn er so richtig in Rage ist …«

Irma schüttelte langsam den Kopf. »Wenn er in Rage ist, schon. Ich kann mir auch vorstellen, dass er dem Gashi auf den Kopf gehauen hat. Aber dass er dann später noch einmal zurückkommt, um ihn zu ertränken, also ich weiß nicht. Das passt doch nicht zu ihm.«

»Nein, das macht wirklich keinen Sinn …« Während Resi das aussprach, drängte sich ihr ein Gedanke auf, ein verrückter Gedanke. Doch vielleicht war er die Erklärung für den seltsamen Tathergang. »Es macht nur Sinn, wenn es zwei verschiedene Täter waren. Der eine haut den Gashi bewusstlos und der zweite, vielleicht einer, der gerade zufällig vorbeikommt, zieht ihn in die Pfütze.«

»Hm, so könnte es gewesen sein.« Irma kaute genüsslich die Donauwelle, die sie für heute gebacken hatte. »Aber dann müsste es ja gleich zwei Leute geben, die etwas gegen den Gashi haben. Ich hatte eigentlich immer das Gefühl, dass er ganz beliebt war im Dorf.«

»Dann haben die Täter vielleicht doch etwas mit seiner Herkunft zu tun. Wir wissen gar nichts über ihn. Vielleicht war er früher ein Krimineller?«, warf Hilde ein.

»Das hat der Klaußen doch bestimmt schon alles durchleuchtet. Du hast dazu nichts gehört, oder?« Resi konnte sich den Gashi zwar nicht als Kriminellen vorstellen, aber es war zumindest eine Möglichkeit.

»Nein, bisher weiß ich nichts dazu. Aber ich frage den Bertl heute Abend nochmal. Vielleicht kann er etwas dazu sagen.«

Resi nickte zustimmend und meinte dann: »Ich muss euch auch noch etwas erzählen. Stellt euch vor, vorhin ist der Henrick bei mir gewesen, um mit mir zu reden.«

»Der Henrick?« Hilde und Irma antworteten gleichzeitig und klangen dabei ähnlich verwundert.

»Ja, er wollte mir etwas erzählen und ich glaube, auch um Unterstützung bitten. Ihm werden nämlich gerade seltsame Streiche gespielt und er verdächtigt den Manfred.« Resi erzählte den Freundinnen, was sie von Henrick erfahren hatte.

»Schon wieder taucht der Manfred auf. Da ist etwas im Busch, glaubt mir. Die Karten lügen nicht!« Irma wackelte besorgt mit ihrem Kopf.

»Vielleicht hat er wirklich irgendetwas zu verbergen. Wer kann mit Sicherheit sagen, was in seinem Kopf vorgeht. Und seit neustem hat er eine ganz junge Freundin«, stimmte Resi zögernd zu.

»Ich dachte, das ist eine Prostituierte und der Manfred ist ein Zuhälter?«, warf Hilde ein.

»Nein, das bildet sich nur die Weberin ein. Die Frau schaut gar nicht wie ein leichtes Mädchen aus. Ich habe sie schon gesehen. Die ist überhaupt nicht geschminkt und hat auch keine kurzen Kleider an.«

»Trotzdem. Vielleicht macht sie sich erst am Abend zurecht, wenn sie zur Arbeit geht.« Hilde wollte von dieser Theorie nicht so schnell abweichen.

»Eigentlich ist es ja egal, was sie ist. Es geht um Manfred. Ich finde, er schleicht recht oft auf dem Weg zum Berghardt Hof herum. Die Frage ist doch … was hat er dort zu suchen?« Irma nahm sich ein weiteres Stück Donauwelle. Sie konnte besser nachdenken, wenn sie auf etwas herumkaute.

»Bisher dachte ich, dass er einfach mit seinem Hund spazieren geht. Lotti hat viel Energie und da draußen kann er sie frei laufen lassen«, warf Resi ein.

»Ja, das will er uns weismachen. Aber das kann auch nur ein

Trick sein.« Irma fand, dass das alles durchaus Sinn machte.

»Hmm, er hat sogar zugegeben, dass er und Gashi eine Zeitlang in der gleichen Stadt gelebt haben. Vielleicht müssen wir dort nach dem Motiv suchen.« Resi strich eine Falte auf der Tischdecke glatt. »Ich muss irgendwie an Informationen aus Manfreds Vergangenheit kommen. Wenn ich nur wüsste, wie.«

Die drei Frauen diskutierten noch eine Weile hin und her, aber sie hatten weder eine Idee, wie sie mehr über Manfred herausfinden könnten, noch einen sonstigen Geistesblitz, der sie auf der Suche nach dem Mörder weiterbrachte.

Trotzdem wurde es später als geplant und es dämmerte schon, als Resi und Hilde die Wohnung von Irma verließen. Die beiden mussten in unterschiedliche Richtungen, weshalb sie sich bereits vor der Haustür voneinander verabschiedeten.

Kaum war Resi ein paar Schritte gegangen, fing es wieder zu regnen an und sie wollte so schnell wie möglich nach Hause. Doch ihr Knie machte ihr einen Strick durch die Rechnung. Es schmerzte und sie kam nur langsam voran.

Die Straße war menschenleer und nur an den beleuchteten Fenstern konnte man erkennen, dass das Dorf nicht ausgestorben war. Ohne dass es einen offensichtlichen Grund dafür gab, überkam Resi eine Beklemmung, die sie erschaudern ließ. Wenn ihr jetzt jemand auflauerte, könnte der Täter ohne Probleme unerkannt entkommen.

Da hörte Resi, wie sich ein Auto von hinten näherte abbremste und in Schrittgeschwindigkeit neben ihr herfuhr.

Resis Herz schlug bis zum Hals. Ihr fielen die Warnungen von Irma ein und sie war sich sicher, dass ihr der Mörder auflauerte, doch für eine Flucht war sie viel zu langsam.

»Servus Resi, soll ich dich bei dem Sauwetter nach Hause fahren? Sonst holst du dir noch den Tod.« Resi atmete erleichtert aus. Diese Stimme kannte sie.

Das Fenster am Beifahrersitz des Mercedes war heruntergelassen und Frieder winkte ihr einladend zu. Obwohl Resi den alten von Berghardt nicht ausstehen konnte, hätte es seltsam ausgesehen, wenn sie nicht eingestiegen wäre. Es war üblich im Dorf, dass man sich bei schlechtem Wetter mitnahm. Außerdem kam ihr das Angebot im Augenblick ganz recht. Der Regen wurde von Minute zu Minute schlimmer und wegen ihrem schmerzenden Knie kam sie nicht so schnell voran, wie sie wollte.

»Frieder, hast du mich erschreckt! Aber gerne, wenn du so viel Zeit übrighast, steig ich ein.«

Resi öffnete die Beifahrertür und schnallte sich vorsorglich an. Verwundert bemerkte sie, dass Frieders ansonsten rotes Gesicht heute ungewöhnlich gelb war. Aber vielleicht lag dieser Eindruck auch an der schlechten Beleuchtung im Auto.

»Ein Sauwetter ist das heute. Aber da passt das Wetter zur Stimmung im Dorf. Man kann sich in der Nacht gar nicht mehr sicher fühlen, seitdem es diese ganzen Verbrechen gab. Der eine wird erschlagen, die andere ertränkt …«, begann Friedrich die Unterhaltung.

»Ein wenig unheimlich kann einem da schon werden. Wenn die Polizei nur endlich den Täter finden würde.«

»Ja, es ist die Aufgabe der Polizei, den Täter zu finden«, stimmte ihr Friedrich zu und Resi meinte, einen drohenden Unterton zu bemerken. Dann räusperte er sich und meinte leichthin: »Ich glaube, dass die in eine ganz falsche Richtung ermitteln. Man macht sich ja so seine Gedanken und wenn man nicht auf den Kopf gefallen ist, muss man doch eins und eins zusammenzählen können. Diese ganzen Morde haben erst angefangen, als dein neuer Nachbar, dieser Manfred, hierhergezogen ist. Ich finde das mehr als verdächtig. Da würde ich schon mal eine Hausdurchsuchung anordnen.«

»Vielleicht machen sie das ja. Ich weiß nicht, wen der Herr Klaußen verdächtigt.«

»Ach hör mir mit dem auf. Der sagt immer, dass er jeder Spur nachgehen muss und dabei übersieht er das Offensichtliche. Aber so müssen wir eben darauf warten bis der nächste Mord passiert.«

»Meinst du wirklich, dass es noch einen weiteren Mord geben wird?« Ohne dass sie den genauen Grund dafür nennen konnte, stellten sich die Haare auf ihren Unterarmen auf.

»Es könnte doch sein, dass der Mörder Blut geleckt hat und ihm das Ganze Spaß macht.« Unheilvoll standen die Worte vom Berghardt im Raum.

»Ich hoffe, dass sich deine Vermutung nicht bewahrheitet«, antwortete Resi bedrückt.

»Das hoffen wir alle. Aber ich habe zurzeit eh andere Sorgen.«

»So, welche denn? Geht es dir nicht gut? Du schaust tatsächlich ein wenig blass aus.«

»Dass du das gleich bemerkt hast? Ich habe irgendetwas mit dem Magen. Mir ist oft schlecht und ich muss spucken oder es geht hinten raus. Man wird einfach nicht jünger.«

»Du, da würde ich aber dringend einmal zum Arzt gehen. Mit so Sachen ist nicht zu Spaßen. Wie du weißt, habe ich meine Schwester an den Krebs verloren.«

»Ach, das wird schon nichts so Schlimmes sein«, antwortete Friedrich von Berghardt leichthin und drückte auf die Bremse. Sie waren bei Resis Haus angelangt.

Die alte Frau bedankte sich höflich, bevor sie fluchtartig das Auto verließ, um den kurzen Weg bis zu ihrer Haustür zu gehen. Dabei konnte sie sich selbst nicht erklären, warum sie das Gefühl hatte, gerade einer Gefahr entronnen zu sein.

»Ich ende noch wie Irma und sehe überall potenzielle Mörder«, murmelte sie, als sie die Haustüre aufschloss.

Drinnen wurde sie von Lilo empfangen, die ihr auffordernd miauend um die Beine strich.

»Ja, du bekommst gleich dein Futter. Wie kann man denn nur ständig Hunger haben. Jetzt lass mich erstmal meine Jacke ausziehen.« Resi hängte ihren durchnässten Mantel zum Trocknen auf einen Kleiderbügel, den sie anschließend an den Schrank im beheizten Wohnzimmer hing. So würde er hoffentlich bis morgen trocken werden.

»So, und jetzt bist du dran.« Resi füllte Lilos Futterschüssel und machte sich selbst Abendessen. Doch die Unruhe, die sie im Auto des alten Berghardt überkommen hatte, konnte sie nicht abschütteln. Resi befürchtete, dass der alte Mann Recht hatte und der Mord an Jelena nicht der letzte war.

»Brauchst du wieder Kartoffeln?« Der Haller Bauer winkte Resi zu sich. Sie hatte sich trotz des leichten Nieselregens und ihrer Knieschmerzen auf den Weg zum Markt gemacht und der Haller Bauer war der Grund dafür.

Als sie in der Nacht nicht schlafen konnte, hatte sie beschlossen, ab sofort mit System an die Aufklärung der Mordfälle zu gehen. Sie brauchte endlich ein Motiv und eine Verbindung des Mörders mit dem Ermordeten. Und zwischen dem Haller Bauer und dem Gashi gab es eine Verbindung. Jetzt musste sie nur noch herausfinden, ob der Bauer auch Jelena gekannt hatte.

»Servus Haller Bauer, Kartoffeln habe ich noch, aber hast du was im Angebot für mich?«, begrüßte Resi den Standbesitzer, wobei es sie beim Blick auf die strähnigen Haare innerlich schüttelte. Der könnte sich durchaus öfter mal waschen.

»Junge Frau, was habe ich denn da für dich? Magst du ein paar Birnen haben? Die sind von unseren Birnbäumen hinter dem Haus und garantiert erntefrisch … und bio«, fügte er süffisant grinsend hinzu.

Resi untersuchte vorsichtig die Birne, die ihr der Haller in die Hand gedrückt hatte. »Ja, die sehen gut aus. Da nehme ich mal drei Pfund. Da kann ich dann ein wenig Birnenmus draus machen.! Obst ist so gesund, da bleibt man länger am Leben. Obwohl, wenn man natürlich gewaltvoll aus dem Leben gerissen wird, wie diese Jelena, hilft einem das ganze Obst nichts mehr.«

»Was meinst du mit gewaltvoll? Ich dachte, die hatte einen Stromschlag bekommen.«

»Ja schon, aber das ist doch gewaltvoll. Also ich meine, es ist kein natürlicher Tod. Kanntest du die überhaupt? Mir ist die vorher nie aufgefallen. In der Kirche war sie nie und auf den Dorffesten habe ich sie auch nicht gesehen.«

»Nein, die hat man wirklich kaum gesehen im Dorf. Mir hat nur der Gashi ständig von ihr vorgeschwärmt. Aber die habe ich ihm vergönnt. Mein Typ war die nicht. Die war viel zu dürr. Obenrum zwar nicht, aber einen Hintern hatte die keinen.«

Resi fixierte den Haller Bauer genau, als er über Jelena sprach, doch sie hatte das Gefühl, dass er die Wahrheit sagte. Er schien keinerlei emotionales Verhältnis zu ihr gehabt zu haben.

»So oder so, schade ist es schon, dass sie so jung dahingehen musste.« Resis seufzte ein wenig übertrieben. »Was kriegst du denn für die Birnen?«

Nachdem sie gezahlt hatte, packte sie die Birnen in das mitgebrachte Einkaufsnetz und ging weiter zum Stand der Berghardts, der heute wieder aufgebaut war. Hannelore war hinter der Kasse.

Vor Resi stand Effi Hiendl in der Schlange, die, als sie an der Reihe war, übertrieben laut fragte: »Ich hätte gerne einen Sack Zwiebeln. Aber jetzt muss ich schon mal nachfragen. Wie ist das den jetzt mit dem Preis für das Biogemüse? Ist das jetzt günstiger, denn so ganz Bio ist es ja nicht.«

Hannelore hatte für diese Stichelei nur ein Schulterzucken übrig. »Du musst es nicht kaufen, wenn es dir zu teuer ist. Und fürs Verhandeln bist du bei mir an der falschen Adresse. Du kannst aber gerne bei den Berghardts anrufen. Vielleicht kriegst du ein paar Prozente.«

»Schon gut, gib mir einfach ein Pfund Zwiebeln«, lenkte Effi ein und dampfte anschließend hoch erhobenen Hauptes davon.

»Grüß dich Hannelore, musst du heute wieder einspringen? Haben die Berghardts noch immer keinen neuen Helfer?«

»Nein, die suchen zwar und der Berghardt Junior hatte letztens einen da, aber dem war vermutlich die Arbeit zu viel und die Bezahlung zu schlecht gewesen.«

»Ich kann mir vorstellen, dass es heutzutage nicht einfach ist, einen guten Arbeiter zu bekommen. Die wollen sich alle nicht mehr schmutzig machen und Geld im Internet verdienen.«

»Vor allem ist es nicht einfach, wenn man nichts bezahlen will.« Hannelore rümpfte ihre Nase.

»Und wo sind die ganzen Berghardts heute? Hatte da keiner Zeit, um dir zu helfen?«

»Nein, die sind alle viel zu beschäftigt. Die Katharina musste dringend nach Hirlangen, um etwas zu besorgen. Der Henrick muss irgendwas am Amt machen, der Julius repariert was am Hühnerstall und der Alte hat einen Termin beim Arzt. Der hat die Scheißerei.«

»Und was ist mit Marianne?«

»Die? Die sitzt wahrscheinlich daheim und schaut trübsinnig in die Luft. Mit der ist nicht mehr viel los. Die lässt sich nur noch von vorne bis hinten bedienen.«

»Wirklich? Dabei war sie früher so tatkräftig. Außerdem muss sie doch noch eine Hochzeit vorbereiten, oder?«

»Nein, bei der Hochzeit haben die Berghardts kein Mitspracherecht. Das machen alles die Blitzbergs. Die Braut hat einen *Wettingpläner* angestellt. Der organisiert alles. Von Blumenschmuck bis Tanzkapelle.«

»So was gibt es? Na ja, wenn man keine Zeit hat, ist das vielleicht ganz praktisch«, antwortete Resi nicht überzeugt. Ihr hatte es damals viel Freude gemacht, bei den Hochzeitsvorbereitungen selbst mitzuhelfen. Aber so änderten sich die Zeiten.

Sie kaufte einen Brokkoli bei Hannelore und schaute sich dann auf dem Marktplatz um. Weder Irma noch Hilde waren zu entdecken und da auch sonst kein interessanter Gesprächspartner vor Ort war, machte sie sich auf den Rückweg. Die Birnen hatten zudem ein ganz schönes Gewicht und sie wollte sie so schnell wie möglich loswerden.

Doch als sie über die Straße gehen wollte, wurde sie fast von einem Fahrrad angefahren, das aus einer Seitenstraße geschossen kam. Resi machte einen kleinen Sprung rückwärts, um sich in Sicherheit zu bringen.

Die Fahrradfahrerin war bis obenhin in eine rote Regenjacke gehüllt, die fast das ganze Gesicht verdeckt, doch als Resi genauer hinsah, erkannte sie, dass es Marianne war.

Obwohl es fast zu einem Unfall gekommen war, fuhr Marianne ohne Entschuldigung weiter und starrte stur geradeaus. Mit einem Tempo, dass Resi überrascht den Kopf schütteln ließ, schoss sie die Straße entlang. Was ist denn da passiert. Man könnte glatt meinen, dass sie auf der Flucht ist, dachte Resi im Stillen.

Ohne einen weiteren Zwischenfall kam Resi zuhause an. Der alten Weberin war vermutlich zu kalt, denn der Platz am Fenster war leer und das Fenster war geschlossen.

Mit einem Seufzer registrierte sie, dass das Gartentor leise quietschte, als sie es öffnete. Das musste sie dringend einmal ölen.

Verwundert bemerkte sie, dass Lilo draußen war, was sie bei diesem Wetter normalerweise vermied. Sie spielte mit etwas, das auf den Stufen vor Resis Haustür lag.

Resi erkannte einen durchsichtigen Plastikbeutel und etwas Rotbraunes, das daneben auf dem Boden lag. Auf den zweiten Blick entpuppte es sich als rohes, bereits leicht verfärbtes Fleisch.

Lilo stupste es aufgeregt an und an den Bissspuren konnte Resi erkennen, dass Lilo schon davon gefressen hatte.

Resi wurde flau im Magen. »Schschsch«, versuchte sie Lilo wegzuscheuchen, die jedoch ungerührt weiter interessiert an dem roten Brocken schnüffelte. Das Fleisch roch zu verführerisch.

Kurzentschlossen schnappte sich Resi ihre Katze, hob sie hoch und stupste das Fleisch mit einem energischen Fußtritt die Treppe hinunter.

Ihr wurde eiskalt, als sie blaue Körnchen auf der Unterseite des Köders entdeckte. Wenn man bereits sein ganzes Leben lang auf dem Land wohnte, wusste man sofort, was das war … Rattengift.

»Ach du meine Güte. Was mach ich denn jetzt?« Resi sah sich hilflos um, als ob sie irgendwo eine Lösung finden könnte.

»Ich glaube, wir müssen dir den Magen auspumpen lassen.«

Mit der Katze unterm Arm und zittrigen Fingern schloss sie die Haustüre auf. Mit wenigen Schritten war sie beim Telefon, das auf einem kleinen Tischchen im Flur stand. »Tierarzt … wo ist denn der Tierarzt?«, murmelte sie vor sich hin, während sie hektisch in ihrem Telefonbuch blätterte.

Während Resi nach der Nummer suchte, konnte sich Lilo befreien und schnüffelte neugierig an der Haustür, hinter der sich das restliche Fleisch befand.

»Hallo? Hallo? Ist hier der Tierarzt? Meine Katze hat Gift gefressen.« Resi erklärte dem Tierarzt, was passiert war und er versprach, so schnell wie möglich zu ihnen zu kommen.

Er hielt Wort und bereits kurze Zeit später ließ ihn Resi herein. Am strengen Geruch, den der Mann verbreitete, konnte Resi erkennen, dass er soeben in einem Schweinestall gewesen war. Doch das war ihr egal. Das Einzige, das jetzt zählte, war Lilo.

Der Tierarzt besah sich die Katze und auch das Fleisch, das noch vor dem Haus auf der Treppe lag. Er schien zu vermuten, dass der Köder wegen Ratten ausgelegt worden war, und sie ließ ihn fürs Erste in dem Glauben.

»Ja, das sieht mir ganz nach Rattengift aus. Da muss man gut aufpassen, wenn man Tiere in der Umgebung hat. Da sollte man das nicht einfach für Katzen zugänglich auslegen. Aber keine Sorge, wenn sie das Gift noch nicht lange im Körper hat, ist das kein Problem. Ich habe Peroxid dabei, damit kriegen wir die Sachen schon aus dem Magen.« Mit ruhigen Bewegungen holte der Mann eine Dose mit einer weißlichen Flüssigkeit heraus.

»Wie schwer ist Lilo?«

»Sie wiegt ein wenig mehr als fünf Kilo.«

»Gut, dann probieren wir es mal mit zwei Portionen.« Er wandte sich Resi zu, der vor Sorgen übel war. »Sie müssten die Katze jetzt halten und ich probiere, das Brechmittel einzuflößen.«

Resi hatte alle Mühe, Lilo festzuhalten, aber mit vereinten Kräften schafften sie es, dass die Katze das Brechmittel hinunterschluckte.

»Und jetzt müssen wir erstmal zehn Minuten warten. Wenn bis dahin nichts hochkommt, machen wir das Gleiche noch einmal.«

Lilo war bereits beleidigt in einer Ecke des Flurs verschwunden. Sie konnte sich nicht erklären, warum sie derart gequält wurde.

»Sehr gut, jetzt kommt schon der Schaum vorm Maul.« Der Tierarzt sah äußerst zufrieden aus und er sollte Recht behalten.

Bereits kurze Zeit später begann Lilo zu würgen und sie spuckte ein beachtliches Häufchen rötliches Fleisch, das mit blauen Körnchen vermischt war, auf den Flurboden.

»Damit dürfte die Sache erledigt sein. Vielleicht ist sie die Tage noch ein wenig matt, aber die im Magen verbliebene Giftmenge reicht bestimmt nicht aus, um sie ernsthaft krank zu machen.«

»Bin ich erleichtert! Vielen Dank, dass Sie es sich so schnell einrichten konnten.« Resi nickte mehrmals dankbar mit dem Kopf. Sie war noch völlig durcheinander, aber froh, dass Lilo geholfen worden war.

»Das passt schon. Jetzt muss ich aber zum Berghardt Hof. Da hat sich eine Sau den Haxen vertreten oder gar gebrochen.«

Nachdem der Tierarzt Resis Haus verlassen hatte, kümmerte sich Resi liebevoll um Lilo und tröstete sie mit mehr als einem Leckerli.

Lilo schien die Strapazen bereits vergessen zu haben und verschlang schnurrend das Futter.

»Und jetzt bleibst du erstmal da. Ich will mir dieses Fleisch nochmal ansehen.« Resi sperrte ihre Katze ins Wohnzimmer und holte dann einen Gefrierbeutel aus der Küchenschublade. Vorsichtig stülpte sie ihn über das Erbrochene und sammelte es so ein, ohne es berühren zu müssen.

Als sie das gleiche mit dem Fleisch machte, das noch draußen auf der Treppe lag, hielt sie überrascht inne.

In den bereits fast vollständig verblühten Astern, die sie in den Blumentopf, der rechts neben der Haustür stand, gepflanzt hatte, steckte etwas Weißes … ein weißer Umschlag.

»Was ist denn das? Ich habe doch einen Briefkasten.« Resi betrachtete den Umschlag genauer. Er war zugeklebt und es stand kein Name darauf.

Resi nahm die Fleischreste und den Brief mit ins Haus. »Dann schauen wir mal, was da drinnen steht.« Doch als Resi den Brief las, wurde ihr ganz flau im Magen.

Dort stand, mit kleiner Computerschrift getippt: »*Wenn du deine Nase weiter in die Angelegenheiten von anderen steckst, erwischt es nicht nur deine Katze, sondern auch dich.*«

Der Brief hatte keine Unterschrift.

Langsam lies Resi ihre Hände sinken und legte den Zettel auf die Kommode im Hausflur.

Ihr Herz schlug ihr bis zum Hals. Was sollte sie als nächstes tun? Die Polizei anrufen? Vielleicht konnte man Fingerabdrücke finden?

Und Gott im Himmel, wer wusste, dass sie in dem Fall selbst ermittelte? Resi ging in Gedanken die Leute durch. Das waren nur Hilde und Irma. Hatte Hilde getratscht?

Aber sie hatte doch noch nicht einmal einen Verdächtigen.

Warum hatte der Mörder dann Angst?

Resis Gedanken drehten sich im Kreis, bis sie schließlich Hilde anrief und ihr von dem Köder und dem anonymen Brief erzählte.

»Du rufst sofort bei der Polizei an. Das ist eine Morddrohung. Sie müssen vorbeikommen und die Spuren sichern.«

»Aber dann tut mir der Mörder doch erst recht was an. Er hat schließlich geschrieben, dass ich meine Nase nicht mehr in die Angelegenheit von ihm stecken darf.« Resi zitterte vor lauter Angst und Aufregung.

Aber Hilde ließ keinen Widerspruch zu. »Du kommst jetzt zu mir und ich gebe dem Herrn Klaußen Bescheid. Das merkt kein Mensch, dass ihr euch bei mir trefft. Das ist nämlich Erpressung. So etwas darf man nicht zulassen. Und nimm den Köder mit.«

Da Resi grundsätzlich der gleichen Meinung war wie Hilde, gab sie sich einen Ruck und folgte Hildes Aufforderung. Der Erpresser hatte außerdem nicht geschrieben, dass sie nicht mit der Polizei sprechen durfte, sondern nur, dass sie nicht weiter in dem Fall nachforschen sollte

Diesmal nahm Resi das Fahrrad, um schneller bei Hilde zu sein. Soweit sie das beurteilen konnte, war sie nicht verfolgt worden und bereits eine Stunde später saß Kommissar Klaußen mit einer Tasse Tee in der Hand im Wohnzimmer von Hilde.

Kapitel 11

»Also gut, liebe Frau Grießhuber.« Knut Klaußens Stimme klang, als ob er mit einem leicht beschränkten Kind sprechen würde. Dabei lehnte er sich vor und nickte gütig. »Dann wollen wir mal. Aber wir fangen bitte ganz vorne an.« Innerlich seufzte er. Er vermied in der Regel Vernehmungen mit alten Leuten. Sie kamen nie zur Sache und man musst ihnen immer alles mehrfach erklären.

Resi runzelte die Stirn und korrigierte ihn: »Ich heiße Grießhammer.« Sie mochte es außerdem überhaupt nicht, wenn Leute von *wir* sprachen, wenn sie selbst gemeint war. Das hatte etwas Entwürdigendes.

Sie versuchte, sich ihre Verärgerung nicht anmerken zu lassen. Trotzdem musste sie erst einmal Schlucken, bevor sie anfing zu erzählen, wie und wo sie den Beutel mit dem Fleisch gefunden hatte.

»Und warum denken Sie, dass die Nachricht von dem Mörder kommt?«, fragte Klaußen und observierte Resi genau.

»Na ja, von wem denn sonst? Ich habe mich schon hier und da ein wenig umgehört, da ich wissen wollte, wer den armen

Gashi und die Jelena auf dem Gewissen hat. Ich will ebennicht, dass jemand Falsches für die Straftaten verantwortlich gemacht wird.«

»Jemand Falsches? Und an wen denken Sie da?«, fragte Klaußen lauernd.

»Na, zum Beispiel der Wastl oder ein anderer Unschuldiger.«

Klaußen schnaubte durch die Nase, lehnte sich zurück und verschränkte die Arme vor der Brust. Eine alte Schachtel, die glaubte, dass sie wusste, wie man ermittelte, das hatte ihm gerade noch gefehlt »Wir haben begründeten Verdacht, dass Sebastian Neuer ein Motiv und auch die Gelegenheit hatte, die Morde zu begehen. Er hat kein Alibi und er war in beiden Tatnächten in der Nähe von den Tatorten. Aber das muss auch gar nicht Ihre Sorge sein und ich werde auch nicht Ermittlungsergebnisse mit Ihnen diskutieren.«

»Nein, natürlich nicht«, stimmte Resi zu. Dieser Klaußen wurde ihr mit jedem Satz, den er sagte, unsympathischer.

»Allerdings bin ich bezüglich des Anschlags auf Ihre Katze Ihrer Meinung. Es deutet alles darauf hin, dass der Brief von dem Mörder ist. Deshalb könnten wir versuchen, den Täter mit Hilfe des Rattengifts zu identifizieren. Die Frage ist doch, wer ein derartiges Gift zu Hause hat.«

»Wenn Sie so anfangen, können Sie gleich das ganze Dorf verdächtigen. Dieses Rattengift hat praktisch jeder hier. Sonst wird man den Biestern nicht mehr her. Haben Sie eine Ahnung, welche Schäden diese Viecher anrichten können?«

»Aha, so ist das also hier«, Klaußen verzog den Mund zu einer abschätzigen Grimasse. Er mochte es gar nicht, wenn seine Methoden angezweifelt wurden.

»Haben Sie das vergiftete Fleisch denn mitgebracht? Herr

Hafner von der Spurensicherung soll sich das einmal anschauen und auch den Brief soll er auf mögliche Spuren untersuchen. Mit dieser Aktion hat sich der Mörder keinen Gefallen getan. Irgend jemand wird ihn gesehen haben und außerdem wissen wir nun mit Sicherheit, dass es niemand von außerhalb ist. Nur Insider können erfahren haben, dass Sie in dem Fall Nachforschungen angestellt haben.« Herr Klaußen strich sich zufrieden über seine nach hinten gegelten Haare.

»Ich bin auch der Überzeugung, dass es jemand aus dem Dorf ist. Und es muss ein Katzenfeind ist. Wer könnte sonst einfach so meine Lilo vergiften.« Resi konnte es immer noch nicht fassen, dass es derartig böse Menschen gab. Und ohne dass sie es wollte, tauchte plötzlich Manfreds Gesicht vor ihrem inneren Auge auf. Aufgrund der ständigen Reibereien zwischen Lilo und Lotti wäre es für ihn vermutlich kein großer Verlust, wenn Lilo von der Bildfläche verschwinden würde. Trotzdem, mit Herrn Klaußen wollte sie dazu nicht sprechen. Dieser Mann löste in ihr einen Widerwillen aus, den sie nicht einfach ignorieren konnte und wollte.

»Ich denke nicht, dass diese Tat speziell etwas mit einer Aversion des Täters gegen Katzen zu tun hat«, bemerkte er hochgestochen und wollte dann nur noch ein paar Details wissen, die er fein säuberlich in sein Tablet schrieb. Danach verabschiedete er sich von Resi und Hilde, die während des Gesprächs in der Küche gewartet hatte.

Nachdem Klaußen Hildes Haus verlassen hatte, atmete Resi auf. Sie verabschiedete sich noch von ihrer Freundin und machte sich dann auf den Nachhauseweg. Sie wollte unbedingt nach Lilo schauen. Vielleicht hatte sie doch mehr Gift erwischt als gedacht.

Doch ihre Sorgen waren unbegründet gewesen. Lilo lag

eingerollt auf einem gepolsterten Stuhl und schlief regelmäßig atmend. Zärtlich strich ihr Resi über den Kopf, was Lilo mit einem kurzen Zwinkern beantwortete.

Beruhigt schlüpfte Resi noch einmal in ihre Jacke und Schuhe und ging nach draußen. Sie hatte noch etwas zu tun.

Auf ihre Nachbarin gegenüber konnte sie sich verlassen. Die Weberin hing wie so oft auf dem Fensterbrett und überwachte die Umgebung.

Resi rief zu ihr hinüber und ging dann über die Straße: »Schönen Nachmittag, Weberin. Gut, dass ich dich sehe. Ich hätte eine Frage.«

»Was willst du denn wissen?«

»Mir hat vorhin jemand ein kleines Paket vorbeigebracht und ich weiß nicht, wer es war, aber ich würde mich gerne bedanken. Es müsste vor ungefähr zwei Stunden gewesen sein und da wollte ich fragen, ob du jemanden gesehen hast.«

»Vor zwei Stunden, nein, da habe ich niemanden gesehen. Der Tierarzt war da, aber das weißt du bestimmt selber. Sonst habe ich niemanden gesehen. War etwas mit deiner Katze?«

»Lilo hat so seltsam gewürgt und da wollte ich, dass mal jemand nach ihr sieht. Aber zum Glück ist alles in Ordnung mit ihr«, schwindelte Resi, ohne rot zu werden.

»Ein Glück. Sie ist so eine hübsche Katze und bestimmt eine gute Mäusefängerin. Aber dir kann ich leider nicht helfen. Bei mir hat vorher immer wieder das Telefon geklingelt und kaum, dass ich hin bin, hat der auf der anderen Seite aufgelegt. Die Kinder sind ganz schön frech heutzutage. Früher haben wir noch Klingelstreiche gemacht, aber heute haben die schließlich alle so ein Handy.«

Resi horchte auf. »Warum denkst du, dass es Kinder waren?«

»Wer sollte denn sonst so etwas machen? Ich wurde dreimal vom Fenster weggesprengt, und dass bei meinen schlechten Füßen.« Die alte Weberin schüttelte, entrüstet über so viel Gemeinheit, den Kopf.

»Kannst du dich noch erinnern, wann du angerufen worden bist?«

»Es müsste so vor zwei bis drei Stunden gewesen sein. Ja, ich glaube eher zwei Stunden. Der Manfred war nämlich schon mit der Lotti beim zweiten Spaziergang. Der war heute recht lange unterwegs und er kam erst zurück, nachdem diese seltsamen Telefonate aufgehört haben.«

»Schade, dass du nichts gesehen hast. Die Schuberts von der anderen Seite sind die Allerheiligenferien im Urlaub. Die kann ich deshalb auch nicht fragen. Da ist seit Tagen niemand zu Hause. Aber vielleicht meldet sich derjenige noch, der mir das Päckchen gebracht hat.«

Resi war enttäuscht, dass sie nichts herausgefunden hatte. Der Täter kannte die Gewohnheiten der alten Weberin und von Manfred und er hatte dafür gesorgt, dass ihn niemand gesehen hatte.

An diesem Abend blieb Resi allein zu Hause. Ihre Haustür hatte sie mehrmals verschlossen und sie hatte alle Fenster verriegelt. Der Tag steckte ihr in den Knochen und sie war froh, dass sie endlich in ihrem Lieblingssessel sitzen konnte.

Gedankenverloren streichelte sie Lilo, die es sich auf ihrem Schoß gemütlich gemacht hatte. Der anonyme Brief machte ihr einerseits Angst, andererseits wollte sie um alles in der Welt herausfinden, wer ihrer Katze das angetan hatte. Sie musste ihn Zukunft einfach besser aufpassen und sich schlauer anstellen. Sie durfte sich bei ihren Nachforschungen einfach nicht erwischen lassen.

Da sie das Gefühl hatte, etwas Wichtiges zu übersehen, beschloss sie, zunächst einmal die Fakten zu sortieren. Es gab so viele Verbrechen, doch sie konnte weder einen roten Faden noch ein Motiv finden.

Resi stand auf, um einen Block und einen Stift zu holen, was Lilo mit einem ungnädigen Miauen kommentierte. »Ich tue das auch für dich, meine Liebe. Niemand vergiftet ungestraft meine Katze.«

Mit einer großen *Eins* notierte sie den Giftskandal, bei dem Gashi den Auftrag vom Berghardt ausgeführt hatte und bei dem er vom Haller Bauer gesehen worden war. In Klammern notierte sie, dass der Haller Bauer vermutlich versuchte, die Berghardts zu erpressen.

Dann gab es den seltsamen Mord an Gashi, als er zu Fuß auf dem Weg zu den Berghardts gewesen war, da sein Fahrrad zerstochene Reifen hatte. Zuerst war er bewusstlos geschlagen und dann in einer Wasserpfütze ertränkt worden. *Vermutlich zwei Täter*, notierte Resi mit ordentlicher Schrift neben dem zweiten Punkt.

Jelena war die Freundin vom Gashi gewesen und arbeitete auf dem Berghardt Hof. Auch sie war ertränkt worden. Am Abend davor hat sie noch Besuch von Wastl bekommen und angeblich hatte Henrick Interesse an ihr gehabt.

Als nächstes gab es den Anschlag auf ihre Katze Lilo, von jemandem der wusste, dass man die Weberin vom Fenster weglocken musste.

Außerdem gab es noch die Streiche, die dem jungen Henrick von Berghardt angetan worden waren.

Und dann war da noch der Fall Susanne, die von einem Unbekannten vergewaltigt worden war, der mit großer

Wahrscheinlichkeit im Dorf lebte. Hinter den letzten Punkt machte Resi ein großes Fragezeichen. Im Augenblick sah sie keinerlei Verbindung zwischen der Vergewaltigung und den Morden.

Trotzdem, bei dem Ganzen tauchten ständig die gleichen Namen auf: die gesamte Berghardt Familie, der Haller Bauer und in Teilen der Wastl und die Ringlstatters. Doch wo waren die Motive?

Resi las immer wieder ihre Notizen durch und machte mal hier und mal dort eine Anmerkung. Und zwischendurch glaubte sie, der Lösung ein wenig näher zu kommen … da waren Gedankenfetzen, die sie aber nicht richtig greifen konnte. Es war, als fehlte das entscheidende Puzzleteil.

Ohne eine Antwort auf die ganzen offenen Fragen gefunden zu haben, ging Resi schließlich zu Bett. Sie wollte morgen, mit ausgeschlafenem Kopf, darüber nachdenken.

Der Haller Bauer war bereits um fünf Uhr aufgestanden. Er war grundsätzlich ein Frühaufsteher, doch diese Uhrzeit war auch für ihn ungewöhnlich.

Er wollte das letzte Mal in diesem Jahr zum Angeln gehen. Es war wieder ein wenig wärmer geworden und die Hechte bissen gut im Herbst.

Das Angelzeug hatte er vorsorglich schon gestern in seinen alten Suzuki geladen. Deshalb musste er sich nur noch ein paar der Rotfedern aus dem Zuber neben dem Misthaufen holen und dann konnte es bereits losgehen. Er pfiff vergnügt während der kurzen Autofahrt, so sehr freute er sich auf ein paar ruhige Stunden am See.

Das Wetter war gut, es war zwar leicht neblig, aber ansonsten trocken. In der Nähe gab es nur einen See, in dem man Angeln konnte. Ein schmaler Weg führte von der Straße ab, die zum Berghardt Hof führte. Auf ihr konnte man fast bis zum Weiher fahren und es gab eine kleine Bucht zum Parken.

Stöhnend holte er das schwer Angelzeug aus dem Kofferraum und schleppte es die wenigen Meter bis zum Angelplatz.

Als er alles im Schein einer Stirnlampe aufgebaut hatte, setzte er sich ächzend in den mitgebrachten Anglerstuhl. Daneben stand seine Thermoskanne voll Tee mit Schuss und seine Tasche mit Frühstück. Es konnte losgehen.

Sorgfältig steckte er einen Köderfisch an den Haken und warf die Angel so weit es ging nach draußen. Dann schenkte er sich den Tee ein und wartete.

Er hatte sagenhaftes Glück und noch bevor er die erste Tasse Tee ausgetrunken hatte, zog es an der Schnur. Der Haller Bauer hatte einen dicken Hecht am Haken.

Doch die Angel hatte sich in den Wasserpflanzen verfangen und er musste ins Wasser waten, um sie und den Hecht zu befreien. »So ein Mist. Eine ganz schön rutschige Angelegenheit ist das«, schimpfte er leise.

Er war ein paar Meter vom Ufer entfernt, als er sich nach unten beugte, um die Schnur zu befreien.

Der Bauer war so konzentriert, dass er den Angreifer nicht bemerkte. Der Schlag auf den Kopf kam völlig überraschend und er schaffte es nicht, das Gleichgewicht zu halten, sondern fiel wie ein Sack ins Wasser. Sein Kopf brummte und er schaffte es nicht, sich zu orientieren. Wo war oben?

Strampelnd wollte er sich aufrappeln, aber unerbittliche Hände hielten ihn fest unter Wasser. Der Haller Bauer schlug wild um sich und schaffte es kurz, an die Wasseroberfläche zu kommen.

Als er in der beginnenden Dämmerung sah, wer ihn festhielt, bekam er Panik. Sein Angreifer hatte eine Maske vorm Gesicht. Schwarz mit riesigen, weißen Augen. Der Haller Bauer schnappte verzweifelt nach Luft. Doch ein weiterer Schlag traf ihn und er sank wieder unter Wasser.

Diesmal konnte er sich nicht befreien, egal wie sehr er es trotz der Benommenheit durch die beiden Schläge, versuchte. Die zwei Hände hielten ihn unerbittlich fest und er bekam keinen Halt auf dem rutschigen Untergrund.

Er merkte, wie ihn seine Kräfte verließen und er bald Wasser atmen würde.

Da ließ der Angreifer unvermittelt von ihm ab und als der Haller Bauer mit letzter Kraft nach Luft schnappend an die Oberfläche kam, sah er nur noch einen Schatten, der zwischen den Bäumen verschwand.

Noch immer schwer atmend und vor Benommenheit torkelnd, schleppte sich der Mann ans Ufer und ließ sich dort keuchend auf den Boden fallen.

Doch er war nicht allein! Von hinten nähert sich ein Geräusch. War der Angreifer zurückgekehrt, um sein Werk zu vollenden? Der Haller Bauer wollte sich mit letzter Kraft aufrichten und weglaufen. Doch er schaffte es nicht und Sekunden später spürte er etwas Feuchtes in seinem Gesicht.

Nur mit großer Mühe konnte er Lotti davon abhalten, ihm das ganze Gesicht abzuschlecken. »Pfui Deifl, jetzt hörst du aber auf!«, schimpfte er halbherzig, wovon sich Lotti allerdings nicht stören ließ.

Es verging einige Zeit, bis Lottis Besitzer zwischen den Bäumen auftauchte. Erschrocken registrierte Manfred, dass Lotti einen am Boden liegenden Mann attackierte. Er rannte los und zog seinen Hund von dem Mann herunter. »Lotti komm sofort her. Bist du verrückt geworden? Ich hoffe, sie hat dir nichts getan!« Manfred begann, sich umständlich zu entschuldigen, doch der Haller Bauer ignorierte seine Entschuldigungen.

»Hast du den Mann mit der Maske gesehen? Er ist da rüber gelaufen«, keuchte er und deutete in die Richtung, in der sein Angreifer verschwunden war. »Er wollte mich ersaufen lassen! Der wollte mich ermorden!«

Manfred wurde still, als er begriff, was der Haller Bauer soeben gesagt hatte. Jetzt erst bemerkte er, dass der Mann vor ihm komplett patschnass war »Dich wollte jemand ertränken?«

»Ja, und ich glaube, der hat es nur nicht geschafft, weil dein Hund aufgetaucht ist.«

»Wir müssen sofort die Polizei rufen.« Manfred holte sein Handy aus der Hosentasche …

Einige Zeit später saß der Haller Bauer geduscht und mit trockener Kleidung gemeinsam mit Herrn Klaußen in seinem Wohnzimmer. Seine Kleidung war bereits bei der Spurensicherung und ein Arzt hatte seine Verletzungen an Kopf und Hals begutachtet. Doch gefunden hatte seinen Angreifer niemand.

»Unsere Spurensicherung kann Ihre Geschichte bestätigen. Es sind die Fußspuren des Angreifers entdeckt worden, die sich jedoch auf dem asphaltierten Weg verlieren. Er ist vermutlich mit einem Fahrrad oder etwas Ähnlichem davongefahren. Das müssen wir noch untersuchen. Außerdem haben meine Leute im Gebüsch diese Maske gefunden. Kennen sie die?«

Der Haller Bauer wurde kreidebleich, als ihm der Kommissar auf seinem Handy das Foto der Maske zeigte, die sein Beinahe-Mörder getragen hatte. »Ja, diese Maske hat er getragen«, antwortete er fast tonlos.

»Gut, sie wird gerade mit Hilfe der neusten Technik nach Spuren untersucht. Da werden wir etwas finden. Und auch die Fußspuren können uns helfen. Es scheint, als würde unser Mörder leichtsinnig werden.« Befriedigt machte sich Herr Klaußen ein paar Notizen. »Jetzt aber eine andere Frage. Wer wusste davon, dass sie heute früh zum Angeln fahren wollten?« Klaußen fixierte den Bauern.

»Ja mei, das wussten wahrscheinlich viele. Am Donnerstag war Markt und da habe ich schon mit dem einen oder anderen darüber geredet.«

»Auf diese Weise können wir den Täter also nicht eingrenzen?«

»Nein, ich glaube nicht so richtig. In unserem Dorf weiß immer jeder alles. Da gibt es nicht viele Geheimnisse.«

»Nur wer der Mörder ist, das weiß keiner«, ergänzte Herr Klaußen von oben herab.

Herr Klaußen besprach noch ein paar Formalitäten und dann verabschiedete er sich. »Erholen Sie sich gut und wenn Ihnen noch etwas einfällt, melden Sie sich bitte bei mir.«

Der Kommissar atmete auf, als er das alte Bauernhaus verlassen hatte. In dem stickigen, nach alter Kleidung und Kuhstall riechenden Wohnzimmer hatte er gefühlt kaum Luft bekommen.

Doch er war noch nicht fertig mit den Befragungen. Zu Fuß machte er sich auf den Weg, um die nächste Aussage einzuholen. Konnte es mit rechten Dingen zugehen, dass dieser Manfred ständig auftauchte, wenn ein Unglück passierte? Herr Klaußen beschloss, ihn noch einmal genauer unter die Lupe zu nehmen.

»Guten Tag Herr Kommissar, ich habe schon mit Ihnen

gerechnet. Kommen sie herein.« Manfreds Haare standen wirr von seinem Kopf ab, als er Herrn Klaußen die Tür öffnete und ihn ins Wohnzimmer führte

Nach ein paar einleitenden Worten und nachdem Manfred genau beschrieben hatte, wie er den Haller Bauer gefunden hatte, zeigte Herr Klaußen auch ihm das Foto von der Maske. »Kennen Sie diese Maske?«

»Diese Maske? Ja, das ist meine. Sie hängt bei mir auf der Terrasse unter dem Vordach. Sie ist zwar nicht besonders wertvoll, es ist eine typische Nachbildung für Touristen, aber ich mag sie.«

»Können Sie mir die Maske einmal zeigen?«

»Natürlich, kommen Sie mit.« Manfred führte den Besucher durch die Terrassentür und zeigte auf einen Punkt an der Wand. Überrascht zuckte er zurück.

»Ist sie nicht mehr da?«

»Nein, sie ist weg. Jemand hat sie mir gestohlen. Warum denn das. Die ist nicht viel wert.«

»Wie kann man denn in Ihren Garten kommen?«

»Das ist ganz einfach. Das Schloss an der Gartentür funktioniert nicht mehr und es steht Tag und Nacht offen. Da kann jederzeit jeder rein.« Manfred verzog das Gesicht zu einer bedauernden Grimasse.

»Gut, dann kommen Sie jetzt bitte zurück ins Haus und erzählen mir einmal, was Sie gemacht haben, bevor Ihr Hund den Bauer gefunden hat.«

Verwirrt setzte sich Manfred auf sein Sofa. Er hatte plötzlich das Gefühl, das alles anders lief als geplant. »Ich ging mit meinem Hund spazieren. So wie jeden Morgen.«

»Sie sind also immer schon um sechs Uhr früh unterwegs?«

»Nein, normalerweise nicht, aber ich konnte nicht schlafen,

mich haben ein paar Gedanken gequält. Da Lotti schon munter war, bin ich aufgestanden.«

»Ein paar Gedanken, aha. Sie kommen nicht so gut an im Dorf, nicht wahr?«

»Ganz einfach ist es nicht, nein. Ich befürchte fast, dass mich einige verdächtigen, dass ich den Gashi auf dem Gewissen habe. Dabei kannte ich den vorher gar nicht.«

»So Dorfklatsch kann sich schnell verselbständigen. Trotzdem muss ich Sie fragen, ob jemand Sie bei Ihrem Spaziergang gesehen hat.«

»Mir ist nur Katharina von Berghardt auf dem Fahrrad entgegengekommen.«

»Interessant, wissen Sie, wo sie hingefahren ist?«

»Sie fuhr in Richtung Dorf, aber was sie dort so früh wollte, weiß ich natürlich auch nicht«, antwortete Manfred ein wenig patzig. Im war durchaus bewusst, dass er einer der Hauptverdächtigen war und das passte ihm gar nicht.

Herr Klaußen wusste anscheinend genug und stand auf. »Gut, vielen Dank, dass sie sich die Zeit für mich genommen haben. Ich muss jetzt weiter. Wenn Sie mir noch etwas erzählen wollen, können Sie mir gerne jederzeit anrufen.«

Kommissar Klaußens Gedanken waren bereits ganz woanders. Diese Katharina hatte er bisher nicht auf der Liste der Verdächtigen. Konnte eine junge Frau stark genug sein, um den Haller Bauer unter Wasser zu drücken? Aber es war eine Spur, der er auf jeden Fall nachgehen musste.

Resi hatte den Vormittag damit verbracht, sich an den Gedanken zu gewöhnen, dass ihr jemand etwas antun wollte. Sie war keine ängstliche Frau, aber sie nahm sich vor, in nächster Zeit nur noch bei Tageslicht das Haus zu verlassen.

Am Nachmittag stattete sie dem Supermarkt am Dorfrand einen Besuch ab. Es war der Tag vor Allerheiligen und von den vorherigen Jahren wusste sie, dass an diesem Abend heutzutage Kinder vorbeikamen, um Süßigkeiten zu erbetteln. Früher hätte es so etwas nicht gegeben, aber was sollte man machen. Man musste mit der Zeit gehen.

Auf dem Rückweg machte sie noch einen Abstecher zum Bäcker, um Brot für die zwei aufeinanderfolgenden Feiertage zu kaufen.

Als Resi den Laden betrat, war niemand vor ihr in der Schlange. Doch sie bemerkte überrascht, dass Katherina an einem der Tische saß, die in der einen Hälfte der Bäckerei aufgestellt waren. Sie war in ein Telefongespräch vertieft und schien nichts um sie herum zu bemerken.

»Guten Tag, was darf es sein?« Resis hatte die junge Bäckereiverkäuferin bisher noch nie hier gesehen. Aber das musste nichts bedeuten. Die wechselten gefühlt wöchentlich.

»Viel habt ihr aber nicht mehr.« Resi begutachtete kritisch die Auswahl.

»Ja die Leute kaufen wie verrückt vor dem Feiertag«, antwortete die junge Frau.

»Dann hätte ich gerne das halbe Bauernbrot. Im Ganzen.«

»Gern, kann ich sonst noch etwas für Sie tun?« Resi war angenehm überrascht, wie höflich sie bedient wurde. Das erlebte man heutzutage nur noch selten.

»Wissen Sie was, ich hätte gerne noch eine Tasse Kaffee. Ich war heute schon im Supermarkt und ich bin nicht mehr die Jüngste.«

»Gerne, ich mache Ihnen einen. Mit Milch und Zucker?«

»Ja, mit beidem.«

Resi wartete, bis der Kaffee fertig war und setzte sich dann, ein Stückchen von Katherina entfernt an einen freien Tisch. Außer ihnen beiden war noch eine Mutter mit einem Kleinkind da, hinter deren Rücken sich Resi ganz gut verstecken konnte.

Mit gespitzten Ohren versuchte sie, etwas von Katharinas Gespräch zu verstehen.

»Wann ich zurückkomme? Ich hoffe, bald. Es ist fast alles erledigt, weshalb ich hierhergekommen bin.«

Den nächsten Satz konnte Resi nicht verstehen, da das Kind zu krähen anfing, doch als es einen Bissen Kuchen im Mund hatte, konnte Resi weiterlauschen.

»... er endlich die Blitzberg geheiratet hat, ist der Hof gerettet. Aber keine Ahnung, was meinem Bruder noch so einfällt, der ...«

Der Rest des Satzes ging im Kindergebrüll unter. Die Kleine ließ sich jetzt auch nicht mehr mit Kuchen besänftigen. Katharina trank daraufhin mit einem Zug ihre Tasse leer und verließ mit großen Schritten die Bäckerei.

Resi blieb nachdenklich zurück. Bisher hatte sie nicht gewusst, dass Katharina der Hof so sehr am Herzen lag und dass es ihr so wichtig war, dass ihr Bruder die Blitzbergtochter heiratete.

Für den heutigen Abend hatte Resi ihre Freundinnen Irma und Hilde zum Kartenspielen eingeladen. Bei der Vorstellung, allein zu Hause zu sein, während es ständig klingelte und womöglich verkleidete Kinder oder eben auch der Attentäter um das Haus schlich, war ihr nicht wohl gewesen.

Obwohl sie zu dritt waren und sie es sich mit einer Flasche Wein gemütlich gemacht hatten, konnte Resi nicht entspannen. Jedes Mal, wenn es an der Tür klingelte, zuckte sie zusammen. Und nur wenn sie durch ihr Türfenster erkennen konnte, wer draußen war, öffnete sie.

Ihre Süßigkeiten wurde sie auf diese Weise trotzdem los und als es ab acht Uhr abends ruhiger wurde, da die meisten Kinder bereits im Bett waren, entspannte sich Resi und sie konnte sich ein wenig besser auf das Kartenspiel konzentrieren.

Doch gerade, als sie zwei Kritische beim Watten in ihrem Blatt hatte, klingelte es noch einmal.

Wie jedes Mal begleiteten sie auch diesmal ihre Freundinnen zur Tür. Resi spähte durch das kleine Fenster und erkannte mit Verwunderung, dass Manfred vor der Tür stand.

»Es ist Manfred. Soll ich ihm aufmachen?«, fragte sie flüsternd.

»Wir sind ja zu dritt … und mich würde schon interessieren, was er so spät von dir will.« Hildes Neugier siegte über jede Vorsicht.

Resi öffnete die Tür, blieb aber im Türrahmen stehen und bat Manfred auch nicht ins Haus.

»Guten Abend die Damen, störe ich.« Manfred deutete eine Verbeugung an.

»Nicht direkt, wir sind gerade beim Kartenspielen«, antwortete Resi zögernd.

»Davon will ich euch natürlich nicht abhalten, aber ich würde gerne kurz etwas loswerden.«

Nach einem kurzen Zögern antwortete Resi: »So viel Zeit haben wir, kommen Sie herein.« Sie machte den Türeingang frei und Manfred folgte den dreien ins Wohnzimmer. Dort nahm er auf dem letzten freien Stuhl Platz.

»Also, was würden Sie uns gerne erzählen.« Resi fixierte Manfred neugierig. Er hatte noch nie so spät bei ihr geklingelt und seine Augen, in denen normalerweise der Schalk saß, wirkten ungewöhnlich matt und müde.

Manfred räusperte sich kurz und berichtete den dreien dann, was ihm heute passiert war. »Na ja, und da jetzt natürlich jeder glaubt, dass ich derjenige war, der den Haller Bauer ertränken wollte, habe ich beschlossen, dass ich mein Elternhaus und das Dorf wieder verlassen werde. Ich bin hier einfach nicht willkommen und ich will nicht mein restliches Leben als *der Mörder* abgestempelt sein.«

»Aber Sie haben ihn doch gerettet. Warum sollten Sie ihn erst unter Wasser drücken und dann die Polizei rufen?« Resi schüttelte energisch den Kopf.

»Ich vermute, dass wird niemanden interessieren, du weißt, wie die Leute sind«, meinte Irma düster.

Und aus Hilde platzte es heraus. »Von dem Mordversuch am Haller wusste ich ja noch gar nichts.«

Resi warf ihrer Freundin einen strengen Blick zu. »Manfred, es tut mir wirklich leid, aber in einem Dorf akzeptiert zu werden ist nicht einfach. Vor allem wenn man anders ist als die anderen.«

»Aber ich bin doch gar nicht anders. Die paar Holzmasken können doch kein Problem sein.«

»Nein, die nicht, aber wenn man nicht in die Messe geht und ständig in der Nacht herumschleicht, bringt das die Leute auf Ideen.«

Manfred sah einen Augenblick verwirrt aus. »Ich laufe doch nur wegen dem Hund ständig in der Dämmerung herum. Damit ich nicht allen auf die Nerven gehe mit meiner Lotti, die nicht auf mich hört. Und wenn es so wichtig ist, kann ich schon mal in die Messe gehen, aber ich befürchte, das wird alles nichts mehr bringen.«

»Nein, wir müssen den wirklichen Mörder finden, nur dann wird das Getuschel aufhören.« Resi nickte bekräftigend.

»Aber woher wissen wir, dass er uns nicht einfach ein

wunderschönes Märchen auftischt?«, wandte sich Hilde skeptisch an ihre Freundinnen und schaute Manfred herausfordernd an.

»Wissen tu ich das natürlich nicht. Aber gibt es denn einen Zeugen, dass du gestern Vormittag mit Lotti unterwegs warst?«, fragte Resi.

»Natürlich, da war ich mit dem Lothar Berger und seiner Hündin unterwegs. Lotti muss sich dringend an andere Hunde gewöhnen. Lothar hat mich um halb neun an der Haustüre abgeholt und um halb elf kamen wir zurück.« Lothar Berger war ein harmloser älterer Herr, der eine hübsche Labradorhündin hatte.

»Der Lothar ist ein vertrauenswürdiges Alibi und dann warst du zumindest nicht derjenige, der das Gift für Lilo ausgelegt hast.«

»Natürlich nicht. Und ich habe auch nicht den Haller Bauer ertränkt. Dann wäre ich doch auch patschnass gewesen. Soweit ich das verstanden habe, glaubt mir der Kommissar, aber das wird die Leute hier nicht abhalten, ihre eigene Geschichte zu erfinden.« Manfreds niedergeschlagener Blick berührte etwas in Resi und sie bekam ein schlechtes Gewissen. Sie hatte ihn schließlich auch verdächtigt und das, obwohl alle Beweise dagegensprachen. Sie war kein bisschen besser als die ganzen Ratschtanten.

Mit fester Stimme sagte sie: »Das stimmt leider. Wir müssen unbedingt herausfinden, wer der wahre Schuldige ist. Die Gerüchte im Dorf werden nicht aufhören, solange der frei herumläuft.«

Kapitel 12

Am nächsten Morgen wachte Resi mit Kopfschmerzen auf. Sie hatten noch das eine oder andere Gläschen Obstler getrunken und nachdem Manfred und ihre Freundinnen gegangen waren, hatte sie lange nicht einschlafen können. Als sie irgendwann in einen unruhigen Schlaf gefallen war, hatte sie wirre Dinge geträumt und war bereits früh wach gewesen.

Trotzdem quälte sie sich aus dem Bett und richtete sich für die Allerheiligenmesse her. Das wäre ja noch schöner, dass sie in ihrem Alter plötzlich anfangen würde, wegen einem Kater die Messe zu schwänzen.

Die Kirche war trotz des Angriffs auf den Haller Bauer nicht gut besucht. Das würde bei der Andacht später ganz anders sein.

Die Ringlstatters waren aber da und der Blick auf die gebückte Gestalt des Sepp Ringlstatters bestärkte Resi darin, dieser Familie noch einmal einen Besuch abzustatten. Ihr Gefühl sagte ihr, dass sie da noch etwas herausfinden würde, wenn sie nur tief genug bohrte.

Auf dem Heimweg geriet Resi in die Fänge der Weberin.

Aufgeregt winkte sie die alte Frau zu sich her: »Hast du es schon gehört? Dein neuer Nachbar wollte einen Ritualmord begehen. Mit Maske und allem Drum und Dran. Wenn ihn sein eigener Hund nicht gestört hätte, wäre der alte Haller jetzt auch hinüber.«

»Du, ich habe da etwas ganz anderes gehört! Der Manfred hat dem Haller Bauer das Leben gerettet und auch die Polizei denkt nicht, dass Manfred der Täter war.«

»Ach die Polizisten, das sind auch nur Menschen. Denen wird er schon eine passende Geschichte erzählt haben«, winkte die alte Frau ab.

Da Resi heute überhaupt keine Nerven für den Blödsinn der alten Nachbarin hatte, beließ sie es dabei. »Ich habe heute leider gar nicht viel Zeit«, wimmelte sie die Weberin ab und eilte über die Straße zu ihrem Haus.

»Die macht sich aber wichtig heute. Was wird sie schon groß zu tun haben«, brummte die Alte unzufrieden, doch da erspähte sie ihr nächstes Opfer in Form von Effi Hiendl und Resi war vergessen.

Wie erwartet war die Kirche zur Allerheiligenandacht um zwei Uhr gesteckt voll. Von überall her waren Verwandte gekommen, um den Toten am Grab die Ehre zu erweisen. Ein paar wenige Gottesdienstbesucher mussten sogar hinten an der Wand stehen.

Da Resis verstorbener Mann keine lebenden Verwandten mehr hatte, war sie allein. Wohlweislich war sie rechtzeitig losgegangen und hatte einen guten Sitzplatz ergattert. Er war hinten an der Seite und von ihm aus hatte man einen guten Überblick über die anwesenden Kirchenbesucher.

Sowohl bei Hilde als auch bei Irma war Verwandtschaft

gekommen und Resi freute sich schon darauf, nachher ein paar Worte mit den Besuchern zu wechseln.

Die Berghardts waren heute vollständig. Außerdem war der Bruder vom Friedrich gekommen. Er sah von hinten fast genauso aus, nur dass er noch ein paar Kilo mehr auf den Rippen hatte.

Dem alten Berghardt sah man an, dass er Probleme mit der Verdauung hatte. Er war blass und Resi schätzte, dass er schon ein paar Kilo abgenommen hatte. »Ich fresse einen Besen, wenn bei dem gesundheitlich alles in Ordnung ist«, murmelte sie fast tonlos.

Resi besah sich die anderen Kirchenbesucher. Wer war der Täter? Wie von selbst landete ihr Blick wieder bei den Berghardts. Zu oft tauchte dieser Name in Verbindung mit den Morden auf. Resi glaubte nicht mehr an pures Pech und in ihr reifte eine Hypothese, wer der Mörder war. Sie brauchte nur endgültig Gewissheit.

Die Andacht zog sich und Resi versuchte, sich ihre Ungeduld nicht anmerken zu lassen. Sie hatte heute keine Muße, den Worten des Pfarrers mit der angemessenen Andacht zu lauschen.

Nach dem Schlusssegen ging Resi als eine der ersten aus dem Gotteshaus und ging zum Grab. Auch die anderen Gläubigen versammelten sich bei den Familiengräbern, um für die Verstorbenen zu beten.

Als Resi bemerkte, dass Hilde sich anschickte, mit der Verwandtschaft das Grab zu verlassen, spritzte auch sie Weihwasser aus dem Wasserbehälter auf die dunkle Erde und folgte ihrer Freundin.

Auf dem Weg zum Ausgang musste sie am Familiengrab der Berghardts vorbei. Ein über zwei Meter hoher Grabstein aus weißem Marmor zierte das Grab und Resi registrierte, dass Marianne und die Verwandtschaft zahlreiche teure Gestecke auf die schwarze Erde gestellt hatten.

Die Familie Berghardt stand noch gesammelt im Halbkreis mit gefalteten Händen um das Grab, die Köpfe zum stillen Gebet gebeugt.

Nur Marianne sah kurz auf und grüßte Resi nickend, die ihrerseits den kurzen Gruß erwiderte. Dann blickte Resi erneut demütig auf den Boden, wie es sich auf dem Friedhof schickte.

Ihr Blick fiel auf etwas, das sich dunkel vom grauen Kies des Friedhofs abhob. Ein Stück neben den schwarzen Stiefeln des alten Frieder lag ein schwarzes, geflochtenes Lederarmband.

Resi bückte sich und hob es auf. Der silberne Verschluss hatte die Form eines Keilerkopfes. Versunken betrachtete sie das Schmuckstück. Sie war sich sicher, dass sie dieses Armband schon einmal gesehen hatte. Sie konnte sich gerade nur nicht erinnern, wo.

»Gehört das euch?«, flüsterte Resi und streckte das Armband dem Frieder entgegen.

»Ja, das ist unseres!« Friedrich von Berghardt entriss Resi das Armband, steckte es in seine Manteltasche und vertiefte sich dann scheinbar wieder ins Gebet.

Resi schüttelte innerlich den Kopf. Ein *Danke* wäre höflich und angebracht gewesen, aber Friedrich sah wirklich krank aus und vermutlich hatte er Schmerzen. Da wollte sie ihm sein Benehmen mal nicht übelnehmen.

Sie setzte ihren Weg fort und traf auf dem Kirchplatz auf Hilde und Irma. Sie ratschte ein wenig mit der Verwandtschaft der beiden Freundinnen und ging dann allein nach Hause.

Lilo, der es wieder prächtig ging, wartete bereits auf sie und Resi war froh, dass sie auf dem Sofa in Ruhe ihren

Gedanken nachhängen konnte.

Da Allerheiligen dieses Jahr auf einen Samstag gefallen war, war bereits am darauffolgenden Tag der nächste Kirchbesuch fällig. Für Resi war das kein Grund, um zu schwänzen.

Sie zog ihre extrawarme Strickweste unter den Mantel und so ausgerüstet machte sie sich auf den Weg.

Als sie an Manfreds Haus vorbeiging, öffnete sich mit Schwung dessen Haustür und heraus kam Manfred, der mit großen Schritten auf Resi zustürmte.

»Guten Morgen Resi, warte doch bitte auf mich.«

»Guten Morgen Manfred, hast du mich erschreckt! Was gibt es denn so Dringendes, dass du früh am Morgen aus dem Haus rennst? Ich habe gerade nicht viel Zeit, ich muss zur Messe. Wenn ich zu spät komme, sind die besten Plätze schon weg.«

»Das habe ich gehofft, also dass du zur Messe gehst. Ich habe mir deinen Vorwurf nämlich zu Herzen genommen und beschlossen, mich mehr in das Dorf zu integrieren. Der sonntägliche Kirchgang ist mein Anfang.«

Resi versuchte, ihre Überraschung zu verbergen. »Heißt es, dass du es doch noch einmal mit uns Hirlangern versuchen willst?« Obwohl sie war sich nicht sicher, was sie von Manfreds Plan halten sollte, regte sich ein klein wenig Freude in ihrem Inneren. Und er sah sie so hoffnungsfroh an, dass sie seinen Plan als positiven Schritt in die richtige Richtung interpretierte.

»Ja, das heißt es. Ich habe überreagiert. So leicht gebe ich nicht auf. Das wäre ja noch schöner.« Voller Tatendrang strahlte Manfred sie an.

Resi lächelte verhalten zurück. »Warst du denn schon einmal in einer katholischen Messe?«

»Na hör mal, ich habe jahrelang in Afrika gelebt. Da war ich manchmal mehrmals die Woche.«

»Sehr gut, es gibt nämlich nichts schlimmeres, als Messebesucher, die nicht laut mitbeten und mitsingen können. Daran erkennt man die Feiertagskirchengänger.«

»Eine ganz verwerfliche Spezies!« Manfred blickte derart entrüstet, dass Resi schmunzeln musste. Doch dann wies sie ihn zurecht. »Mach dich nicht über den Kirchgang lustig!«

»Das würde ich niemals machen. In Uganda war mein bester Freund der dortige Pfarrer. Von ihm habe ich viel über den Glauben gelernt.«

Manfred erzählte Resi detailgetreu, an welchen Messen er bereits teilgenommen hatte und Resi war froh, als sie endlich vor dem Gotteshaus ankamen.

»Du musst dich nach rechts setzten. In den letzten beiden Reihen links hinten sitzen die Frauen«, instruierte sie ihn, als er ihr in den Stuhl folgen wollte.

Ohne eine Gemütsregung erkennen zu lassen, drehte sich Manfred nach rechts und nahm neben einem bestimmt bereits neunzigjährigen Mann Platz, der sofort ein Stückchen von ihm abrückte.

Obwohl Resi auf der anderen Seite des Kirchgangs saß, konnte sie die ganze Messe über Manfreds klare Stimme hören, der bei jedem Gebet und jedem Lied laut und deutlich mitmachte.

Resi musste innerlich schmunzeln. Man konnte nicht sagen, dass er sich ihren Rat nicht zu Herzen genommen hatte.

Ansonsten plätscherte der Sonntag nur vor sich hin und Resi war froh als der Tag rum war. Am Montag konnte sie endlich wieder aktiv werden. Bereits um die Mittagszeit machte sie sich auf den Weg zum Ringlstatter Hof, da sie hoffte, den Sepp in seiner Mittagspause zu erwischen.

Der Hof sah genauso aufgeräumt und ordentlich aus wie immer. Das passte zu dieser Familie. Sie wollten nicht, dass jemand über sie zu reden anfing. Mit einem Seufzen klingelte Resi.

Nach einer Weile hörte sie schlurfende Schritte und die Tür wurde langsam geöffnet.

Resi erschrak, als das verhärmte Gesicht des Hausbesitzers im Türspalt sah. Sepp Ringlstatter war in den letzten Tagen um Jahrzehnte gealtert.

»Ah, du bist es Resi. Willst du zu Gerda? Die hast du grad verpasst. Susanne hat nur einen halben Tag Dienst und Gerda holt sie von der Arbeit ab, weil sie danach noch einkaufen gehen wollen.

»Guten Mittag Sepp, nein, ich will zu dir. Passt es gerade? Ich weiß nicht, ob es dir die Gerda erzählt hat, aber ich finde deine geschnitzten Katzenfiguren so nett und da wollte ich dich fragen, ob du eine für mich machen kannst.«

»Eine Katzenfigur?« Sepp klang seltsam abwesend. »Ich weiß nicht recht, ob ich dafür zur Zeit die Nerven habe. Vielleicht kommst du in ein paar Wochen wieder«, versuchte er die Besucherin abzuwimmeln.

»Das kann ich schon machen, aber lass dir mal zeigen, was ich mir vorgestellt habe. Ich habe sogar extra ein Foto von meiner Lilo dabei.« Resi schob sich ungefragt an Sepp vorbei und ging ihm voraus ins Ringlstattersche Wohnzimmer.

Sepp war der energischen alten Dame nicht gewachsen und trottete ein wenig hilflos hinter ihr her.

»Da schau her. So eine Skulptur hätte ich gerne.« Resi kramte umständlich in ihrer Handtasche und brachte schließlich ein Foto von Lilo zutage. Darauf saß die Katze im Gras saß und schaute mit großen Augen in die Kamera.

Sepp warf nur einen flüchtigen Blick auf das Bild und meinte »Mmh, ja, das könnte ich schon machen, aber wie gesagt, zurzeit ist es wirklich schlecht bei mir.«

»Ist es wegen der Susanne? Weil ihr von so einem Verbrecher was angetan worden ist?« Resi hoffte, durch ihre Offensive den Mann aus der Reserve zu locken.

Ein Ruck ging durch Manfred und er fragte scharf: »Woher weißt du das?«

»Das hat mir die Susanne selbst erzählt.«

»Was weißt du noch? Hat sie dir den Namen genannt?«

»Nein, das hat sie nicht. Davor hatte sie viel zu viel Angst. Hat sie ihn dir verraten?«

»Ja, uns hat sie ihn gesagt. Aber wir mussten ihr versprechen, es niemandem zu erzählen. Sie hat so viel Angst vor diesem Kerl. Er hat ihr gedroht.« Die Augen von Sepp Ringlstatter wurden feucht und seine Beine sackten ihm weg. Kraftlos setzte er sich auf einen der Couchsessel.

»Das arme, arme Mädchen. Schaust du deshalb so schlecht aus? Ich habe mich direkt erschrocken, als ich dich heute gesehen habe.« Resis Herz krampfte sich vor Mitleid zusammen. Was musste diese herzensgute Familie leiden.

»Nein, nicht nur deshalb, aber ich kann das niemandem erzählen. Das ist so schrecklich.« Sepp schlug die Hände vor sein Gesicht.

»Manchmal tut es gut, wenn man sich den Schmerz von der Seele reden kann. Ich werde niemandem etwas erzählen. Das weißt du!«

Als der Sepp die Hände von den Augen nahm, sah sie ihn mit gütigen Augen auffordernd an.

Der Ausdruck auf Sepps Gesicht änderte sich von verzweifelt zu resigniert und er meinte: »Vermutlich hast du recht. So ist das auch kein Leben mehr. Mir ist nicht mehr zu helfen. Das, was du jetzt hörst, wird dir nicht gefallen. Aber ich kann nicht mehr so weiterleben.«

Sepp machte eine kurze Pause und setzte sich aufrecht hin. Dann sprach er mit ruhiger Stimme weiter: »Ich habe den Gashi erschlagen. Ich wollte nicht ihn erwischen, aber ich dachte, es ist der, der meiner Susanne das angetan hat! Doch ich Depp habe ihn verwechselt. Und jetzt habe ich den falschen umgebracht. Ich habe einen unschuldigen Menschen umgebracht.« Tränen rannten über die vom Kummer gezeichneten Wagen.

»Nein, das hast du nicht.« Resi tätschelte dem Mann beruhigend den Unterarm.

»Doch, das musst du mir glauben! Ich habe dem Gashi einen Eisstock auf den Kopf gehauen. Normalerweise war er doch mit seinem hässlichen grünen Fahrrad unterwegs, aber dieses eine Mal nicht und da habe ich ihn verwechselt.«

»Das kann schon sein, aber der Gashi ist nicht durch den Schlag gestorben.«

»Doch, das ist er.« Sepp ließ sich nicht beruhigen.

»Nein, er war nur bewusstlos und er wäre auch wieder wach und gesund geworden. Aber jemand hat ihn bewusstlos in eine Wasserpfütze gezogen und dort ist er ertrunken.«

Ungläubig starrte Sepp Ringlstatter sein Gegenüber an. »Das ist nicht wahr!«

»Doch, das wurde von der Polizei herausgefunden. Das ist eindeutig bewiesen. Die haben da ja heutzutage ganz andere Methoden als früher.«

Der Sepp schien immer noch nicht glauben zu können, was er soeben erfahren hatte. »Aber … aber, dann habe ich den

Gashi gar nicht umgebracht.«

»Nein, hast du nicht. Das war höchstwahrscheinlich Körperverletzung, aber definitiv kein Mord.«

Sepps Gesichtsausdruck veränderte sich. »Resi, du kannst dir nicht vorstellen, welche Last du soeben von meiner Seele nimmst. Ich konnte nicht mehr … ich wollte mir schon selbst das Leben nehmen, aber das hätte ich Susanne nicht antun können. Sie muss genug leiden.«

»Da bin ich froh, dass du noch so viel Vernunft hattest. Ihr müsst jetzt als Familie zusammenhalten Die Susanne muss unbedingt in Behandlung. Ich war Krankenschwester. Da gibt es Hilfe, Psychologen. Lasst das arme Mädel nicht so leiden.«

»Wir geben unser Bestes, ihr zu helfen, aber es ist nicht leicht. Die ganzen Hilfestellen haben Wartezeiten oder gar nichts mehr frei.«

»Ich kenne da einen wirklich guten Psychologen aus meiner Krankenhauszeit. Vielleicht praktiziert er noch. Den rufe ich nachher gleich an.«

»Danke Resi!« Sepp Ringlstatter sah erschöpft aus und man konnte erahnen, welche große Last gerade von ihm abgefallen war.

»Aber du wirst der Polizei die Wahrheit sagen müssen. Dann ist zumindest dieses Verbrechen aufgeklärt.«

»Ja, das werde ich machen. Gleich heute Nachmittag.« Sepp spannte unwillkürlich die Schultern.

»Das ist gut … und dann muss nur noch geklärt werden, wer die Morde begangen hat.« Resi seufzte. »Ich will endlich wieder ohne Angst in der Nacht das Haus verlassen können.«

»Hat die Polizei keinen Verdacht?«

»Die haben bestimmt einen, aber ich weiß davon nichts und ich befürchte, dass sie vielleicht den Falschen erwischen. Es gibt so viele Indizien und mögliche Täter.« Resi sah bekümmert aus. Jetzt hatte sie zwar einen kleinen Teil des Puzzles gelöst, aber wer der Mörder war, wusste sie noch immer nicht.

Als sie kurze Zeit später nach Hause kam, wartete dort bereits jemand auf sie. Christine Neuer, die Mutter von Wastl saß wie ein Häufchen Elend auf den Stufen vor der Haustüre. Resi erschrak, als sie deren verweinte Augen bemerkte.

»Christine, was ist denn mit Ihnen los. Stehen Sie doch auf. Die Stufen sind eiskalt. So holen Sie sich doch den Tod. Kommen Sie herein.«

Christine folgte Resi ins Wohnzimmer. »Jetzt erzählen Sie doch … ist etwas passiert?«

»Mein Wastl ist verschwunden.«

»Was meinen Sie mit verschwunden?«

»Er ist seit gestern nicht mehr erreichbar. Nachmittags haben wir erst noch miteinander Kaffee getrunken und einen von den übrig gebliebenen Kuchen der Bäckerei gegessen. Danach ist er in seinem Zimmer verschwunden. Aber da war er nicht lang. Er ist herausgestürmt und meinte, dass er jetzt weiß, wer die Jelena umgebracht hat und dass diese Person es büßen wird.«

»Mehr hat er nicht gesagt? Wen hat er denn gemeint? Wo wollte er denn hin?« Resi verstand nun sehr gut, warum Christine so aufgelöst war.

»Nichts, er hat nichts gesagt, sondern ist einfach abgedampft! Aber er ist gestern nicht mehr nach Hause gekommen und jetzt habe ich Angst, dass der Mörder meinen Wastl auch …!« Christine konnte nicht weiterreden und fing hemmungslos zu weinen an.

»Jetzt mal den Teufel nicht gleich an die Wand. Vielleicht

hat er sich ja getäuscht und er hatte einen falschen Verdacht. Und wegen der Enttäuschung ist er dann einfach mit seinen Freunden wohin gefahren.«

»Sein Handy ist aber aus. Das ist nie aus, niemals. Ich bin mir sicher, dass ihm etwas zugestoßen ist.«

»Dann müssen Sie zur Polizei gehen.«

»Zur Polizei? Die glauben mir sowieso nicht. Die verdächtigen ja den Wastl. Können Sie mir nicht helfen?«

»Ich kann da nichts machen. Und wenn Sie recht haben, zählt vielleicht jede Minute. Ich rufe jetzt den Klaußen an. Der hat mir seine Nummer gegeben, falls nochmal etwas sein sollte.« Resi verstand nicht, wie man so unvernünftig sein konnte. Wenn das ihr Sohn wäre, hätte sie beim ersten Verdacht die Polizei kontaktiert.

Kurzentschlossen holte sie ihr Telefonbuch heraus, in das sie den Zettel mit Klaußens Nummer gesteckt hatte. Kurze Zeit später hatte sie den Kommissar am Apparat und sie erzählte ihm, was Wastl gesagt hatte.

Kommissar Klaußen klingelte bereits kurze Zeit später bei Resi an der Tür und ließ sich den Sachverhalt genau erläutern.

»Sie sagten, dass er gestern Abend zum mutmaßlichen Mörder wollte, und seitdem haben Sie nichts mehr von ihm gehört. So ein Mist, dass sein Handy aus ist. Da wird es schwierig mit der Ortung.« Der Kommissar war ungewohnt unruhig.

»Können Sie es bitte noch einmal bei ihm probieren? Vielleicht hatte er das Handy nur über Nacht ausgemacht?« Kommissar Klaußen fühlte sich gerade gar nicht gut. Ein dritter Mord wäre eine Katastrophe.

»Ich habe es schon ganz oft bei ihm probiert. Ich kann es Ihnen gerne beweisen.« Christine holte ihr Handy heraus und suchte die Nummer ihres Sohnes und rief ihn an. Resi hielt unwillkürlich den Atem an.

In der Stille des Wohnzimmers war deutlich das Freizeichen zu hören, dann wurde abgenommen und eine männliche Stimme fragte so laut, dass es auch Herr Klaußen und Resi verstehen konnten: »Was ist los Mama?«

»Wastl! Du lebst! Ich habe mir solche Sorgen gemacht. Wo bist du?«

»Ich bin bei einem Kumpel in Birlach und chille ein wenig.«

»Was machst du in Birlach? Du musst heute doch arbeiten!«

»Nein, ich habe mir frei genommen. Ich musste ein wenig den Kopf freibekommen.«

»Ich dachte, du wolltest den Mörder fangen?« Christine wirkte verwirrt.

»Ich? Nein, da hatte ich nur eine spontane Idee, die war aber Blödsinn. Da habe ich mir nur was eingebildet. Deshalb brauchte ich ein wenig Ruhe. Ich dreh noch völlig durch mit dem ganzen Schmarrn.«

»Mensch Wastl, du hast keine Ahnung, wie viel Angst ich um dich hatte. Wann kommst du denn dann wieder nach Hause?«

»Heute Abend irgendwann. Morgen muss ich ja wieder auf den Bauhof. Bis später, Mama.« Ohne die Verabschiedung von Christine abzuwarten, legte Wastl auf.

Herr Klaußen, der alles mit angehört hatte, wandte sich Christine zu. »Na, dann ist alles wieder gut, nicht wahr?«, fragte er gönnerhaft. Obwohl er froh war, dass es keine dritte Leiche gab, ärgerte er sich ein wenig, dass er umsonst den Weg nach Hirlangen gefahren war.

»Ich … ich weiß nicht«, stotterte Christine. Sie wusste nicht, was sie von der ganzen Sache halten sollte. Es passte nicht zu ihrem Sohn, dass er erst etwas behauptete, dann das Handy ausmachte und jetzt plötzlich so tat, als sei nichts gewesen. Aber egal, Hauptsache es ging ihm gut.

Herr Klaußen schlug sich mit beiden Händen auf die Oberschenkel. »So, dann mache ich mich auf den Rückweg. Es gibt viel zu tun. Sie wissen ja, ich muss einen Mörder fangen.« Er nahm sich vor, das nächste Mal, nicht sofort anzurücken, wenn diese alte Dame etwas von ihm wollte. Mit Dorfklatsch, aufmüpfigen Söhnen und seltsamen Andeutungen löste man keine Fälle.

Christine folgte Herrn Klaußen nach draußen. Sie bedankte sich noch überschwänglich bei Resi und man konnte ihr ansehen, wie erleichtert sie war, dass es ihrem Sohn gut ging.

Sobald sie wieder alleine war, kochte sich Resi eine Tasse Kaffee. Dann setzte sie sich auf das Sofa im Wohnzimmer und dachte nach.

Wastls Verhalten machte ihrer Meinung nach keinen Sinn. Man plant nicht, einen Mörder zu stellen und dann fährt man in die Stadt und trinkt ein paar Bierchen mit seinen Freunden. Resi spürte, dass dazwischen noch etwas passiert war, über das der Wastl mit seiner Mutter nicht hatte reden wollen.

Sie griff zu ihrer Zusammenfassung der Fakten zu den Verbrechen.

Mit einem Stirnrunzeln ergänzte sie den Mordversuch am Haller Bauer. Warum war der plötzlich ins Visier des Mörders geraten?

Da fiel ihr ein, dass Herr Klaußen vielleicht noch gar nicht wusste, dass der Sepp Ringlstatter für den ersten Angriff auf den Gashi verantwortlich gewesen war. Hätte sie ihm das sagen müssen?

Resi beschloss, dass es gegenüber Sepp gemein gewesen wäre, wenn sie ihn einfach so ohne Vorwahrung verraten hätte.

Und sie kannte den Mann gut genug, um zu wissen, dass er sich so bald wie möglich der Polizei stellen würde.

Resi seufzte und las noch einmal ihre Aufzeichnungen durch.

Die Verbrechen standen alle in Verbindung mit dem Berghardthof. Alle Opfer hatten etwas mit diesem Hof und deren Bewohner zu tun.

Resi las die Stichpunkte immer und immer wieder durch und ergänzte hier und da ein paar Worte. In ihrem Kopf wirbelten die Gedanken durcheinander. Es gab tatsächlich eine Person auf dem Berghardthof, auf die alle Tatsachen passsten Doch es fehlte ihr die letzte Gewissheit und Resi wusste, dass sie auf den Hof musste, um das fehlende Puzzleteil zu finden. Und es gab auch noch etwas anderes, das sie dringend mit Marianne besprechen musste …

Mit einem entschlossenen Zug um den Mund legte sie die Unterlagen weg und beschloss, Marianne morgen noch einmal einen Besuch abzustatten. Warnung hin oder her.

Resi hatte auch schon eine Idee, welcher Grund unverfänglich genug wäre, um ihr Erscheinen auf dem Hof nicht mit den Morden in Verbindung zu bringen. Die Adventszeit stand vor der Tür und da musste noch einiges für den Weihnachtsbasar organisiert werden.

Kapitel 13

Resi hatte sich für den Vormittag telefonisch bei Marianne angekündigt und dann einen Spaziergang zum Hof gemacht.

Nach dem Gang durch den dichten Nebel wärmte sie sich dankbar an einer Tasse Schwarztee auf, die Marianne im Wohnzimmer für sie bereitgestellt hatte.

Im Gegensatz zu den letzten Malen, als Resi sie gesehen hatte, sah ihre Gastgeberin ungewohnt vital und fast zufrieden aus.

»Gut, dass du es dir so spontan einrichten konntest. Ich wollte heute Abend beim Frauenbund mit der Planung für den Adventsbasar anfangen und da wollte ich natürlich zuerst mit dir sprechen. Du weißt, dass ich normalerweise nicht so kurzfristig anfrage, aber da war so viel los im Dorf, da habe ich das glatt vergessen«, begann Resi das Gespräch.

»Natürlich, das weiß ich doch. Die letzten Tage waren für uns alle aufregend. Und wir haben immer noch genügend Zeit für die Planung. Wenn es für dich passt, würde ich den Adventsbasar wie die letzten Jahre hier bei uns organisieren.«

»Das heißt, wir können wieder bei euch auf dem Hof

aufbauen? Das wäre wunderbar. Ich war mir nicht sicher, ob dir das nach dem ganzen Unglück, das euren Hof getroffen hat, überhaupt recht ist. Und dann musst du ja auch noch eine Hochzeit ausrichten.«

»Die Hochzeit ist erst im Frühjahr und damit habe ich nicht viel zu tun. Das machen die Blitzbergs. Und wegen der Todesfälle musst du dir keine Gedanken machen. Ich bin froh, wenn alles endlich wieder seinen normalen Gang geht und wir dieses unselige Kapitel vergessen können.« Ein seltsamer Ausdruck trat in ihr Gesicht. Marianne hatte offensichtlich Angst, große Angst. Doch der Moment dauerte nur einen Bruchteil einer Sekunde, danach hatte sie sich wieder im Griff.

»Hoffentlich erwischen sie den Täter bald. Dann wäre endlich Ruhe und Frieden im Dorf.«

Marianne ignorierte Resis letzten Satz und entgegnete: »Ich hätte, wie letztes Jahr, zwei Hütten für die Sachen zum Verkaufen und eine für Glühwein und Plätzchen aufgestellt. Hoffentlich backen die Landfrauen noch einmal so viel. Da ist ganz schön was zusammengekommen.«

»Ja, das dürfte passen. Ich muss dann noch die Musik organisieren. Der Kirchenchor kann wieder am Freitagabend singen und für den Samstag frage ich beim Hoagartn nach. Hast du sonst noch eine Idee, was wir machen könnten? Irgendeine zusätzliche Attraktion? Ich war mal auf einem Christkindlesmarkt, da gab es einen Schmied, der wie früher ein Schwert geschmiedet hat. Das war ziemlich beeindruckend.«

»Also so spontan fällt mir da nichts ein, aber vielleicht hat eine von den anderen Frauen eine gute Idee. Ich kümmere mich dann auch um die Deko und die Tannenzweige. Da soll mir der Frieder was aus dem Wald mitbringen.« Marianne klang ein wenig wie früher.

»Sehr gut. Ich glaube, wir müssen dieses Jahr auch neue Christbaumkugeln kaufen. Es sind einige zu Bruch gegangen, als der Baum beim Abbau umgestürzt ist. Zum Glück ist unsere Kasse gut gefüllt. Da können wir schon etwas besorgen. Heute Abend frage ich gleich ab, wer welche Sachen zum Verkauf beisteuern will. Ich würde wieder diese hübschen goldenen Häkelsterne machen. Die sind ganz gut weggegangen letztes Jahr. Da weiß ich jetzt auch, was ich die nächsten Abende mache. Ein wenig Zeit habe ich zum Glück noch, bis sie gebraucht werden.«

»Weihnachten kommt immer schneller als man denkt. Gut, dass du jetzt schon mit der Planung anfängst. Die Zeit verrinnt einfach … die Kinder werden zu Erwachsenen und wir werden alt.« Marianne betrachtete nachdenklich ihre schlanken Hände.

Resi sah sie prüfend an, bevor sie sich an das Thema heranwagte, weswegen sie wirklich hier war.

»Heute ist es ganz ruhig bei euch. Ist die Katharina überhaupt noch zu Besuch? Diesmal ist sie aber schon lange auf dem Hof«, fragte sie mit sanfter, unbedarfter Stimme.

»Katharina ist noch da, aber sie wird nicht mehr lange bleiben können. Die Arbeit ruft.«

»Sie war schon früher so pflichtbewusst. Schön, dass sie es sich so lange einrichten konnte. Euer Hof ist aber auch etwas Besonderes. Da steckt so viel Geschichte drin. Er liegt ihr wahrscheinlich genauso am Herzen wie ihren Brüdern.«

»Der Hof? Ich denke schon, dass ihr der wichtig ist, aber deshalb war sie nicht da.«

»So habe ich das auch nicht gemeint. Ich habe ja mitbekommen, wie gut sie sich um dich gekümmert hat, als das mit dem Gashi passiert ist. Was halten denn deine beiden Buben von der ganzen Sache?«

Marianne sah geistesabwesend aus dem Fenster. »Die gehen beide unterschiedlich damit um. Julius tut, als ob nichts Schlimmes passiert wäre und arbeitet einfach weiter. Henrick ist viel draußen in der Natur und macht zur Ablenkung lange Wanderungen. Er war schon immer der sensiblere.«

»So ein Drama verarbeitet jeder unterschiedlich. Wo sind denn eigentlich alle?«

»Katharina müsste bald wieder da sein. Sie kauft fast jeden Tag frische Sachen zum Essen. Die isst ganz gesund und mag es nicht, wenn das Gemüse zu lange im Kühlschrank lagert.«

»Aha, und der Julius und der Henrick? Auf dem Hof ist zur Zeit wahrscheinlich gar nicht so viel zu tun, oder?«

»Der Julius ist raus aufs Feld gefahren. Die Zuckerrüben werden heute abgeholt und da wollte er kontrollieren, ob alles passt. Er ist so engagiert, seitdem der Gashi nicht mehr da ist. Er war sowieso auf Stellensuche. Das ist heutzutage gar nicht so einfach, etwas Geeignetes zu finden, wenn man eine Ausbildung in der Landwirtschaft gemacht hat.«

»Julius ist bestimmt eine große Hilfe. Schon schade, dass er den Hof nicht erbt. Er scheint eine rechte Freude an der Arbeit zu haben.«

»So ist das halt auf den Höfen. Der ältere erbt«, wiegelt Marianne das Thema an. Es war ihr sichtlich unangenehm.

Doch Resi ließ nicht locker. »Und gemeinsam wollen sie den Hof nicht bewirtschaften? Das würde doch gut passen. Aber wahrscheinlich wäre das nicht einfach, wenn dann der Henrick der Chef wäre.«

»Grundsätzlich würden sich die beiden schon gut ergänzen. Henrick hat ein Gespür fürs Geschäftliche und Julius das Händchen für die Hofarbeit. Aber wie du sagst, so eine Bruderkonstellation funktioniert nicht immer und es kann schnell zu Unfrieden und Streit kommen.«

»Und Streit in der Familie führt selten zu was Gutem.« Resi nickte bestätigend. »Haben eigentlich die Streiche, die Henrick gespielt worden sind, wieder aufgehört? Eine seltsame Sache ist das.«

Mariannes Gesichtsausdruck zeigte, dass sie keine Ahnung hatte, wovon Resis sprach.

»Welche Streiche? Davon weiß ich gar nichts.«

»Nicht, dann habe ich da vermutlich etwas falsch verstanden. Ist auch nicht so wichtig. Hauptsache ist, dass es allen gut geht und sie gesund sind. Wie geht es denn dem Frieder? Ist der auch bei den Zuckerrüben?«

»Nein, der liegt oben im Bett. Frieder geht es in letzter Zeit nicht so gut. Ihm ist oft übel und er hat Atemnot. Und jetzt hat er sich auch noch eine Erkältung eingefangen. Ich weiß auch nicht, wo er sich die geholt hat. Er meinte, dass er sich bei der Arbeit nasse Füße geholt hat.«

»Nasse Füße, so so.« Resi wackelte etwas unbestimmt mit dem Kopf. »Frieder hat mir letztens schon erzählt, dass er Beschwerden hat. Er hat bei mir über Durchfall geklagt. Und er meinte, dass er auch noch Sehstörungen und Herzklopfen hat. Für mich als pensionierte Krankenschwester klingt das fast nach einer Vergiftung oder hast du eine andere Erklärung? Was sagt denn der Arzt?« Resi sah Marianne nicht an, als sie das sagte.

»Nein, ich kann mir das nicht erklären und der Arzt konnte nichts finden«, flüsterte Marianne als Antwort und ihr ganzer Körper wurde steif.

»Dann ist es ja gut. Ich hatte als Krankenschwester manchmal Fälle mit ähnlichen Symptomen, und zwar vor allem bei Kindern. Das waren alles Vergiftungen. Die haben mit den hübschen Blüten des Eisenhuts gespielt. Eine ganz tückische

Pflanze. Aber das ist bei Friedrich ja eher unwahrscheinlich. Wie ich letztens bemerkt habe, hast du deinen Eisenhut sogar schon vorsorglich ausgegraben. Eigentlich schade, wo der doch so gut geblüht hat. Doch in der Beziehung kann man nicht vorsichtig genug sein. Wusstest du, dass in der Antike aus den Knollen tödliches Pulver hergestellt wurde? Das ist eine sehr gefährliche Pflanze.«

Mariannes Gesicht war kreidebleich geworden und ihre Finger waren krampfhaft ineinander geschlungen. »Ja, mit Giftpflanzen ist nicht zu spaßen. Davor wurden wir schon im Studium gewarnt. Ich achte drauf, dass bei uns in der Familie da keiner versehentlich etwas erwischt. Oftmals kommt es da schließlich zu Verwechslungen mit essbaren Kräutern.«

»Ich hätte auch nichts anderes von dir erwartet. Die Familie geht vor. Aber mal was ganz anderes. War bei euch an Halloween eigentlich auch so viel los. Bei mir hat es alle paar Minuten geklingelt. Oder trauen sich die Kinder nicht, den einsamen Weg zu euch zu gehen?«

Marianne hatte einen großen Schluck Tee genommen und hüstelte mehrmals, bevor sie sich wieder so weit unter Kontrolle hatte, dass sie Resi antworten konnte.

»Nein, da kam gar niemand. Das war aber auch gut so. Der Frieder und ich sind schon früh ins Bett. Er steht jeden Tag um fünf auf und das kann er sich auch am Feiertag nicht abgewöhnen.«

»Aber deine Buben werden ja nicht schon um zehn Uhr ins Bett gehen.«

»Nein, das freilich nicht. Die waren unterwegs zum Feiern. Das ist jetzt nicht mehr so wie früher, als es wegen Allerheiligen eine Sperrstunde gab. Die sind erst in der Früh heimgekommen.«

»Und die Katharina war da auch dabei?«

»Nein, die war die Nacht bei einer Freundin und ist erst zum Mittagessen auf den Hof zurückgekommen.«

»Ja, das sind jetzt ganz andere Zeiten. Früher wären wir um Mitternacht zu Hause gewesen und in der Früh in die Messe gegangen.«

Resi zuckte zusammen, als draußen plötzlich die Haustüre zufiel.

»Ich bin wieder da!« Julius immer etwas träge Stimme tönte durch den Hausflur und kurze Zeit später betrat er das Wohnzimmer.

»Hallo Julius, hat alles gepasst mit den Zuckerrüben?«

»Ja, alles gut. Aber kalt ist mir jetzt. Ich mache mir noch schnell einen Kaffee.«

»Das kann ich doch machen.«

»Nein, nein. Du hast Besuch. Gibt es etwas Wichtiges?« Julius Augen blinzelten Resi misstrauisch an.

»Julius! Jetzt sei doch nicht so neugierig. Resi und ich haben besprochen, was für den Adventsbasar vorzubereiten ist. So wie jedes Jahr.«

»Den Adventsbasar? Na, wenn das so ist.« Als Julius sich umdrehte, um in die Küche zu gehen, runzelte er misstrauisch die Stirn.

Marianne stand unvermittelt auf. »Dann lass uns doch kurz noch einen Hofrundgang machen. Ich dachte, dass wir die Buden heuer ein wenig anders stellen. Die Garage ist aufgeräumt und wir könnten die Musiker auch dort drinnen platzieren. Da wäre es ein wenig wärmer als draußen.«

»Gute Idee, lass uns das mal anschauen.«

Resi schlüpfte in ihre Winterstiefel und registrierte überrascht, dass Marianne ein paar weiße Turnschuhe aus dem

Schuhschrank holte. Die hatte sie hier schon einmal gesehen. Das waren die, die vor ein paar Tagen noch total verdreckt in der Garage gestanden waren. Der gelbe Streifen an der Seite war zumindest der Gleiche. Damals hatte Resi geglaubt, dass das Männerschuhe waren.

»Mir ist noch nie aufgefallen, dass du so große Füße hast«, sagte sie schmunzelnd.

»Das bemerken die meisten nicht, weil ich nicht so ungewöhnlich groß bin. Ich habe Größe 41, das Erbe meines Vaters.«

Resi folgte Marianne auf den Hofplatz. Der Nebel hing noch immer zwischen den Gebäuden und tauchte die Umgebung in sein weißes Gewand.

»Die Sonne mag heute gar nicht rauskommen«, murmelte Resi und fröstelte.

»Der November ist einfach der trübste Monat im Jahr. Da bleibt man gerne im Haus. Aber schau mal. Ich dachte wir stellen die Hütten links und rechts neben dem Garagentor auf.«

»Ja, das könnte ganz gut funktionieren.« Resi inspizierte die Garage. »Hier hätte der Chor auf jeden Fall Platz und der Hoargartn könnte auch bei schlechterem Wetter seine Instrumente aufbauen. Wenn das Hackbrett nass wird, ist es hinüber.«

Während Resi und Marianne die Details besprachen, löste sich zwischen den Gebäuden unvermittelt eine Gestalt aus dem Nebel.

»Hallo Henrick. Du bist schon zurück?« Mariannes Stimme klang eher verärgert, als erfreut, dass ihr Sohn hier war.

»Ja, es ging schneller als befürchtet. Manchmal sind die Ämter gar nicht so lahm, wie ihr Ruf ist.« Henrick lachte etwas künstlich und strich sich mit der rechten Hand eine blonde

Strähne aus dem Gesicht.

Resi kniff die Augen zusammen. Am Handgelenk blitzte etwas. Das war das geflochtene Lederarmband, das sie auf dem Friedhof gefunden hatte. Es gehörte also Henrick und nicht Friedrich. Und Resi fiel genau in diesem Augenblick ein, wo sie dieses Armband schon einmal gesehen hatte.

»Wir sind hier auch schon fertig, oder Resi? Dann gehe ich mit Henrick rein und lasse mir erzählen, ob er was erreicht hat.«

»Freilich, geh nur. Wir haben alles. Du kommst heute Abend zum Frauenbund, oder?«

»Ja ja, bis später.« Marianne war plötzlich ganz fahrig und ihre Stimme klang ungeduldig. Energisch trieb sie ihren Sohn die Treppe nach oben.

Resi blieb allein zurück. Nachdenklich ließ sie ihren Blick über den Hof schweifen. Ihr Gehirn arbeitete auf Hochtouren.

Sie überlegte, ob sie nach Hannelore suchen sollte. Sie hätte sie gerne gefragt, ob sie am Allerheiligenmorgen gearbeitet hatte und ob sie jemanden gesehen hatte, vielleicht sogar mit nasser Kleidung.

Resi ging ein paar Schritte auf den Hühnerstall zu, blieb dann aber wieder stehen. Gedankenverloren starrte sie auf den unregelmäßigen, großen, rostroten Fleck an der ansonsten weißen Mauer des Hühnerstalls. An irgendetwas erinnerte sie diese Farbe. Als es ihr einfiel, lief ihr ein Schauer über den Rücken. Der Fleck sah aus wie getrocknetes Blut.

Sie wusste auch, woher der kam. So einen Fleck hatte es früher an vielen Wänden von Bauernhöfen gegeben.

»Das ist das Blut der kleinen Kätzchen, die man hier am Hof nicht haben wollte.« Katharina war, von Resi völlig unbemerkt, hinter sie getreten. Sie musste selbst schleichen können, wie eine Katze. Resi zuckte kurz zusammen, wandte ihren Kopf aber nicht. Da sprach Katharina weiter: »Die haben sich einen Spaß daraus gemacht.« Resi stellten sich die Nackenhaare auf. Mit einem Ruck drehte sie sich um.

»Hallo Katharina, jetzt hast du mich aber ein wenig erschreckt. Ich dachte, du bist noch unterwegs.«

»Ich bin gerade zurückgekommen. Das Auto habe ich im Dorf stehen lassen. Da hat ein Warnlämpchen geleuchtet und das will ich mir lieber anschauen lassen, bevor ich lange Strecken mit dem Auto fahre.«

»Sehr vernünftig.« Resi nickte zustimmend mit dem Kopf, während sie versuchte, ihr wie wild klopfendes Herz zu beruhigen. Sie hatte ihr letztes Puzzleteil gefunden und sie war sich jetzt sicher, dass sie wusste, wer der Mörder war.

Sie verabschiedete sich kurz angebunden von Katharina und eilte vom Hof. Sie wollte so schnell wie möglich nach Hause, um Kommissar Klaußen anzurufen.

Der Nebel war unerbittlich dicht und sie sah nur wenige Meter weit. Doch sie war die Straße schon zu oft gelaufen, um sich zu verirren.

Als sie etwa die Hälfte des Weges hinter sich gebracht hatte und fast bei der Pfütze war, in der Gashi gelegen hatte, rief jemand hinter hier.

»Resi, warum haben Sie es denn so eilig. Bleiben Sie doch stehen.«

Ein Schauer lief über Resis Rücken, als ihr klar wurde, zu wem die Stimme gehört.

»Ich hatte ganz vergessen, dass ich einen Termin habe, und ich muss mich beeilen, sonst komme ich zu spät.«

»So wichtig wird der Termin schon nicht sein. Wir können gerne gemeinsam gehen. Oder mögen Sie das nicht?« Die Stimme klang lauernd. Der Verfolger hatte sie jetzt eingeholt und ging neben ihr.

Resis Herz klopfte bis zum Hals, als sie das hübsche Gesicht neben sich sah. Sie bemerkte zum ersten Mal den brutalen Zug um den Mund, den der Mörder ansonsten gut zu verbergen wusste.

»Hast du mit Mutter alles geklärt, was du wolltest? Zurzeit bist du schon recht oft bei uns auf dem Hof. Ich frage mich nur, warum?« Die Stimme war zu einem bedrohlichen Flüstern geworden.

»In der Vorweihnachtszeit gibt es viel zu klären. Wir machen wieder den Adventsbasar bei euch«, fing Resi im Plauderton zu erzählen an, doch das Herz schlug ihr bis zum Hals.

»Der Adventsbasar? Ich glaube nicht, dass das der Grund ist, warum du ständig hier herumschleichst. Ich hatte dich gewarnt, aber du wolltest nicht hören. Resi, Resi, was soll ich nur mit dir machen? Du weißt zu viel … und wenn man zu viel weiß, lebt man gefährlich.«

»Ich weiß wirklich nicht, wovon du sprichst«, versuchte es Resi noch einmal.

»Oh nein, das kannst du mir nicht vormachen. Ich bin nicht so blöd wie der Julius.« Pure Mordlust blitzte in Henricks Augen auf und Resi hatte nichts mehr zu verlieren

»Ja, ich weiß jetzt, dass du derjenige bist, der für die ganzen Morde verantwortlich ist. Ich hatte es schon vermutet, aber als ich die blutige Hühnerstallwand sah, war ich mir sicher«, warf sie ihm entgegen. Sie war allein auf weiter Flur mit einem Mörder, der ihr körperlich überlegen war. Ihre einzige Chance war es, ihn so lange am Reden zu halten, bis sie in der Nähe vom Dorf waren und jemand ihre Rufe hören konnte.

Henrick blieb stehen und hielt Resi am Oberarm fest. Doch

sie ließ sich nicht beirren.

»Du bist die Ursache allen Übels. Du hast die Susanne vergewaltigt und weil du aussiehst wie der Gashi, hat dich der Sepp in der Nacht mit ihm verwechselt. Du hast den bewusstlosen Gashi in die Pfütze gezogen, damit er den Biobetrug nicht aufdecken kann. Du hast die Jelena ertränkt, weil sie eine Affäre mit dir hatte und du befürchtet hast, dass sie dich damit erpresst und deine Hochzeit ruiniert. Ich habe dein schwarzes Armband mit dem Keilerkopf auf ihrem Nachttisch gesehen. Das heißt, dass du in der Todesnacht bei ihr gewesen bist. Und als der Haller Bauer gedacht hat, dass er dich wegen dem Gift auf dem Feld erpressen kann, wolltest du ihn auch noch zur Seite räumen. Und dann hast du noch alles auf Manfred geschoben. Was bist du für ein abgrundtief verdorbener Mensch!«

Henrick kam Resi gefährlich nahe. »Auch wenn deine Hirngespinste der Wahrheit entsprechen sollten, hast du keine Beweise. Trotzdem, ich muss vorsichtig sein. Meine Mutter hat schon Verdacht geschöpft, aber sie würde nie ihren Erstgeborenen ans Messer liefern.« Die letzten beiden Sätze sagte er wie zu sich selbst.

Resi war nicht mehr zu bremsen. Sie redete, um ihr Leben zu retten und jeder Schritt, den sie näher zum Dorf kamen, gab ihr mehr Hoffnung. »Und dann erzählst du mir noch diese Lügengeschichten, dass dir jemand Sachen antut. Interessanterweise wusste deine Mutter davon nichts. Und sogar meine Lilo hättest du fast auf dem Gewissen. Sie kann doch wirklich nichts dafür!«

»Deine Katze ist mir scheißegal! Du zerstörst nicht mein Leben, du altes Weib.« Henricks Augen waren zu wütenden Schlitzen verengt.

»Und wie hast du überhaupt den Wastl davon überzeugt, dass du nicht der Mörder von Jelena bist.

»Der Wastl? Der hat gemeint, er ist besonders schlau, aber der ist so blöd, wie er aussieht. Der kam doch tatsächlich zu mir, und wollte mich zur Polizei zitieren. Aber dem habe ich das alles ausgeredet und beschränkt, wie der ist, hat er mir geglaubt. Der und seine Jelena-Verehrung. Um die ist es nicht schade, die hat eh jeden rangelassen. Und dann dachte sie, sie kann mir ein Kind anhängen. Als ob ich jemals so eine geheiratet hätte. Die wollte meine Verlobung mit der Blitzberg zerstören. Aber das Problem habe ich elegant gelöst. Und du wirst mir meine Zukunft auch nicht versauen.« Henrick ging drohend einen Schritt auf Resi zu und hob seine behandschuhten Hände. »Eigentlich gefällt es mir, beim Ersaufen zuzuschauen, aber diesmal muss es halt so gehen.«

Resi stolperte einen Schritt rückwärts, aber sie entkam ihrem Angreifer nicht. Henricks Hände legten sich unerbittlich um ihren Hals.

Die alte Frau hatte keine Chance und sie spürte, wie ihr innerhalb von Sekunden die Luft abgeschnitten wurde.

Sie wollte etwas rufen, doch es kam nur ein leises Röcheln aus ihrem Mund. Henrick drückte noch fester zu und Resi fühlte, wie sie bereits langsam das Bewusstsein verlor.

»Du lässt jetzt sofort die Resi los!« Resi war sich sicher, dass sie halluzinierte. Das konnte niemals Manfreds Stimme sein!

Doch der Druck um ihren Hals wurde weniger und Resi schnappte verzweifelt nach Luft.

»Was machst du hier?« Henricks klang kurz überrascht, doch er wurde nur kurz aus dem Konzept gebracht. Mit wenigen Schritten lief er drohend auf Manfred zu, der ihn mit einem Lächeln erwartete.

»Manfred, lauf weg, er ist der Mörder!«, keuchte Resi.

»Ich weiß, und jetzt dreh dich besser um und geh los!« Noch während Manfred das rief, hob er seine Hand, in der sich ein schwarzer Gegenstand befand. Resi hörte ein sprühendes Geräusch. Dann schlug Henrick die Hände vors Gesicht und brüllte ohrenbetäubend.

»Was ist das für ein Scheiß?«

»Das ist ein Pfefferspray. Wer jahrelang in den Slums von Afrika aktiv war, hat so etwas immer dabei.« Manfred war rechtzeitig aus der Dunstwolke geflohen und stellte sich vor Resi. Sie war zwar noch benommen, aber sie konnte wieder ohne Probleme atmen.

Von weitem hörte man bereits eine Polizeisirene, die langsam lauter wurde. »Wie ihr hört, habe ich bereits die Polizei verständigt. Und ich habe alles mit angehört und kann bezeugen, dass du gestanden hast. Und die Würgemale an Resis Hals werden dir den Rest geben, du elender Mistkerl.«

Henrick sah noch immer nichts und er schien starke Schmerzen zu haben. Zumindest fluchte er mit Schimpfwörtern, die Resi noch nie gehört hatte. Erleichtert atmete sie auf, als das Blau des Polizeilichts im Nebel aufleuchten sah.

Kurze Zeit später saß Henrick mit Handschellen im Polizeiauto von Bertl, der heute mit seinem Kollegen Streife fuhr.

Die Frage, ob sie einen Krankenwagen brauchte, verneinte Resi. Das Einzige, was sie jetzt wollte, war ihre Ruhe.

»Wenn du willst, können wir zusammen nach Hause gehen. Allerdings muss ich erst Lotti finden. Sie hat fein säuberlich hinter den Busch gemacht und ist dann auf und davon. Als ich den Haufen wegmachen wollte, habe ich dich und Henrick gehört und bin in Deckung geblieben. Als ich gemerkt habe, was los ist, habe ich sofort die Polizei verständigt und den Rest hast du selbst miterlebt.«

»Da hat sich Lotti aber ein riesiges Leckerli verdient. Und dir auch vielen Dank. Du hast mir das Leben gerettet.« Resi schüttelte es beim Gedanken daran, wie das hätte ausgehen können. Sie stand immer noch unter Schock und sie war froh, dass Manfred in ihrer Nähe war.

In diesem Moment tauchte Lotti laut hechelnd aus dem Nebel auf.

»Da bist du ja wieder.« Manfred tätschelte Lottis Kopf und nahm den Hund an die Leine. Dann wandte er sich Resi zu. »Von mir aus können wir jetzt zurück gehen. Wir haben ja den gleichen Weg.« Manfred reichte Resi galant den Arm und Resi griff danach. So vereint gingen die beiden langsam nach Hause.

Kapitel 14

»Frau Grießhammer, das war sehr leichtsinnig von Ihnen, einfach auf eigene Faust zu ermitteln. Da haben Sie mehr Glück als Verstand gehabt.« Kommissar Klaußen erhob spielerisch seinen Zeigefinger. Doch er tat nur so gut gelaunt. Ihn wurmte es gewaltig, dass er von einer alten Oma übertrumpft worden war. Von einer Oma, die mit einer Katze zwischen selbstgehäkelten Deckchen lebte, ergänzte er in Gedanken, als er sich in Resis Wohnzimmer umblickte.

Nach der Festnahme von Henrick von Berghardt war er nach Hirlangen gefahren, um mit Resi und Manfred über die Umstände, die dafür gesorgt hatten, dass der Mörder gefasst werden konnte, zu sprechen. Außerdem ließ ihn die Neugier keine Ruhe. Er war es gewohnt, dass er derjenige war, der die Verbrechen aufklärte und nun wollte er genau wissen, was Resi zu dem Fall zu sagen hatte.

»Ihre offizielle Aussage werden wir erst morgen im Präsidium aufnehmen, aber mich persönlich würde durchaus interessieren, wie sie auf Henrick von Berghardt als Täter gekommen sind. Wie sind Sie bei der Ermittlung vorgegangen?«, fragte er hochgestochen.

Resi streichelte gedankenverloren ihre Katze, die es sich auf ihrem Schoß gemütlich gemacht hatte. Dann lächelte sie den Kommissar nachsichtig an. »Ermittlung ist vermutlich das falsche Wort. Ich wurde einfach von meiner Neugierde getrieben. Ich wollte herausfinden, wer der Schuldige war. Deshalb habe ich ein wenig nachgeforscht und mit ein paar Leuten geredet. Wissen Sie, ich kenne die ganzen Leute hier im Dorf schon seit Ewigkeiten. Die Katharina war zum Beispiel schon immer eine, die ihre Nase ein wenig höher getragen hat als der Rest. Und der Wastl, der hatte es früher in den Bronchien.«

»Interessant«, unterbrach der Kommissar die alte Frau. Er konnte sich beim besten Willen nicht vorstellen, was die Krankheitsgeschichte des Wastls mit der Lösung des Falls zu tun hatte und bevor es derartig weiterging, brachte er Resi besser zurück auf die richtige Spur. »Trotzdem, wie kamen Sie auf Henrick von Berghardt als Verdächtigen?«

»Der Henrick, ja genau, bitte entschuldigen Sie. Der Henrick war immer schon ein hübscher und höflicher Bub. Aber er war auch ein wenig anders als die anderen Kinder. Er hatte recht ungewöhnliche Vorlieben als kleiner Junge. Und als ich vor der Wand mit eingetrocknetem Katzenblut gestanden bin, sind mir diese Vorlieben wieder eingefallen. Früher gab es so etwas wie Geburtenkontrolle bei Bauernhofkatzen nicht. Das hat man dann anders erledigt. Und Henrick hat die Kätzchen viel lieber ertränkt als erschlagen. Als einmal sogar eine Mutterkatze daran glauben musste, hat seine Mutter die Regentonne entsorgt.«

»Aha, und daraus haben Sie dann geschlossen, dass er der Mörder ist. Das dürfte aber dann eher Zufall gewesen sein. Wie

Sie schon sagten, Katzen zu töten war früher gang und gäbe.« Kommissar Klaußen lehnte sich erleichtert zurück. Die alte Frau hatte offensichtlich einen Zufallstreffer gelandet. Mit echter Ermittlungsarbeit hatte das nichts zu tun gehabt.

Resi sah bescheiden auf ihre Fußspitzen. »Na ja, da kam schon noch mehr zusammen. Zunächst ist mir aufgefallen, wie ähnlich der Gashi dem Henrick sah. Ich habe die beiden selbst schon verwechselt. Daher glaubte ich dem Sepp, dass er ihn aus Versehen niedergeschlagen hat. Und als ich dann gehört habe, dass die Jelena schwanger gewesen war, habe ich mir überlegt, ob der potenzielle vielleicht Vater etwas dagegen gehabt hat, dass das Kind zur Welt kommt. Von der Hannelore wusste ich, dass Henrick ein Auge auf die Jelena geworfen hatte. Aber er war ja verlobt und die von Berghardts brauchen das Geld von den Blitzbergs. Wissen Sie zufällig, ob der Henrick überhaupt der Vater des armen kleinen Wurms gewesen war?«

»Nein, die Analyse hat ergeben, dass mit großer Wahrscheinlichkeit der Gashi der Vater des ungeborenen Kindes gewesen wäre. Jelena Radu ist also umsonst gestorben. Und warum hat Henrick von Berghardt Ihrer Meinung nach Herrn Gashi ermordet?«

»Ich glaube, da war einfach die Gelegenheit zu günstig. Gashi war neben dem Haller der Einzige, der bezeugen konnte, dass die Berghardts auf dem Biofeld Gift spritzen. Ich gehe davon aus, dass er den Mord nicht geplant hatte. Wegen der Jelena war er bestimmt aber auch sonst nicht besonders gut auf den Gashi zu sprechen. Der war schließlich der Mann, mit dem Jelena ein neues Leben anfangen wollte. Auch wenn er sie nicht heiraten wollte, für zwischendurch gefallen hat sie ihm schon und Männer wie der Henrick wollen nicht teilen. Na ja, und den Haller wollte er umbringen, weil ihn der mit dem Foto vom

Gashi erpressen wollte. Das hat sich der Henrick nicht gefallen lassen. Und da er mit der Maske auch noch den Verdacht auf den Manfred lenken konnte, konnte er zwei Fliegen mit einer Klappe schlagen.«

»Ja, so scheint es gewesen zu sein. Bisher schweigt der Verdächtige, aber den knacken wir schon noch. Die Beweislage ist zu erdrückend. Und in Kombination mit seinem unfreiwilligen Geständnis, das Herr Huber und Sie bezeugen können, nageln wir ihn fest.«

»Leider macht das die Toten auch nicht mehr lebendig. Ich wünschte, es wäre nicht passiert. Aber manchmal steckt das Böse in den Menschen drinnen, da kann auch die beste Erziehung nichts dran ändern. Bin ich froh, dass er nicht auch noch mich auf dem Gewissen hat.«

»Das können Sie auch sein. Herrn Huber haben Sie ihr Leben zu verdanken.«

Unbewusst berührte Resi ihren Hals, den mittlerweile dunkelblaue Blutergüsse zierten. »Ja, dem Manfred muss ich sehr dankbar sein. Außerdem bin ich froh, dass die Unschuld vom Wastl bewiesen ist. Er ist zwar vom rechten Weg abgekommen und es war auch nicht in Ordnung, dass er die Reifen von Gashis Fahrrad zerstochen hat, aber ein Mord ist noch einmal ein ganz anderes Kaliber. Ich hoffe, es war ihm richtig unangenehm, dass er verhört und verdächtigt worden ist. So eine Lehre schadet gar nicht und vielleicht wird er jetzt endlich vernünftig.«

»Ich würde sagen, das ist ein typischer Fall von falschen Freunden. So etwas erleben wir ständig im Rahmen unserer Ermittlungsarbeit. Manche schaffen es wieder raus aus dem Milieu, manche nicht. » Herr Klaußen verzog seinen Mund zu einem etwas herablassenden Lächeln, das Resi unangenehm aufstieß.

»Ja, das kann ich mir vorstellen. Der Henrick ist da schon ein ganz anderer Typ. Ich will ja nichts Schlechtes sagen, aber bei den von Berghardts liegt das in der Familie.«

»Wir sind im Rahmen unserer Ermittlungen auch auf zahlreiche Indizien gestoßen, dass ein anderes Mitglied der Familie für die Taten verantwortlich sein könnte. Wann war Ihnen klar, dass Henrick der Mörder ist und nicht einer von den anderen Berghardts?«

»Hundertprozentig war mir das erst heute klar. Aber ich hatte so ein Gefühl. Henrick hat einen Fehler gemacht. Er kam vor ein paar Tagen zu mir und hat mir erzählt, dass ihm so kleine unangenehme Streiche gespielt werden, dass ihm das aber niemand in der Familie glaubt. Als ich heute mit Marianne gesprochen habe, wusste sie jedoch nichts von diesen Streichen. Es war also nur ein Ablenkungsmanöver gewesen. Und als ich dann auch noch das Armband an ihm bemerkt habe, dass ich am Tag nach dem Mord in Jelenas Zimmer gesehen hatte, war ich mir schon fast sicher. Meine Erinnerung, dass er früher gerne Katzen ertränkt hat, war dann das letzte Puzzleteil. Doch Henrick ist nicht dumm und ich muss mich durch etwas verraten haben. Er hat gemerkt, dass ich ihn verdächtigte.«

»Nein, dumm ist er nicht. Er hat es sehr gut verstanden, falsche Fährten zu legen und uns alle an der Nase herumzuführen. Wir können froh sein, dass er endlich gefasst worden ist. Wie gut, dass sie sich im Dorf so gut auskennen. Das hat Ihnen bei Ihren Ermittlungen sehr geholfen.« Der Kommissar strich über seine mit Gel festzementierten Haare. Insgeheim war er sich sicher, dass er zum gleichen Ergebnis gekommen wäre, wenn die Dorfbewohner ihm gegenüber ein wenig mitteilungsfreudiger gewesen wären.

»Das ist wohl wahr. Wenn man fast sein ganzes Leben hier verbracht hat, kennt man seine Pappenheimer.«

»Ein klassischer Fall von Heimvorteil«, antwortete Herr Klaußen und hüstelte dabei. »So, ich wäre dann durch mit meinen Fragen. Wenn es sonst nichts mehr Erwähnenswertes gibt, würde ich mich nun auf den Weg machen. Es gibt noch einiges zu tun. Sie bitte ich, morgen Vormittag zur offiziellen Aufnahme der Zeugenaussage ins Revier zu kommen. Herrn Huber habe ich auch einbestellt. Vielleicht kann er Sie mitnehmen. Sie fahren vermutlich nicht mehr Auto?«

»Nein, das habe ich schon vor ein paar Jahren aufgehört. Mit dem Bus kommt man schließlich auch fast überall hin. Ich muss jetzt auch gleich zum Frauenbund. Wir müssen dringend den Adventbasar besprechen, obwohl ich jetzt gar nicht weiß, ob Mariannes Angebot, den Basar auf dem Berghardthof zu abzuhalten, noch gilt. Ich meine, wahrscheinlich kommt da nicht viel Weihnachtsstimmung auf, wenn der eigene Sohn ein Mörder ist. Was denken Sie, da frage ich besser noch einmal bei ihr nach, oder?«

Kommissar Klaußen räusperte sich etwas verlegen. »Nun ja, ich glaube das ist eine gute Idee. Fragen Sie besser noch einmal nach.« Und dann hatte er es plötzlich recht eilig. Kommissar Klaußen ließ sich von Resi durch den dunklen Flur nach draußen bringen und war kurze Zeit später weggefahren.

Resi beschloss, beim Frauenbund erst einmal nichts von heute zu erzählen. Es wusste schließlich niemand, dass sie bei Marianne gewesen war. Sie würde sich einfach ein Tuch umbinden und behaupten, dass sie Halsschmerzen hatte. Die Wahrheit erfuhren die Ratschweiber früh genug.

Obwohl Resi nur knapp dem Tod entronnen war, schlief sie

diese Nacht so gut wie schon lange nicht mehr und sie wachte sogar eine halbe Stunde später auf als sonst. Wenn Lilo nicht bereits ungeduldig an ihrer Schlafzimmertür gekratzt hätte, hätte sie vermutlich sogar noch ein wenig länger geschlafen.

Noch im Nachthemd holte Resi das Katzenfutter aus der Speisekammer, während Lilo ungeduldig um ihre Füße herumschlich. Als sie vorsichtig das Futter einfüllte, sagte sie zufrieden: »Jetzt bist du wieder sicher, Lilo. Der böse Katzenfeind ist im Gefängnis und kann dir nichts mehr tun. Und ich kann mich nachts ohne Angst auf die Straße trauen. So, aber jetzt muss ich los. Ich habe heute noch so einiges zu erledigen.«

Bei der Auswahl der Garderobe war sie diesmal besonders sorgfältig. Sie holte die rote Bluse aus dem Schrank, für die sie immer viele Komplimente bekam. Ein weiterer Vorteil war, dass der hohe Kragen die Blutergüsse recht gut verdeckte. Kurz überlegte sie sogar, Lippenstift aufzutragen, aber dann entschied sie sich doch dagegen. »Übertreiben muss ich auch wieder nicht«, murmelte sie leise.

Die Haare ordentlich in Locken gelegt, macht sie sich mit dem Fahrrad auf den Weg zum Supermarkt. Sie brauchte heute etwas ganz bestimmtes.

Mit einem vollen Einkaufkorb auf dem Gepäckträger ihres Fahrrads, hielt sie vor Manfreds Gartentür. Sorgfältig sperrte sie das Fahrrad ab und klingelte bei ihrem Nachbarn. Dieser öffnet ihr erst nach längerer Wartezeit die Tür.

»Guten Morgen Resi, das ist aber eine Überraschung, Wir müssen doch erst in einer Stunde los, oder habe ich mich in der Zeit geirrt.« Manfred war bereits vollständig angezogen, aber seine Haare hingen ungekämmt in Strähnen herunter und er wirkte noch etwas verschlafen.

»Guten Morgen Manfred, entschuldigen Sie die frühe Störung, aber ich habe ganz dringend eine Schuld zu begleichen.« Verlegen kramte Resi in ihrem Einkaufkorb, den sie sich um den Arm gehängt hatte.

»Das ist gar kein Problem. Komm doch herein. Ich gehe nur noch kurz ins Bad und koche uns dann einen Kaffee.«

»Machen Sie sich bitte keine Umstände.« Resis Wangen verfärbten sich rosa, so unangenehm war es ihr, ihren Nachbar derart überfallen zu haben.

Endlich hatte sie gefunden, was sie gesucht hatte. »Ich würde gerne Lotti etwas geben.« Sie beugte sich zu Lotti hinunter, die aufgeregt bellend um Manfreds Beine herumschlich und als sie ihren Namen hörte, mit noch größerer Begeisterung auf Resi zusprang.

»Da, das ist für dich. Es war das größte, das ich bekommen konnte.« Sie hielt dem Hund einen Maxi-Pack Leckerlies unter die Nase. »Ich hoffe, sie schmecken ihr«, wandte sie sich an Manfred.

»Die schmecken ihr hundertprozentig, vielen Dank. Aber die bekommt sie nicht alle auf einmal.« Bevor Lotti zuschnappen konnte, nahm Manfred Resi die Tüte aus der Hand. Er öffnete sie und gab dem kleinen Hund ein paar Stückchen. »Das reicht erstmal. Und jetzt komm doch herein, du störst nicht und wir müssen eh bald los.«

»Gerne, ich hätte auch noch etwas für Sie.« Resi zauberte eine Flasche Obstler aus ihrer Tasche.

»Vielen Dank, aber das wäre doch nicht nötig gewesen. Aber weißt du was? Nach dem Schreck gestern gönnen wir uns jetzt einfach zum Frühschoppen ein Gläschen. Ich muss zwar nachher Auto fahren, aber einen Schluck zum Testen gönne ich mir.«

Manfred verschwand im Badezimmer und Resi setzte sich wieder auf das Sofa, auf dem sie auch beim letzten Besuch gesessen war. Der Gedanke, dass sie Manfred damals für einen potenziellen Mörder gehalten hatte, kam ihr nun sehr lächerlich vor. Sie schob diese Erinnerung weit weg und als sie Manfred ordentlich frisiert und mit zwei Schnapsgläsern in der Hand ins Wohnzimmer kommen sah, lächelte sie ihm entgegen.

Er stellte eines der Gläser vor sie und prostete ihr dann schwungvoll zu. »Gut siehst du heute aus. Rot steht dir. Aber jetzt trinken wir erstmal auf die Detektivin Resi.«

»Ach geh, sagen Sie doch so etwas nicht.« Resi spürte, wie ihr die Hitze in den Kopf stieg.

»Doch, das muss einmal gesagt werden. Du hast den Fall ganz allein gelöst Das ist bewundernswert.«

»Na ja so ganz gelöst habe ich ihn noch nicht.« Resi hüstelte verlegen.

»Warum denn das? Was ist denn noch offen?«

»Ich habe da noch eine Vermutung, die Marianne betreffend. Ich glaube nämlich, dass sie wusste, dass Henrick der Mörder war.«

»Wie kommst du den darauf?«

»Ich habe am Morgen, an dem der Gashi gefunden worden ist, ihre dreckigen Turnschuhe in der Garage gefunden. Die waren voll von dem roten Sand, der bei der Pfütze herumliegt. Und der Sand war noch nicht eingetrocknet. Sie selbst hat aber behauptet, dass sie nicht beim Tatort gewesen ist. Aber ich glaube, dass sie nicht die Wahrheit gesagt hat und vielleicht etwas gesehen hat. Zu ihrem verschreckten Verhalten der letzten Wochen würde das recht gut passen.«

»Hm, es könnte natürlich sein, dass sie etwas gewusst hat, aber ihren Sohn schützen wollte.«

»Mir tut sie einfach leid. Die arme Frau muss so viel durchmachen. Da wollte ich sie nicht beim Klaußen verraten. Und Frieder geht es zurzeit auch nicht so gut.«

Resi verriet Manfred ihre ganz eigene Theorie zu Friedrich von Berghardts angeblicher Krankheit nicht. Marianne wusste schließlich Bescheid, dass sie ein Auge auf sie hatte, und das war ein Geheimnis unter Frauen. Marianne hatte schon genug gelitten.

»Bei Katharina bin ich mir auch nicht sicher. Sie muss etwas gewusst haben. Sonst hätte sie mir niemals den Hinweis mit den getöteten Kätzchen gegeben. Sie hat sich bestimmt daran erinnert, dass ich damals etwas von Henricks *Vorlieben* mitbekommen habe. Eine wirklich sehr intelligente Person. Wenn sie doch nur früher zu mir gekommen wäre. Vielleicht hätte die Jelena gerettet werden können.« Resi seufzte tief. »Aber so ist es mit den Berghardts, die wollen alles unter sich ausmachen. Ich habe auch ein Telefonat von Katharina mit angehört und ich bin mir sicher, dass sie auch von der Erpressung durch den Haller Bauer wusste. Ich hoffe, der ist jetzt auch zur Vernunft gekommen und hört mit diesem Blödsinn auf.«

»Das wäre natürlich nicht in Ordnung, wenn sie das der Polizei verschwiegen haben. Aber jetzt ist es leider zu spät. Und es wird nichts ändern, wenn du Herrn Klaußen von deiner Vermutung erzählen.«

»Da hat du recht. Ändern wird es nichts. Dann lassen wir das besser. Es ist schließlich alles nur Spekulation.« Resi nickte bekräftigend.

Manfred warf einen Blick auf seine Armbanduhr.

»Apropos Klaußen, wir müssen jetzt los. Er erwartet uns in einer halben Stunde«

Nach ihrer Aussage bei Herrn Klaußen hatte Resis nur noch Zeit für zwei Käsebrote als Mittagessen. Es war Mittwoch und pünktlich um drei würden ihre Freundinnen bei ihr klingeln.

Noch nicht einmal einen Kuchen hatte sie gebacken. Diesmal musste es wirklich schnell gehen, weshalb sie sich für einen Marmorguglhupf entschied. Den mochte jeder.

Doch als sie mitten am Backen war, wurde sie vom Klingeln an der Haustür gestört. »Das wird doch nicht schon Irma sein!« Aber als sie öffnete, stand da der Wastl.

»Grüß Gott Resi, ich habe mir gerade den Gullideckel angeschaut. Ich kann da aber nicht feststellen, dass der zu stark wackelt. Ein bisschen wackeln alle Deckel.«

»Welcher Deckel, ah ja natürlich, *der* Deckel.« Resi musste ziemlich verwirrt ausgesehen haben, denn Wastl sah sie an, als ob sie nicht alle Tassen im Schrank hätte.

»Ja, der Gullideckel, weswegen Sie bei uns am Bauhof waren.«

»Ja ja, natürlich. Danke fürs überprüfen. Dann kann man da vermutlich nichts machen, oder?«

»Nein, leider nicht.«

»Schade, dann muss ich das Geräusch in Zukunft einfach ignorieren. Aber sag mal, wie geht es denn dir nach der ganzen Aufregung der letzten Wochen?«

Wastl sah nachdenklich aus, als er antwortete. »Ich fahre für ein paar Tage mit dem Martin zum Wandern in die Berge. Das habe ich früher immer gerne gemacht. Da sollte ich ja möglichst hoch hinauf wegen der gesunden Luft.« Wastl machte eine kurze Pause. »Und danach schaue ich mal, wie es bei mir weitergeht.«

»Das finde ich eine sehr gute Idee. Ein wenig Abstand tut dir nach dem ganzen Trubel bestimmt gut. Und der Martin war immer so ein netter Bub. Einen schönen Urlaub wünsche ich euch beiden.« Resi erinnerte sich noch gut an Martin. Er war ein Freund vom Wastl gewesen, doch nach der Schreinerlehre war er ein ganzes Stück weggezogen und sie hatte ihn seitdem nur noch selten im Dorf gesehen.

»Also gut, dann hau ich wieder ab.« Zum Abschied hob Wastl kurz die Hand zum Gruß.

»Sag deiner Mutter schöne Grüße von mir«, rief ihm Resi hinterher und schloss dann leise die Haustür.

Bei der Kaffeetafel war Resi in der Dreierrunde heute ausnahmsweise diejenige mit dem höchsten Sprechanteil. Sie musste alles, was passiert war, mehrfach im Detail erzählen. Hilde hatte dank Bertl natürlich schon Bescheid gewusst und es gleich Irma erzählt. Aber es noch einmal von Resi zu hören, war etwas ganz anderes.

»Also Sachen erlebst du Resi. Hast du ein Glück, dass der Manfred zur richtigen Zeit an der richtigen Stelle war. Dein Hals ist grauenhaft blau. Wer hätte gedacht, dass der nette Henrick so ein verdorbener Mensch ist.« Hilde schüttelte es richtig, wenn sie daran dachte, was Resi durchgemacht hatte.

Irma dagegen bekam einen leicht schwärmerischen Ausdruck auf dem Gesicht. »Ist das alles aufregend. Ich bin mir sicher, dass das Schicksal war. Irgendwie ist es sogar romantisch. Der, den wir verdächtigen, rettet dich schließlich vor dem wahren Mörder.«

»Ich weiß nicht Irma, also romantisch finde ich das nicht.« Resi zog irritiert ihre Augenbrauen hoch.

»Doch, doch, das ist es. Ich habe deshalb auch extra die Karten für euch gelegt. Und rate, welche Karte eure Beziehungskarte war.«

»Ich habe keine Vorstellung, welche das sein könnte«,

antwortete Resi resigniert. Selbst nach einem Mordversuch an ihrer besten Freundin hatte Irma nur die Karten im Kopf. Das brachte auch nur sie fertig.

»Es war die Herzkarte! Die Karte für Liebe! Euch steht eine wunderschöne Zeit bevor, voll gegenseitiger Zuneigung und Freundschaft. Ein Band, das durch die Rettung deines Lebens noch verstärkt wurde. Ist das nicht wunderbar?« Irma sah sich Beifall heischend in der Runde um.

»Also, ich weiß ja nicht.«, antwortete Resi zweifelnd, doch ihre ansonsten sehr helle Gesichtshaut nahm einen leichten Rosaton an. »Du und deine Anspielungen Der Manfred ist ein guter Freund geworden. Aber das war es auch schon.«

»Ich verstehe gar nicht, warum du dich so wehrst. Ich habe zusätzlich natürlich auch noch eure Sternzeichen überprüft. Ihr harmoniert sehr gut. Selbst wenn man den Aszendenten berücksichtigt.«

»Aha, so ist das also«, antwortete Resi knapp und dachte, dass Irma dringend ein anderes Hobby brauchte!

Die Kaffeerunde hatte länger gedauert als sonst und als die Freundinnen gegangen waren und Resi den Restmüll hinausbrachte, fing es bereits an zu dämmern.

»Resi, gut dass ich dich zufällig sehe! Komm doch mal schnell rüber.« Von wegen zufällig, die alte Weberin musste wie eine Spinne im Netz auf sie gewartet haben.

Resi seufzte, aber sie wusste, dass sie einem Gespräch mit der alten Frau nicht entkommen konnte. Deshalb konnte sie es auch gleich hinter sich bringen.

»Also Sachen passieren in unserem Dorf. Mich hat fast der Schlag getroffen, als ich gehört habe, dass es der Henrick war. Tief im Inneren habe ich ja schon so was geahnt. Der hat zwar freundlich gegrüßt, aber da war etwas Verschlagenes in seinem

Blick. Ich meine ja, der war einfach nicht ganz richtig im Kopf. Ich weiß jetzt gar nicht, ob es bei den von Berghardts Inzucht gab. Das ist ja oft der Grund, wenn die Leute durchdrehen, und vor allem bei den Adeligen ist das so. Das weiß jeder.«

»Ja, das weiß ich jetzt auch nicht, woher das bei dem Henrick kommt«, antwortete Resi ausweichend.

Der Blick der Weberin fixierte suchend Resis Hals. »Stimmt es eigentlich, dass du einen ganz blauen Hals hast?«

»Ich habe ein paar blaue Flecken, aber mir geht es sehr gut.« Resi drehte sich ein wenig zur Seite und befriedigte die Neugier der alten Frau, indem sie ihr einen blauen Fleck zeigte.

»Oh mei, da zittere ich am ganzen Körper, wenn ich des sehe.« Sie schüttelte sich, halb vor Grauen, halb vor wohliger Sensationslust. »Ein riesiges Glück hast du gehabt, dass der Manfred da gerade in der Gegend war. So ein anständiger Mensch. Wie gut, dass er auch noch eine Schießpistole dabeihatte. So was braucht man, wenn man in Afrika lebt, ja ja. Die haben da alle eine.«

»Es war keine Pistole, sondern ein Pfefferspray.«

»Das ist doch das Gleiche. Er war bewaffnet und das war deine Rettung. Aber schon gruselig, dass man heutzutage nicht mehr ohne Waffe aus dem Haus gehen kann. Schlimme Zeiten sind das, schlimme Zeiten.« Die Weberin schüttelte besorgt den Kopf.

»Ja, ganz schlimme. Deshalb gehe ich jetzt auch besser wieder ins Haus. Es ist schon ganz dunkel und nicht, dass mir noch was passiert. Einen schönen Abend wünsche ich dir.« Noch während sie das sagte, drehte sich Resi um und ging über die Straße zurück.

»Ach geh, spinn doch nicht. Du musst doch nur über die Straße gehen«, rief ihr die alte Frau hinterher, aber Resi ließ sich nicht aufhalten.

Als sie auf der anderen Straßenseite angekommen war, hörte sie Stimmen aus dem Vorgarten von Manfreds Haus. Erfreut ging Resi ein wenig schneller, um Manfred zu begrüßen, aber als sie sah, wer hinter ihm verdeckt gewesen war, blieb sie ruckartig stehen.

Aber Manfred hatte sie bereits entdeckt. »Hallo Resi, du bist im Dunkeln noch unterwegs? Und das, nach dem Tag gestern.«

Resi fiel auf die Schnelle keine Antwort ein und sie starrte unhöflich auf die hübsche junge Frau, die Lotte an der Leine führte.

Da sprach Manfred weiter. »Ihr beiden kennt euch noch gar nicht, oder? Resi, darf ich dir meine Hundetrainerin Michaela vorstellen? Ich habe sie extra engagiert, damit Lotti endlich lernt, auf mich zu hören und aufhört, ständig abzuhauen. Dann ist in Zukunft hoffentlich auch euer Garten vor ihr sicher. Michaela, das ist meine bezaubernde Nachbarin Resi.« Michaela nickte Resi freundlich zu und Resi erwiderte das Lächeln.

»Ach, Lotti darf ruhig hin und wieder zu mir rüberkommen. Sie ist schließlich meine Lebensretterin. Ich muss das nur noch Lilo klarmachen. Aber vielleicht haben Sie als Hundetrainerin ja einen Tipp, wie man die beiden besser aneinander gewöhnt …«

ENDE

Über die Autorin

C.M.T. Steinbauer wurde 1979 in Niederbayern geboren und verbrachte ihre Kindheit und Jugend in einem kleinen Dorf im Gäuboden.

Bereits als Kind hat sie erfundene Geschichten in DIN-A5-Heftchen geschrieben, doch nach dem Deutsch-Abitur hat sie ihre Ambitionen, Schriftstellerin zu werden, erst einmal an den Nagel gehängt.

Es folgte ein Wirtschaftsingenieurstudium und eine Promotion, und dann ging es an die Arbeit in einem Münchner Industrieunternehmen. Dort ist sie auch heute noch tätig, wenn auch wegen ihrer beiden Kinder nur noch in Teilzeit.

In der Elternzeit hat sie vor ein paar Jahren wieder mit dem Schreiben angefangen. Unter dem Pseudonym Coa Stone unternahm sie einem Ausflug in die Welt der Jugendfantasie-Bücher (die es immerhin zum Amazon-Bestseller geschafft haben).

Doch als bekennende Agatha-Christie-Verehrerin war es immer ihr Traum, einmal einen Cozy Krimi zu schreiben. Diesen hat sie sich mit der Protagonistin »Oma Resi« erfüllt, die eine Mischung aus all den alten Damen ist, die ihr im Laufe ihres Lebens in Nieder- und Oberbayern begegnet sind.

Wer ihr etwas mitteilen oder mehr über sie erfahren will: Schreibt ihr einfach eine E-Mail an carolasteinbauer@gmx.de oder besucht ihr Profil auf Instagram: C.M.T. Steinbauer

Printed in Poland
by Amazon Fulfillment
Poland Sp. z o.o., Wrocław

30189780R00142